Titolo originale: Seducing Bran

Traduzione: Mirella Banfi

La seduzione di Bran

Jules Barnard

Prologo

Guardando il tappeto persiano che copriva l'intera lunghezza del corridoio verso il salone da ballo del Club Tahoe, Bran scosse la testa pensando alla direzione che aveva preso la sua vita. Non avrebbe mai previsto che lui e i suoi fratelli stessero ancora gestendo il Club Tahoe un intero anno dopo la morte del padre. Eppure erano lì a festeggiare il primo anniversario da quando avevano assunto la direzione del rinomato resort che avevano ereditato e che non avevano mai voluto.

Pensieroso, non notò qualcuno che arrivava dalla direzione opposta, finché quasi si scontrò con la donna che stava evitando da mesi.

Ireland alzò melodrammaticamente le braccia come per riprendere l'equilibrio.

«Oh, Bran, scusami. Non stavo guardando dove andavo.»

A meno che anche lei stesse guardando in basso, nessuno era *così* cieco.

Ireland indossava un lungo abito blu scuro che accentuava la sua pelle di porcellana. Involontariamente, lo sguardo di Bran scivolò in basso. I capelli rossi di Ireland ricadevano in onde davanti alla fronte e al collo e accarezzavano la curva dei seni. Seni che dovevano aver riempito al massimo il reggiseno push-up e che in quel momento minacciavano di traboccare dal vestito.

Ai suoi fratelli piaceva definirlo un monaco, ma Bran era un uomo... *e guardava*. Riconosceva anche un seno finto quando lo vedeva.

Ireland era il tipo di donna che Bran evitava da quasi dieci anni. Facile, seducente... e superficiale. Riconosceva il suo tipo a un chilometro di distanza.

«Nessun problema.» Bran si spostò per superarla e Ireland gli appoggiò piano la mano sul braccio.

Ireland gli rivolgeva occhiate interessate fin da quando si erano conosciuti mesi prima e lui non ne voleva sapere. Bran strattonò via il braccio.

«Ho fatto qualcosa che ti ha offeso?» Ireland sembrava ferita.

Certo che l'aveva ferita, ovviamente nel suo orgoglio. Nessuna donna attraente come Ireland aveva sofferto un solo giorno nella sua vita. Avrebbe accettato il suo rifiuto e ci avrebbe provato con il prossimo tizio che le fosse capitato a tiro.

«No.» Bran si allontanò e entrò dove c'era la festa, sospirando di sollievo. Un'altra catastrofe evitata.

I fratelli di Bran pensavano che non frequentasse nessuno. Si sbagliavano. Le donne gli piacevano quanto a quegli infoiati dei suoi fratelli. Semplicemente, sceglieva donne diverse. Non quelle che lo abbordavano nei bar. E non usciva mai con donne belle e appariscenti. Fine.

Le donne belle come Ireland erano fonte di problemi e, in fondo in fondo, lui era ancora debole quando si trattava di loro. Motivo per cui faceva tutto quello che poteva per evitarle e vivere secondo le regole che si era imposto. Niente donne facili. E usare sempre il preservativo, cioè quando riusciva a fidarsi abbastanza di una donna da andarci a letto.

Bran si massaggiò la fronte e cercò di accantonare l'incontro in corridoio.

Nel salone, la festa era in pieno svolgimento. Il suo amico Jaeg era accanto alla porta con la sua fidanzata, Cali.

Jaeg si fece avanti e strinse la mano a Bran. «Bravo, amico. Credevo che avreste gettato la spugna sei mesi fa e assunto una società di gestione.»

«Tu e tutti gli altri» disse Bran. «Ma per ora ce la stiamo facendo. Vedremo come andrà il prossimo anno.» Si chinò e abbracciò Cali.

Lei restituì il saluto, ma cercò con lo sguardo oltre la spalla di Bran. «Hai visto mia cugina?»

A Bran vibrò un occhio. «Ci siamo scontrati nel corridoio.»

Jaeg ridacchiò. «La sua vista non è...»

Cali gli diede una gomitata nelle costole che lo fece zittire.

Era maledettamente divertente vedere quei due insieme. Jaeg era il più alto degli amici di Bran, un metro e novantotto, e la sua fidanzata era piccolina. O forse era di statura media, ma sembrava piccola accanto a Jaeg. Eppure lui era un budino nelle mani di Cali.

Jaeg e Cali si scambiarono un'occhiata. «Ireland è un po' goffa, ecco tutto» disse Cali. «È ancora nuova in città e voglio assicurarmi che si diverta. Mi sembrava ci fosse qualcosa che non andava quando è andata in bagno.»

Bran diede un'occhiata alla folla. «Ireland mi sembra un tipo socievole. Non riesco a immaginare che faccia fatica a farsi degli amici.» *Eufemismo.* Quella donna sapeva che cosa stava facendo quando aveva quasi sbattuto in quel modo contro di lui nel corridoio. E lanciandogli occhiate interessate ogni volta che poteva.

Già, era una da evitare.

«Oh, bene» disse allegramente Cali. «Sto dandole lezioni.»

«Lezioni?» chiese Bran, rivolgendo l'attenzione alla bella donna dai capelli biondo-fragola. Cali non era statuaria come Ireland ma Bran notò la somiglianza di famiglia. I capelli rossi dovevano essere comuni nella loro famiglia. Perfino il fratello di Cali, Tyler, li aveva castano-rossicci. Anche se Ireland era l'unica vera rossa.

Jaeg grugnì. «Cali pensa che Ireland abbia bisogno di più eccitazione nella sua vita.»

«Beh, è così» confermò Cali.

«Baby, ricordi come è finita l'ultima volta in cui hai aiutato un'amica a incontrare degli uomini?»

Bran nascose un sorriso. Ne aveva sentito parlare. All'inizio, Cali aveva tentato di accoppiare Jaeg con la sua migliore amica, Gen. Alla fine, Cali aveva finito per innamorarsi di Jaeg. Il suo radar quando si trattava di storie d'amore non era tra i più affidabili.

Cali fece un gesto indifferente. «Questa volta è completamente diverso. Ireland è piuttosto timida, lavora in continuazione per pagare i suoi debiti studenteschi; non ha avuto molte occasioni per incontrare gente. Non la gente giusta comunque. È il motivo per cui ci stiamo lavorando.»

Bran colse lo sguardo della cameriera con cui parlava ogni tanto da mesi. Lei distolse in fretta gli occhi. Ecco, *quella* donna era timida. E proprio il tuo tipo. Non aveva bisogno di donne aggressive. «Volete scusarmi? Ho visto qualcuno che vorrei salutare.»

«Ci vediamo più tardi» disse Jaeg mentre Cali continuava a parlare di Ireland.

Bran smise di ascoltarla e si diresse verso la cameriera gentile. Non voleva più sentire parlare di Ireland, la "goffa" testa rossa. La cameriera con cui parlava era graziosa e dolce. Non avrebbe complicato la sua vita. Ovviamente, Bran non aveva ancora fatto una mossa. Non aveva ancora raccolto l'energia per chiederle di uscire. Ed era il motivo per cui sapeva che lei non era pericolosa.

Il suo cervello non si annebbiava quando la vedeva e la sua libido non prendeva mai il controllo.

I suoi desideri non avrebbero più avuto la meglio su di lui.

Capitolo Uno

Grazie a una forte gomitata da parte di sua cugina Cali, Ireland per poco non scivolò dallo sgabello di legno della pizzeria.

Cali alzò il mento verso il tavolo dall'altra parte del locale. «Guarda chi c'è.»

Ireland prese gli occhiali dalla borsa e se li mise. E poi li tolse in fretta, ficcandoli di nuovo nella borsa. Continuò a spelare i bordi del suo tovagliolo. «Ho visto i fratelli Cade una mezza dozzina di volte. So chi sono.»

Cali indicò con gli occhi la borsa di Ireland. «Ma non li hai veramente *visti*, vero? Quando ho detto che avresti dovuto provare ad andare in giro senza occhiali, pensavo che avresti messo delle lenti a contatto. Finirai per ucciderti, senza quelli.»

«Le nuove lenti a contatto mi irritano gli occhi. E non è che guidi senza occhiali.»

Cali non sembrava convinta. «Hai mai pensato alla chirurgia?»

«Ti piacerebbe che qualcuno pasticciasse con i tuoi bulbi oculari?»

Cali arricciò il naso.

«Esattamente» disse Ireland. «Quando troverò il coraggio di fare l'intervento laser te lo farò sapere. Comunque, per il momento non me lo posso permettere.»

«Beh, nel frattempo rimettiti i tuoi maledetti occhiali, perché ci sono due Cade intorno e sono sexy. Penso che dovresti puntare a uno dei due.»

Ireland sbuffò, alzando al cielo gli occhi miopi. Non aveva bisogno di vederci chiaramente. Sapeva tutto dei magnifici fratelli Cade. «Apprezzo che tu voglia aiutarmi a trovare qualcuno mentre sono al Lago Tahoe, perché hai trovato Jaeg proprio qui e lui è, beh, *Jaeger*, ma io non ho la tua stessa fortuna. Inoltre voglio che le cose accadano naturalmente. Com'è successo per te e Jaeg.»

Negli occhi di Cali passò un'ombra. «Non direi che le cose siano cominciate proprio bene con Jaeg, ma alla fine ci siamo capiti. E sì, il mio amante è incredibile» disse agitando maliziosamente le sopracciglia.

Ireland si strinse la radice del naso. «Troppe informazioni, Cali.»

Cali diede un altro spintone alla spalla di Ireland. «Parlando del mio sexy fidanzato, Jaeg è amico dei Cade. Sono brave persone; dovresti dare loro una chance. Il tuo approccio "lascia che succeda naturalmente" fa schifo. Non hai un appuntamento da quando sei arrivata.»

Ireland fece una smorfia. «Ho passato gli ultimi sei anni intorno a uomini socialmente inetti, mentre mi facevo il mazzo. Uscire con qualcuno non è una priorità. Non che non trovi gli uomini attraenti, ogni tanto.» Incluso uno dei fratelli Cade, che Ireland non avrebbe nominato. Avrebbe solo fornito a Cali altre munizioni.

«È il motivo per cui dovresti cominciare a uscire con

uomini normali. Gli uomini con cui lavoravi non erano tutti nerd tecnologici senza capacità sociali?»

«Non tutti. E se loro sono nerd, allora lo sono anch'io.»

«Dovrebbero revocarti la tessera di nerd. Non usi nemmeno una di quelle app per chattare online con gli uomini single.»

«Per uscire con un estraneo che poi si rivela essere un sociopatico?»

Cali si tirò indietro. «Accidenti. Quella società di merda ti ha veramente bruciata.»

«Che cosa c'entra con la mia vita sociale?»

«Perché i tizi con cui lavoravi erano degli stronzi, dal poco che mi hai detto. Penso che ti abbiano segnato psicologicamente.»

Già, non c'erano dubbi.

«Voglio che tu dimentichi quel posto. Non era normale. Adesso sei al Lago Tahoe e le cose qui sono diverse. Puoi metterti in gioco, fare una mossa con uno di quei Cade sexy, oppure puoi usare un'app di appuntamenti. Scegli quella che funziona meglio per te,» disse Cali sorridendo, «perché sappiamo entrambe che essere rinchiusa con i nerd dell'IT non ha certamente aiutato la tua vita amorosa.»

«Lavoro in uno dei casinò più eleganti del Lago Tahoe. Alcuni degli uomini lì sono veramente carini.»

«Mi hai detto che tutti quelli decenti sono sposati.»

Non avrei dovuto dirlo.

«Per tornare ai fratelli Cade, invece...» Cali guardò dall'altra parte della stanza. «Materiale di prima scelta.»

«Li hai appena chiamati *materiale di prima scelta?*»

«Sì, e allora? Sono sexy.»

I Cade *erano* attraenti. Uno in particolare. E non era assolutamente interessato a Ireland. «A loro non interesso.»

Cali si colpì la fronte con il palmo della mano. «Accidenti, Ireland. Ma ti sei guardata allo specchio?»

«In effetti sì. Occhiali, pelle pallida, capelli accesi.» Ireland alzò gli occhi, come per riflettere. «Un po' larga nella regione dei fianchi.»

Cali scosse la testa. «Si chiamano curve e sii contenta di averle. Alcune donne non sono così fortunate.»

«La bellezza fisica è soggettiva» disse Ireland. «Personalmente, ritengo di ricadere più o meno a metà dello spettro.»

«È ovvio che siamo imparentate, perché sei testarda. Ireland, tu sei intelligente *e* bella. Hai mai preso in considerazione di permettere a un uomo di avvicinarti adesso che sei lontana dalle stronzate della Silicon Valley?»

Ireland ripensò alla festa di anniversario del Club Tahoe cui aveva partecipato con Cali e Jaeg. E al suo tentativo di parlare con Bran. «Sì. E se stiamo ancora parlando dei fratelli Cade, la risposta è no. Almeno da parte loro.»

Cali strinse gli occhi. «Allora ti piace uno di loro? Quale? Tre non sono più disponibili, causa moglie o fidanzata o simili, ma gli altri due? Come quelli seduti a quattro metri di distanza?»

«A Bran non interesso. Mi guarda storto.»

Cali arricciò le labbra. «Da quanto ho capito, Bran non frequenta molte donne. Ed è veramente un peccato perché è da mangiare. Che ne dici di Hunt?»

«Il puttaniere?»

«Puttaniere, dai... A chi importa? È favoloso e sarebbe divertente. Non c'è motivo di farsi coinvolgere troppo. Ti serve una fase di riscaldamento dopo sei anni di prigione IT e Hunt è proprio il tipo perfetto per il preriscaldamento.»

Ireland la fissò. «Ti stai per caso riferendo alle mie ovaie?»

Cali aprì le labbra come per chiedere silenziosamente

cosa. «Fai finta che sia un allenamento. Da quant'è che non esci con qualcuno?»

Un anno? Due? «Da un po'.»

«Ecco! Hai bisogno di uscire con qualcuno in modo da essere a tuo agio quando apparirà l'uomo giusto che ti farà perdere la testa. Puoi essere un po'...»

Ireland sospirò. «Dillo e basta... Sono goffa.»

«Solo quando sei nervosa» aggiunse in fretta Cali.

«Quindi sempre quando sono tra persone che non conosco.»

Cali torse la bocca. «Ci vuole allenamento. Non tutti sono a loro agio in mezzo agli estranei.»

O agli uomini attraenti, pensò Ireland.

«Andare a qualche appuntamento non impegnativo ti aiuterà a superare il nervosismo.»

Purtroppo le parole di Cali avevano un senso. «Bene, capisco il tuo ragionamento.»

Cali sorrise. Ma, questa volta, il sorriso non era diretto a Ireland, che si infilò gli occhiali e fissò nella direzione in cui guardava Cali.

Jaeg era entrato nel ristorante e si stava avvicinando.

Ireland rimise in borsa gli occhiali. «È arrivato il tuo amante.»

Sembrò che Cali stesse facendo le fusa, perché, chiaramente, i suoi sensi erano già in sintonia con la sua presenza. I suoi feromoni dovevano essere stati stimolati nel momento in cui Jaeg era entrato nella stanza.

Questi due. Meno male che la stanza degli ospiti di Jaeg e Cali era dall'altra parte della casa. Ireland portava i tappi per le orecchie di notte in modo da non sentire accidentalmente qualcosa che non voleva.

Jaeg arrivò al loro tavolo e si chinò a baciare Cali sulle labbra. «Buonasera signore, come va?» Si sedette accanto a

Cali e appoggiò il suo enorme braccio sullo schienale della sua sedia. E, nel frattempo, Cali stava sorridendo a Jaeg come se non lo vedesse da settimane invece che da quella mattina.

Cali vedeva il suo fidanzato più spesso della maggior parte delle coppie, dato che Jaeg lavorava da casa; aveva un laboratorio nella sua proprietà. Si sarebbe potuto pensare che oramai l'ardore si fosse esaurito, ma no, facevano ancora partire gli allarmi antincendio con una sola occhiata.

E sembrava piuttosto carino.

Ireland non era gelosa. Nemmeno un po'.

Okay, li invidiava da morire.

Lei non era mai uscita con qualcuno con il quale ci fosse quel tipo di attrazione chimica. Era felice per Cali, ma avrebbe mentito se avesse detto di non volere qualcosa di simile. Era il motivo per cui stava seriamente prendendo in considerazione di uscire con Hunt, anche se era un donnaiolo. E anche se era suo fratello Bran che aveva attirato la sua attenzione. Cali aveva ragione: Ireland doveva passare da una fase di riscaldamento, e a Bran lei proprio non interessava.

Aveva imparato molto tempo prima che non valeva la pena di avere una relazione con un uomo che era solo leggermente interessato.

«Sei sicura che Hunt uscirebbe con me?» chiese Ireland. «Non ho intenzione di dargliela, se è quello che ci vuole.»

Cali si liberò dall'incantesimo di Jaeg, riportando lo sguardo su Ireland. «Hunt non è così. Sembra che gli piaccia la compagnia delle donne, di tutte le donne. Inoltre non ha bisogno di sforzarsi per riuscire a fare sesso. Le donne lasciano cadere le mutandine a destra e a manca per lui. Un appuntamento con te sarebbe come un sorbetto per pulire il palato.»

Jaeg masticò un pezzo della pizza che avevano avanzato e si pulì la bocca, appoggiando l'avambraccio nudo sul tavolo. «Ti interessa Hunt?»

«Non esattamente» disse Ireland.

«Ireland ha solo bisogno di...» Cali passò distrattamente le dita sul braccio di Jaeg. E si fermarono lì. Appiattì la mano, la strinse e la passò su e giù lungo l'avambraccio muscoloso.

«Cali» sbottò Ireland.

«Giusto.» Cali tolse la mano dal braccio del fidanzato. «Come stavo dicendo,» fece una pausa e guardò Jaeg come se non avesse palpeggiato i suoi muscoli un momento prima, «Ireland ha bisogno di uscire una volta o due, per rompere il digiuno. È stata rinchiusa per troppo tempo con quei nerd asociali dei videogiochi.»

Ireland alzò un dito. «Sai che sono una videogiocatrice e le mie capacità sociali sono mancanti, esattamente come le loro.»

«Esattamente» disse Cali. «È come un cieco che guida un cieco. E, nel tuo caso, intendo letteralmente.»

Vero. Ireland non vedeva niente senza gli occhiali. Ma stava cercando di cambiare la sua immagine: da perfetta nerd completa a solo un po' nerd. E non mentiva a proposito delle lenti a contatto. Le rovinavano veramente gli occhi. Finché non se ne fosse procurata un altro tipo, o avesse trovato il coraggio per fare l'intervento laser, era cieca come una talpa.

«Se vuoi uscire con Hunt, posso metterci una buona parola» disse Jaeg, bevendo un sorso della birra di Cali e adocchiando un'altra fetta di pizza. A quanto pareva gli uomini grossi avevano anche un grande appetito perché sembrava che Jaeg mangiasse in continuazione. Ireland e

Cali non erano pesi piuma in fatto di cibo, ma l'appetito di Jaeg le faceva sembrare degli uccellini.

«No.» Ireland scosse la teta. «Sarebbe imbarazzante.»

«Non ci vorrà molto» disse Cali e guardò Jaeg. «Giusto?»

«No» disse Jaeg. «Non lo renderò ovvio. Gli dirò che vogliamo farti visitare il Lago Tahoe. Vedere se conosce qualche posto speciale.»

Ireland piegò il tovagliolo che stava facendo a brandelli. «Immagino possa andar bene.»

«Visto?» disse Cali e le strinse la mano. «Sarà super fico. Hunt è un bravo ragazzo.»

* * *

«Quand'è stata l'ultima volta in cui hai fatto sesso?» disse Hunt.

I fratelli di Bran lo infastidivano continuamente a proposito della sua vita personale e la conversazione stava diventando stantia. Abbassò la visiera del suo berretto da baseball. Riusciva appena a vedere l'affollata pizzeria oltre il bordo. «Non ho bisogno di fare sesso. Mi sta bene stare da solo.»

Hunt sbuffò. «Vaffanculo! Il destino dei nostri genitori non ti ha insegnato niente? La vita è troppo breve. Devi viverla al massimo mentre puoi.»

Bran, Hunt e i loro tre fratelli avevano perso la madre quand'erano piccoli. Il povero Hunt era ancora un bambinetto. La morte per cancro del loro padre a un'età relativamente giovane significava che erano rimasti solo loro cinque. Niente zii o cugini a cui rivolgersi dato che il loro padre aveva tagliato i ponti con il resto della famiglia dopo la morte della loro madre.

Bran diede un'occhiataccia a Hunt. «Non voglio il tipo di divertimento che apprezzi tu.»

«E questo che cosa vorrebbe dire?»

Bran tirò indietro la testa e guardò il soffitto. «Vediamo... Prima c'è stata la ragazza di Levi.» Hunt aveva fatto sesso con la ragazza del loro fratello maggiore quando aveva solo diciotto anni. Era stato un incubo.

Hunt si dimenò sulla sedia. «È successo secoli fa e Levi mi ha perdonato.»

«Perché si è innamorato di Emily.»

«Esattamente.»

Bran scosse la testa. Emily aveva messo un po' di sale in zucca al loro fratello maggiore, Levi, addolcendolo e facendogli capire quanto fosse importante la famiglia. Aveva aiutato ad appianare le cose tra Levi e Hunt. Comunque... «C'è anche il fatto che vai a letto con qualunque cosa abbia due gambe.»

Hunt arricciò le labbra. «Adesso sei solo scortese. Ho degli standard.»

Bran alzò un sopracciglio.

«Certo, non gli stessi tuoi standard, ma tu non vedi un po' di azione da anni. Siamo tutti curiosi riguardo ai tuoi standard, dato che ti impediscono di avvicinarti al sesso opposto.»

Bran non aveva chiesto l'opinione del fratello, non che cambiasse qualcosa. Riceveva regolarmente i loro commenti, che li volesse o no.

Non che Bran avesse proprio degli standard che dettavano la sua vita, ma preferiva fare delle accurate valutazioni prima di fare qualcosa di stupido.

Come aveva fatto quando era alle superiori.

Che aveva cambiato il modo in cui vedeva il mondo.

Ma Bran non voleva perdere l'occasione di rendere la

vita difficile a Hunt. «I miei standard sono semplici. Scelgo il discreto invece dell'appariscente.»

Hunt puntò il dito su Bran. «E questo è il tuo problema. Non c'è niente che non vada con l'essere appariscente. È divertente. Lo ricordi, fratello? *Divertimento*. Mi sembra di ricordare che un tempo sapessi che cos'era, ma è passato così tanto tempo che la mia memoria è un po' nebulosa.»

Era passato un bel po' da quando Bran si era lasciato andare. Perché, tipicamente, secondo la sua esperienza, significava problemi. Il passato dimostrava che il suo giudizio faceva schifo, quindi aveva scelto di ignorare completamente il divertimento. «Puoi venire al punto?»

«Non pensi che sia ora che ti lasci andare un po'?» Hunt scrollò le spalle come un pugile che si preparasse per un combattimento. «Non vorrei definirti un bacchettone, ma...»

Bran sbuffò mentre si guardava intorno per cercare la cameriera. Dove diavolo era finita la sua birra?

Suo fratello Wes gli bloccò la vista e prese una sedia. «Non posso rimanere a lungo. Kaylee è esausta e devo occuparmi della bambina in modo che lei possa riposare un po'. Che cosa mi sono perso? Ho sentito parlare di divertimento.»

Arrivò anche Adam, che guardò con entusiasmo tra Wes e Bran. «Bran si sta divertendo?» Adam richiamò l'attenzione della cameriera con un movimento del suo elegante polso rivestito di Armani. Adam indossava completi per lavorare ogni giorno e *non* gli dava fastidio. Lo stesso non si poteva dire di Bran e del resto dei suoi fratelli, che preferivano abiti casual ai completi firmati del fratello.

«No, e questo è il problema» disse Hunt e allungò il collo. «Dov'è Levi?»

Guardarono verso l'ingresso del ristorante proprio mentre Levi entrava con la sua fidanzata, Emily, che lavorava con loro al Club Tahoe. *Perfetto*. Adesso era tutti lì, pronti a dare del filo da torcere a Bran.

Levi ed Emily si sedettero di fronte a Bran. «Non possiamo restare a lungo» disse Levi.

«È il ritornello di questa sera» borbottò Hunt. «Nessuno di voi è divertente. Ricordatemi di non sistemarmi mai. Vi ha trasformati tutti in noie pazzesche.»

Levi guardò storto Hunt. «Non ha niente a che vedere con il sistemarsi, anche se tu potresti cercare di lavorare di più e giocare di meno. Alcuni di noi stanno cercando di far funzionare il club e continuare a renderlo una fonte di impiego per la comunità. Oh, e siamo maturati con l'età. Ma immagino che tu non sappia che cosa significa.»

Levi e Hunt potevano aver ricostruito i ponti bruciati ma alcune cose non cambiavano mai. Si davano ancora sui nervi a vicenda.

«Lavorare di più?» disse Hunt, ignorando il commento di Levi sul crescere. «Lavoro a tempo pieno al club, proprio come te. Ma quando non sto lavorando, io mi diverto. Perché so come si fa, diversamente da voi poveracci.»

Levi scosse la testa e guardò Bran. «È una causa persa. E tu? Il nuovo sistema per le ordinazioni sta funzionando?»

Nel tentativo di suscitare più interesse nei ristoranti in una comunità con molta concorrenza, Bran aveva convinto Levi a investire una montagna di soldi in una nuova tecnologia per i ristoranti. Bran gestiva tutti e quattro i ristoranti del Club Tahoe e stimava che avrebbero potuto soddisfare significativamente più ordini con la nuova attrezzatura. Il sistema però aveva bisogno di un lungo periodo di apprendimento per il suo staff.

«Quasi completamente» rispose Bran. «Il personale sta ancora imparando.»

«E il supporto tecnico della società? Ti stanno aiutando?»

«Sì, stanno aiutando, ma ho oltre sessanta dipendenti a tempo pieno o parziale da gestire. Il procedimento per aggiornarli tutti è lungo.»

«Okay.» Levi guardò Emily, posandole possessivamente una mano sulla gamba. «Tu hai controllato il sistema?»

Gli occhi di Emily si illuminarono. «Certo. Sai quanto mi piaccia il mio tablet e quelli del ristorante sono ancora più fichi del mio, con un sacco di caratteristiche divertenti per intrattenere gli ospiti. Abbiamo già visto un aumento dei ricavi del settore con la nuova app Keno che abbiamo installato.»

La cameriera consegnò a Levi la sua birra e lui ne bevve un sorso. «Ottima decisione, Bran. Purché niente vada male non vedo come potrebbe danneggiare il club.»

Bran si strofinò la guancia. La nuova tecnologia sembrava vincente, ma Bran aveva qualche difficoltà a fidarsi dei propri istinti e quell'investimento si era basato solamente su una sensazione viscerale. Se fosse fallito, la colpa sarebbe ricaduta su di lui.

«Guardate chi c'è» disse Hunt e si alzò per stringere la mano a Jaeg, che si unì a Bran e ai suoi fratelli. Il collo di Bran cominciò a formicolare. Se Jaeg era nel ristorante... Si guardò attorno. E individuò la fidanzata di Jaeg. Con sua cugina, Ireland. *Maledizione.*

Jaeg e Bran parlarono delle opere d'arte che il club aveva commissionato a Jaeg e si misero d'accordo perché Bran andasse a controllarle.

Jaeg fece un cenno a Hunt. «Che cosa hai in ballo in questi giorni?»

«Non molto. Hai qualcosa in mente?»

«Cali vuole mostrare un po' più del Lago Tahoe a sua

cugina. Se hai in programma di fare qualche esplorazione nel prossimo futuro, dammi un colpo di telefono. Ci piacerebbe unirci a te.»

Hunt guardò storto Bran e gli altri. «Ecco di che cosa stavo parlando. Jaeg e Cali sanno come divertirsi.»

E Ireland, pensò Bran.

Il suo allupato fratellino sarebbe stato il quarto con Cali, Jaeg e Ireland.

Strinse i denti. Non gli piaceva l'idea di Ireland con altri uomini, specialmente i suoi fratelli. Il fatto che lo infastidisse lo fece incazzare ancora di più.

Capitolo Due

Ireland stava bevendo il suo caffè mattutino al tavolo della cucina quando Cali entrò nella stanza spaziosa indossando un accappatoio morbido stampato con la caricatura di bassotti. Oltre a tutto aveva tra le braccia il suo bassotto, Buddy e l'immagine che dava era veramente comica.

«Buongiorno.» Cali starnutì e prese un fazzoletto stropicciato dalla tasca. Buddy le leccò la guancia. Cali aveva il naso rosso e sembrava insolitamente pallida.

«Stai bene?» le chiese Ireland.

«Sì, certo, sto male solo un po'.»

«Stai malissimo!» gridò Jaeg dalla camera da letto.

Cali guardò indietro. «Ma posso comunque venire oggi» disse a Ireland. «Quindi non preoccuparti.»

Si sentì un grugnito arrivare dal fondo del corridoio.

Ireland guardò oltre Cali vedendo Jaeg con un'espressione contrariata sul volto. «Se non ti senti bene,» disse a Cali, «possiamo annullare. Sono sicuro che Hunt capirà.»

Hunt aveva finito per unirsi a loro in pizzeria l'altra sera, dopo che Jaeg era andato a salutarli. I suoi fratelli se n'erano andati, ma Hunt era rimasto a chiacchierare mentre Ireland, Cali e Jaeg finivano le loro birre. Li aveva invitati alla crociera alcolica che organizzava ogni settimana per il club e che avrebbe avuto luogo quel giorno.

«No!» disse Cali, con la voce gracchiante. «Posso farcela.»

Jaeg si mise le mani sui fianchi, con i gomiti in fuori. «Cali.»

Lei si voltò a guardarlo. «Che c'è? L'ho promesso a Ireland.»

«Se è per me, allora sono contenta di restare a casa» disse Ireland. Si sarebbe messa i calzini pelosi e i pantaloni della tuta e lei e Cali avrebbero potuto guardare telefilm a volontà su Netflix, preferibilmente qualcosa con vichinghi sexy e sudati.

Cali fece una smorfia. «Hai finalmente un appuntamento...»

Ireland arrossì. «Non è un appuntamento!»

«E hai intenzione di annullare?» L'espressione di Cali era quasi addolorata.

Ireland era così patetica? Già, proprio così.

Era rimasta a casa ogni fine settimana da quando era arrivata, a meno che Cali e Jaeg la trascinassero fuori, ed eccola, sul punto di rinunciare a un'opportunità di uscire.

Ireland mise il gomito sul tavolo da pranzo e appoggiò il mento sulla mano. «Immagino che potrei andare.»

Cali si illuminò immediatamente e passò Buddy a Jaeg, che si infilò il cagnolino sotto il braccio, come fosse un pallone da football mentre andava al frigorifero per versare del succo d'arancia in un bicchiere. Porse il bicchiere a Cali. «Bevi, malatina.»

Cali sorseggiò il succo d'arancia e si sedette al tavolo accanto a Ireland. «Perfetto. Ci saranno altre persone sulla barca e, senza me presente, sarai costretta a socializzare. Inoltre potrai passare del tempo con Hunt, quello divertente.» Ammiccò e Ireland trasalì.

Non che a Ireland non piacesse l'idea di socializzare, o Hunt; temeva solo di esser impacciata con degli sconosciuti intorno. Ma Cali aveva ragione. Ireland si era trasferita al Lago Tahoe per costruirsi una vita migliore. «Andrò e andrà tutto bene. Tu resta a casa e riposa.»

Jaeg mormorò un silenzioso *grazie* dietro le spalle di Cali.

* * *

Ireland superò l'area della piscina del Club Tahoe e andò verso la spiaggia. Guardò oltre la sabbia nella direzione del molo e si mie per un momento gli occhiali. C'era una barca restaurata, era di classe con un terzo coperto da una cabina di legno.

Tutto al Club Tahoe era di classe. Ethan Cade, il patriarca, non aveva badato a spese quando aveva progettato e poi costruito quel posto.

Ireland guardò il proprio abbigliamento, preoccupata di essersi vestita in modo troppo casual. Indossava dei pantaloncini bianchi e una camicia di jeans sopra il bikini color lavanda. Le parole *crociera alcolica* non erano sinonimo di eleganza, ma la barca sicuramente sì.

In origine, Ireland aveva allacciato la camicia fino in alto, ma, prima che avesse la possibilità di uscire, Cali aveva slacciato la parte superiore e infilato la parte anteriore della camicia nei pantaloncini, mettendo in evidenza la vita sottile e, secondo Ireland, troppo seno. Ma quando Ireland aveva tentato di allacciarla di nuovo, Cali le aveva schiaffeggiato via le mani.

Alla fine, Ireland aveva immaginato che avrebbe comunque messo in mostra molto di più nel costume da bagno, quindi qual era la differenza? Schermò il sole con una mano e ispezionò la barca un'ultima volta prima di riporre gli occhiali in borsa. Non c'era nessuno nello spazio aperto, ma c'era un uomo all'interno della parte coperta. Era piegato e stava trafficando con qualcosa in basso.

Doveva essere Hunt.

Ireland si mise la grande borsa da spiaggia sulla spalla. La spedizione richiedeva dei sostegni. Era una rossa naturale, quindi era venuta attrezzata con una tonnellata di crema solare e un cappello gigante.

Ireland si morse il labbro. Essere la prima ad arrivare non era mai divertente. Hunt sembrava un bravo ragazzo ma non era mai stata da sola con lui. E se non avessero avuto niente da dirsi?

Si prese tutto il tempo per arrivare, sperando che gli altri passeggeri si facessero vivi presto.

Ma la fortuna non era dalla sua parte. E non era tipico? Era ancora l'unica quando si avvicinò alla barca. E adesso era lì, in attesa, come un'idiota.

Non più piegato in avanti, Hunt fissava l'acqua, con un cappello da baseball che gli schermava il viso. Si voltò al suono della sua voce.

E non era Hunt.

Merda.

Anche senza occhiali, Ireland riconobbe quella bocca severa. La posizione delle spalle, la mandibola volitiva. Che cosa ci faceva lì Bran?

«Perché sei qui?» disse lui, rispecchiando i suoi pensieri e facendola sentire quella fuori posto.

Nonostante il tono duro, lo sguardo di Bran era sceso sul

suo corpo, grazie all'attenta manipolazione dei vestiti da parte di Cali.

Ireland sospirò. Non sapeva che cosa avesse fatto per guadagnarsi l'ira di Bran, ma la sua tipica reazione a un conflitto era di ucciderli con la gentilezza. «Hunt aveva detto che c'era posto nella crociera di oggi» disse allegramente. «Cali e io abbiamo comprato i biglietti, ma adesso lei è malata...» Si guardò intorno. «Dov'è Hunt?»

Bran irrigidì le spalle, si chinò e infilò la mano dentro un grande refrigeratore di legno. «Non c'è. È malato.»

Cali era malata e adesso Hunt? «Peccato.» Ireland fece una smorfia. Era *veramente* un peccato. Hunt era quello gentile. «Ci deve essere un brutto virus in giro.»

Bran le diede un'occhiataccia da sopra la spalla. «Credi?»

Ireland strinse gli occhi. Tutti la consideravano una persona gentile, ma Bran stava mettendo alla prova la sua capacità di sviare il comportamento da stronzi. Come avrebbe fatto a superare la gita in barca con lui al comando? Bran la odiava. E, nonostante tutto, non poteva andarsene. Cali l'avrebbe uccisa se si fosse tirata indietro.

Ireland posizionò strategicamente mani e piedi per mantenere l'equilibrio mentre saliva a bordo e la barca si spostava sotto il suo peso. Sarebbero arrivati tutti molto presto. Sarebbe andato tutto bene.

Bran preparò la barca e, dopo qualche minuto, Ireland guardò verso la sabbia, cercando i ritardatari. «Il tour non parte alle due?»

Bran si raddrizzò e si passò la mano sul volto. Guardò verso l'acqua. «Il gruppo di sei ha annullato.»

Che diavolo! «Scusa?» disse, con la voce che tremava. Era l'unica passeggera in quella crociera? Con Bran? Da solo?

No. No, no, no.

«Sentiti libera di annullare.» Bran sorrise compiaciuto, come se stesse leggendo i suoi pensieri. «Sarei lieto di rimborsarti il prezzo del biglietto. Non è che non abbia di meglio da fare, con quattro ristoranti da gestire.»

«Certo, io...» Un attimo, non poteva annullare l'unica cosa che aveva finalmente promesso a Cali di fare da sola al Lago Tahoe. Non l'avrebbe mai perdonata. Inoltre, per qualche motivo (*il suo atteggiamento di merda*) non era particolarmente interessata a dare a Bran ciò che voleva.

Ireland poteva anche non essere a suo agio in caso di conflitti, ma era anche maledettamente stufa di essere calpestata dagli uomini. «Non importa. Va bene così.» Si mise comoda sulla panca di pelle bianca e si mise il cappello. Sbirciò Bran da sotto la larga tesa.

Bran strinse i denti. «Fai come vuoi. Non credo che sarò una gran compagnia.»

«Quando mai lo sei stato?» mormorò Ireland.

Bran strinse gli occhi.

Evidentemente Bran non aveva problemi di udito. «Come mai siete solo tu e Hunt a gestire le crociere?»

Bran si arrotolò le maniche della t-shirt. La temperatura quella mattina era stata calda per Tahoe e adesso, a mezzogiorno, era arrivata quasi a trenta gradi. «Levi ha regole molto stringenti su chi può pilotare le barche. Vuole piloti addestrati sia nella sicurezza sia nella rianimazione cardiopolmonare. Non abbiamo avuto il tempo di addestrare nessun altro. Non posso biasimarlo. Con la quantità di idioti che c'è sul lago in estate è meglio stare sul sicuro.» Slegò la cima attaccata a una bitta sul molo e disse: «Saremo di ritorno prima dell'ora di cena ed è tutto ciò che conta».

Quindi non era un grosso problema per lui gestire la crociera; stava solo cercando di fare il difficile.

Ireland adocchiò il refrigeratore. «Quelle birre sono per me?»

Bran si massaggiò il collo e la guardò storto. «Non tutte. Non ho nessuna voglia di portare in braccio una donna ubriaca fin sulla riva.»

Ireland sbuffò. «Sono quasi un metro e settantacinque e peso sessantasei chili. Reggo bene l'alcol.»

Bran le ispezionò il corpo come se avesse detto qualcosa di affascinante, non ammesso che nel suo armadio non c'erano taglie quarantadue. Non era sovrappeso per la sua altezza, ma non era certamente un fuscello.

Ireland si dimenò un po', perché Bran la stava ancora fissando. E non credeva che lui se ne rendesse conto. «Allora, qual è il programma per oggi?»

Finalmente, Bran alzò gli occhi e le passò una birra dal refrigeratore. Ireland notò che non ne aveva presa una per sé. «Non c'è niente in programma. Andiamo in giro per il lago, tu bevi una birra o due. Torniamo indietro.»

A Ireland non sfuggì il tono perentorio quando disse la quantità di birre che avrebbe consumato lei, come se potesse deciderlo lui. E non le piacque, neanche un po'. Era una crociera alcolica, per l'amor del cielo. Che problemi aveva?

Quella crociera sarebbe stata divertente come andare a un doppio appuntamento con un fratello maggiore. Beh, Bran doveva farsene una ragione perché lei avrebbe bevuto finché voleva.

Ireland si portò la bottiglia di Corona alla bocca e bevve un lungo sorso fortificante. Lei e Cali avevano previsto di chiamare un Uber per tornare a casa. Si sarebbe attenuta a quel piano e si sarebbe divertita comunque perché era chiaro che avrebbe avuto bisogno di una birra o due per sopravvivere al suo compagno.

Bran si spostò sulla barca, preparandosi a partire, e

Ireland si applicò abbastanza crema solare da far diventare una tonalità più chiara di bianco la sua pelle già pallida. Guardò di sottecchi Bran.

Okay, lo stava fissando. A parte l'atteggiamento scostante, Bran era incredibilmente sexy e si stava occupando di tutto il necessario sulla barca come un vero professionista. Con le maniche arrotolate che mettevano in mostra le braccia sexy e pantaloni corti che lasciavano i polpacci muscolosi in bella vista, che cosa c'era che poteva non piacere?

I muscoli delle spalle e della schiena di Bran si flettevano mentre spostava le cose nella barca e ritirava la cima in uno scomparto nascosto.

Bran guardò indietro. «Sei pronta?»

Ireland alzò gli occhi sul suo volto, distogliendoli dai muscoli del sedere. «Pronta.»

Bran si spostò nella parte coperta della vecchia barca di legno e il motore ruggì quando mise in moto. Ireland guardò oltre il bordo e vide l'acqua trasparente che ribolliva per il movimento dell'elica.

Si tolse i saldali infradito, alzò i piedi sul sedile e si sdraiò. Tanto valeva mettersi comoda. Tirò indietro la testa in modo da vedere il cielo azzurro, ma non troppo indietro. Nemmeno la protezione cento poteva fare miracoli.

Forse questa gita alla fin fine sarebbe andata bene. Che cosa poteva andare storto navigando su un bel lago con una birra in mano?

Tutto, a quanto pareva.

Capitolo Tre

Bran era incastrato sulla barca proprio con Ireland.

Era tutta colpa di Hunt. Aveva dato il tormento a Bran perché non usciva mai e adesso questo? Bran non sapeva come ci fosse riuscito suo fratello, ma in qualche modo aveva manipolato Bran per fargli fare la crociera da solo con Ireland.

Bran gestiva *quattro* ristoranti. Aveva richiesto la prova fisica della cosiddetta malattia prima di impegnare due ore del suo tempo per aiutare Hunt. Quindi aveva fatto ciò che ogni fratello coscienzioso avrebbe fatto: era andato a casa di Hunt per assicurarsi che quell'idiota stesse veramente male. Ma quando aveva aperto la porta, Hunt aveva il naso rosso e gli occhi acquosi e sembrava pallido. Perfino Bran aveva capito che il fratello non stava mentendo. Non aveva attenuato la sua frustrazione. Specialmente quando aveva visto Ireland che si avvicinava alla barca.

Maledizione.

Bran aveva visto Ireland vestita elegantemente, e il suo seno aveva attirato lo sguardo. Si era sempre attenuto alla sua regola di non uscire con donne troppo sensuali, sapendo di essere un debole quando si trattava di loro. Ma Ireland non cercava di essere sexy, lo era e basta. Il bikini faceva capolino attraverso la camicia. E lo stava uccidendo.

Durante l'ultima mezz'ora, era riuscito a distrarla pilotando la barca lungo qualcuno dei punti più interessanti del lago, andando piano in modo che potesse godersi la vista dalla poppa. Purché restassero lontani, le cose sarebbero andate bene. Ma se voleva fare il suo lavoro, doveva fermarsi alla Emerald Bay e offrirle uno snack, altro alcol e l'opportunità di nuotare.

E questo significava la potenziale rimozione di vestiti e altra pelle che lo avrebbe tentato.

Bran rimandò la fermata a Emerald Bay il più a lungo possibile, poi finalmente rallentò in un punto incontaminato accanto all'isola al centro della baia. Spense il motore, stringendo il timone.

«Va tutto bene?» chiese Ireland.

Bran allentò la presa e si alzò. «Pensavo che avresti gradito uno snack e una nuotata.»

«Oh.» La sua voce adesso era più vicina.

Guardò indietro e la vide che si abbassava per entrare nella cabina.

«Mangerei volentieri qualcosa.» Alzò la bottiglia vuota. «E ne vorrei un'altra.»

Ireland fece un passo avanti proprio mentre Bran si spostava verso il refrigeratore. L'ambiente era piccolo. Ma quello che lo rovinò fu la grande scia che fece ondeggiare la barca.

Bran appoggiò la mano al soffitto per tenersi. Ireland, d'altro canto, si aggrappò a lui.

Il suo corpo morbido premette contro il suo mentre cercava di ritrovare l'equilibrio; nel frattempo, Bran digrignava i denti.

Stupida scia.

Chiunque avrebbe potuto perdere l'equilibrio con un'ondata come quella, ma lei stava esagerando. Decisamente, se Bran voleva mantenere il controllo. Aveva la faccia praticamente contro il suo collo. «Ti dispiace?»

Ireland si tirò indietro di colpo e afferrò il sedile accanto, superando le onde più piccole che arrivarono dopo quella gigante. «Mi dispiace tanto.»

Bran andò al refrigeratore e prese una birra per lei e, *vaffanculo a tutti*, una per sé. I suoi fratelli lo avrebbero ucciso se avessero saputo che beveva mentre pilotava una barca. Quella regola era stata ficcata loro in testa quando erano adolescenti. Ma se c'era un momento in cui Bran aveva bisogno di una birra era proprio quello.

Tolse il tappo alla prima bottiglia e gliela porse. «Vai a fare una nuotata. Sembra che tu abbia bisogno di rinfrescarti un po'.»

«E questo che cosa dovrebbe voler dire?»

Bran fece spallucce. «Sembra che tu sia un po' eccitata.» Bran tolse il tappo alla sua birra e bevve un lungo sorso, fissandola. Più che altro era *lui* a essere eccitato.

«Scusami? Tu-tu...» Ireland emise un sospiro, inspirò dal naso e chiuse gli occhi. «Stai suggerendo che ti abbia afferrato di proposito?»

«Non è così?»

Ireland arrossì. «Ho perso l'equilibrio! Perché sei così ostile con me?»

«Stai confondendo la mia solita indole con il fatto che mi importi di te.»

Le passò accanto per uscire sul ponte. A prendere un po' d'aria. E spazio. Riusciva ancora a sentire il corpo di Ireland contro il proprio e stava mettendo in moto delle cose che avrebbero dovuto restare ferme.

La sentì che lo seguiva a piedi nudi. Bei piedi, con le unghie dipinte di rosso. Non che lo avesse notato.

Cazzo. Lo aveva notato. I piedi erano carini per una donna alta come lei.

Gli aveva comunicato la sua statura e il suo peso come se fossero una brutta cosa. Quello che non sapeva era che senza le regole secondo le quali viveva, lei sarebbe stata la donna ideale per Bran.

Riusciva a cavarsela con "carine". Ma belle e sexy? No. Niente da fare.

«T-tu...» Ireland fece un altro profondo respiro e lui si voltò a guardarla.

«Sei balbuziente o qualcosa del genere?»

Lei sembrò ferita e, questa volta, Bran si vergognò. L'espressione sul volto di Ireland gli diceva che doveva aver toccato un punto dolente.

«Sì, str-stronzo. Balbetto. Quando sono stressata, o furiosa.» Fece una smorfia e incrociò le braccia, poi sembrò ricordarsi della birra che aveva in mano. Bevve un lungo sorso e gli diede un'altra occhiataccia.

Bran inarcò un sopracciglio. Voleva ubriacarsi? Per lui era okay. Poteva risalire da sola sulla spiaggia, ubriaca fradicia, una volta che lui l'avesse scaricata dalla barca. Non era una cliente del resort, non doveva riservarle un trattamento speciale.

Normalmente, non si sarebbe tolto la maglia di fronte a qualcuno come Ireland. Non voleva dare a nessuna l'idea sbagliata. Ma a questo punto non era possibile che lei ci provasse di nuovo. L'aveva fatta incazzare per bene. Non era stata sua intenzione prenderla in giro per la balbuzie, ma almeno non avrebbe più tentato di flirtare con lui. Sicuro che non ci sarebbero state altre tentazioni, Bran si tolse la maglia per rinfrescarsi. Si sdraiò sulla panca di fronte a quella che stava usando Ireland e abbassò la visiera del berretto, chiudendo gli occhi. Tanto valeva fare un sonnellino mentre lei mangiava e beveva.

Sentì un fruscio dal lato della barca dov'era Ireland. Lo ignorò.

Poi arrivò un suono come se qualcuno stesse deglutendo e immaginò che si trattasse di Ireland che beveva il resto della sua birra. Seguito dal tonfo della bottiglia su quello che Bran pensò fosse uno dei tavolini integrati nella barca.

Bran evitò di espirare forte. Presto Ireland si sarebbe calmata e lui avrebbe potuto dormire per un po' finché fosse arrivato il momento di tornare. E quella piccola avventura sarebbe finita.

La barca si piegò leggermente e fu sorpreso da un forte splash.

«Iiiih!»

Bran rialzò il cappello e si sedette. Che cosa significava *iiih*? «Che cosa stai facendo?»

Non la vedeva e Ireland non rispondeva. Cristo santo.

Bran si alzò e guardò fuori... Era lo spettacolo più bello che avesse mai visto.

Ireland galleggiava sulla schiena, il corpo sinuoso che ondeggiava lievemente nell'acqua azzurro scuro, con i lunghi capelli rossi che fluttuavano intorno a lei. Ma aveva gli occhi chiusi e i denti che battevano. La pelle appariva più pallida del solido.

Senza pensarci, Bran si tolse le ciabatte infradito e si tuffò. Riemerse dall'acqua e buttò indietro la testa, per togliersi l'acqua dagli occhi.

Ireland lo stava guardando, in piedi nell'acqua, con i denti che continuavano a battere. «Ch-che cosa stai... facendo?» Questa volta la balbuzie sembrava causata dai denti che battevano.

«Mi sto assicurando che tu stia bene.» Le labbra di Ireland stavano diventando blu. Bran e i suoi fratelli erano abituati all'acqua fredda del lago, ma erano cresciuti lì.

«Adesso ti importa?»

«In realtà no, ma è responsabilità mia riportarti indietro viva.»

«Stronzo!»

«Dovrai trovare qualche altro nome. Questo sta diventando stantio.»

«Arrogante, scortese, cocciuto, sempre con il cappello in testa...»

«Col cappello in testa? Stai cercando di insultarmi o descrivendo come mi vesto? Perché, devo dirlo, non fa male, nemmeno un po'.»

Ireland spinse avanti una mano e lo spruzzò con una vagonata d'acqua.

Bran si passò la mano sugli occhi. «È così che va?»

«Sei stato scortese e ostile con me sin dall'inizio, somaro cocciuto.»

«Ah, aspetta. Mi piace quel nome. Sembra familiare, dato che è così che mi chiamano i miei fratelli.»

Lei inspirò forte. «Mi stai paragonando ai tuoi fratelli? Posso essere alta e goffa, ma non sono un uomo!»

Un che cosa?

Era un colpo basso. Non la reazione di Ireland, ma la sua. Avrebbe potuto chiarire subito le cose spiegandole ciò che intendeva dire. Che i suoi fratelli lo chiamavano sempre somaro e che era per quello che lo trovava familiare. Ma non fu quello che fece. No, sarebbe stato troppo facile. E sicuro.

Poteva cavarsela con il suo corpo voluttuoso in bikini, o premuta contro di lui quando gli era caduta addosso. Ma una volta che una bella ragazza cominciava a strapazzarlo come una sfacciata sputafuoco, il suo controllo andava in pezzi.

Cazzo, il fuoco interiore di Ireland faceva il paio con il colore dei suoi capelli. Bran l'afferrò per la vita e la tirò contro di sé. Cominciò a baciarla appena i loro corpi si fusero insieme.

Erezione istantanea. Follia istantanea.

Aveva perso la testa e lo stretto controllo che aveva su di sé e che non era mai venuto meno fin da quando... Da quando aveva fatto un casino anni prima.

Bran si tirò indietro di qualche centimetro. Con le labbra che sfioravano quelle di Ireland disse: «È questo che vuoi?».

Avrebbe dovuto smettere e allontanarsi a nuoto, ma i loro corpi erano premuti insieme e non riuscì a raccogliere la forza di farlo. A meno che lei gli dicesse di no. Allora si sarebbe fermato. Sarebbe stato penoso, ma lo avrebbe fatto. Ma lei non lo stava respingendo.

Gli occhi verdi erano socchiusi. Maledizione, era bella. La più bella donna che avesse mai visto.

La baciò di nuovo. Solo che adesso si stava punendo da solo, perché lei era morbida e aveva un buon sapore e sembrava non riuscire a smettere di baciarla. E lei non aveva ancora detto di no.

Ireland gli passò una mano tra i capelli e lui la tirò più vicina.

Le mise una mano dietro la testa e le accarezzò la lingua con la propria mentre l'altra mano scendeva a stringerle il sedere.

Ireland gemette.

Il suono di piacere che aveva emesso avrebbe dovuto farlo risvegliare da quella follia. Merda, l'assoluta perdita di controllo avrebbe dovuto farlo tornare in sé. Ma Ireland aveva un sapore incredibile. Il suo corpo era anche meglio. E lui aveva già stabilito di aver perso la testa.

Bran doveva aver messo troppo entusiasmo nell'accarezzarle il sedere. Doveva averla attirata troppo vicina. Perché la sua erezione premeva contro la pancia di Ireland e fu in quel momento che lei si irrigidì.

Ireland lo spinse lontano. «Che cose c'è che non va in te?»

«Mi dispiace...» *Per essermi strofinato contro la tua pelle morbida? Perché voglio entrare nel sancta sanctorum di una donna?*

Cazzo.

«Sei stato *tu* a baciarmi.» Ireland si voltò e nuotò verso la barca.

Era quello che la infastidiva? Il loro bacio era stata la cosa più innocente che avesse fatto negli ultimi sessanta secondi. La sua lingua nella bocca di Ireland era sicuramente la cosa più innocente che aveva in mente.

Ireland si sistemò il reggiseno del bikini e afferrò la scaletta della barca. «Ti comporti da completo stronzo con me» borbottò mentre saliva. «Sei scortese. Mi denigri davanti ai tuoi fratelli e ai miei amici... e poi mi baci quando non c'è nessuno intorno. Ah, ma solo dopo avermi insultato.»

Okay, aveva ragione.

Bran nuotò verso la scaletta e non guardò in alto mentre lei emergeva dall'acqua e saliva.

Okay. Guardò. Parecchio.

Strinse gli occhi mentre saliva e afferrava la maglia. «Ti riporto indietro.»

Ireland afferrò un asciugamano e se lo avvolse intorno, senza guardarlo.

Il muro di ghiaccio che si stava costruendo intorno era

esattamente ciò di cui Bran aveva bisogno in quel momento di crisi, perché *era* una crisi. Quel giorno aveva passato troppo tempo con Ireland. Troppa vicinanza. E tutto a causa di quel fottuto di Hunt e del suo raffreddore.

Bran non perdeva mai il controllo. Anni prima si era costruito un muro mentale nei confronti delle donne che lo tentavano. Adesso era una brava persona. Si era addestrato a esserlo.

Ireland era diversa. Era una donna adulta, e pure intelligente. Ma Bran era così abituato a mantenere la disciplina che, anche se il suo corpo non voleva ascoltare, il suo cocciuto cervello non avrebbe permesso che le cose gli sfuggissero di mano. Ma non era quello che era successo quel giorno. Ireland era la prima donna in un decennio per cui aveva completamente perso la testa.

Non poteva permettere che succedesse di nuovo. Doveva prendere delle precauzioni. Non sapeva ancora quali, ma lo avrebbe capito e poi le avrebbe messe in atto, assolutamente.

Andò verso il grande refrigeratore della barca e prese i cracker e il formaggio che aveva preparato il ristorante. Prese anche un'altra Corona.

Non era abituato ad avere intorno donne impetuose. La maggior parte delle donne lasciava che fosse lui a controllare la situazione, a decidere il passo. Quindi, adesso che cosa doveva fare?

Offrire qualche parola gentile avrebbe potuto calmare le acque, ma da quel punto di vista era un po' arrugginito, quindi niente da fare. Un'altra offerta di pace poteva essere preparare del cibo. Specialmente perché, essendo su una barca, non poteva scappare nella direzione opposta. Quindi, cibo e birra.

Ireland guardò storto il vassoio che le porgeva.

Si meritava quell'espressione.

Ma poi Ireland prese il cibo e cominciò a mangiare in silenzio mentre lui preparava la barca per tornare al club.

Si sedette pesantemente sul sedile del pilota, con un senso di pressione allo stomaco che lo infastidiva da morire. Se lo massaggiò un paio di volte e si schiarì la voce.

Sarebbe andato tutto bene. Avrebbe lasciato Ireland al molo, si sarebbe scusato, questa volta per il bacio, non per essersi strofinato, e poi sarebbe rimasto lontano chilometri da lei.

Capitolo Quattro

rrr! Bran era il peggiore, il peggiore in assoluto!

Ireland era così furiosa che non riusciva a vederci e questo significava che non ci vedeva del tutto, visto che i suoi occhiali erano ancora in borsa. Si strofinò gli occhi per togliere il velo di lacrime che si era formato a causa della pura irritazione nei confronti di quell'uomo e si ficcò in bocca un cracker con il formaggio, mentre Bran pilotava la barca verso il Club Tahoe.

Era stato un enorme stronzo nei suoi confronti, e poi l'aveva baciata. E non un bacio qualsiasi. Era il tipo di bacio che una donna sentiva fino al basso ventre e che minacciava di far scendere ancora più in basso le mutandine del bikini.

Bran non le aveva mai dimostrato interesse. E adesso le dava il bacio più sexy della sua intera vita?

Aveva voglia di strozzarlo.

No. Semplicemente *no*. Era così stufa degli uomini stronzi. Come diavolo faceva a finire sempre in situazioni come quella?

Quella maledetta scia. Era andato tutto bene finché

quell'enorme scia non aveva colpito la barca, facendola sbattere contro Bran.

Bran era alto e costruito come un muro... Un cocciuto muro di mattoni. Aveva cercato di districarsi da lui, ma c'erano muscoli e braccia forti e forse ci aveva messo un pochino troppo. Quindi che cosa aveva fatto lui?

L'aveva insultata. Si era preso gioco di lei. E, quando finalmente lei era riuscita ad avere un momento di pace, anche se era stato nell'acqua gelida del lago, lui si era tuffato e aveva aggiunto insulto alle ingiurie con il bacio più conturbante della sua vita.

Bran. Era. Il. Male.

Ireland si mise la camicia sopra il costume da bagno e infilò i pantaloncini. Raccolse la sua roba, pronta a saltare fuori dalla barca appena fossero arrivati al molo del Club Tahoe. Prese perfino gli occhiali e se li infilò in modo da poter fare una fuga veloce, senza inciampare e uccidersi.

A chi importava se Bran la vedeva con gli occhiali? Non aveva più bisogno di fargli buona impressione. E nonostante ciò che aveva fatto con le labbra e le mani, lui aveva una pessima opinione di lei. E lei aveva chiuso con gli uomini che la trattavano come merda. Quale pazzo furioso baciava una donna che non gli piaceva nemmeno? Non aveva senso ed era una ragione sufficiente per tagliarlo fuori dalla sua vita.

Bran arrivò lentamente al molo e Ireland si preparò a saltare giù.

«Aspetta» le disse. Gettò dei paracolpi sui lati della barca e poi la legò al molo.

Ireland incrociò le braccia sul petto e batté il piede, rifiutandosi di guardarlo. Sentendo il suo sguardo su di sé, gli diede un'occhiata, irritata. «Posso andare adesso?»

Lui la guardò allibito. «Porti gli occhiali.»

«Sì, porto gli occhiali. Anche questo è un problema per te? Perché...»

Ireland era un tipo passivo per la maggior parte del tempo. Ma non voleva dire che non potesse infuriarsi come suggerivano i suoi capelli rossi. E Bran sembrava avere la strana capacità di tirar fuori quella caratteristica. Era sul punto di scatenare una filippica di quelle che Bran non aveva mai sentito, quando lui la interruppe.

«Ti stanno bene.»

Ireland aprì la bocca e sbatté gli occhi. Poi richiuse la bocca di scatto e ringhiò: «Addio».

Ireland si spostò per scendere dalla barca, ma Bran saltò giù per primo e le tese la mano.

Lei la prese automaticamente perché, maledizione, le piaceva quando gli uomini si comportavano da gentiluomini. Ma la lasciò andare immediatamente appena scesa e si precipitò attraverso la sabbia verso l'entrata posteriore dell'hotel e casinò. Non vedeva l'ora di uscire dal Club Tahoe e tornare al suo mondo di silenziosa contemplazione dietro lo schermo di un computer.

Poteva anche avere bisogno di più eccitazione, ed era aperta all'idea, ma non voleva Bran nella sua vita.

* * *

Ireland sorseggiò il suo tè al latte mentre andava al lavoro al Blue Casinò lunedì mattina. Il giorno prima era riuscita a evitare le domande di Cali sulla crociera dicendo che aveva il mal di testa e che l'avrebbe messa al corrente il giorno dopo. Ma non sarebbe riuscita a tenere a bada in eterno la sua insistente cugina.

Da un lato, Cali sarebbe stata entusiasta che Ireland si fosse immersa nel mondo degli uomini del Lago Tahoe.

D'altro canto, il legame tra Ireland e Bran era stato un fallimento totale e quello avrebbe solo incoraggiato Cali a spingere Ireland a uscire di più, in modo da ricominciare da capo. Sapeva come funzionava la mente della cugina. Era una vera e propria sensale di matrimoni, non cedeva mai.

Ireland aveva qualche minuto prima che cominciasse il suo turno, quindi andò nell'ufficio di Hayden per salutarla. Hayden Cade era sposata con il fratello di Bran, Adam, ma Ireland non gliene faceva una colpa. Dopotutto, Adam era una persona gentile e Hayden era diventata una buona amica da quando Cali aveva aiutato Ireland a ottenere il lavoro al Blue Casinò.

Era di fronte all'ufficio aperto di Hayden. «Toc-toc» disse. «Ti interrompo?»

Hayden si strofinò le tempie, con i gomiti appoggiati alla scrivania. Alzò gli occhi e trasalì come se le facessero male. «Entra.»

Ireland entrò nell'ufficio e la guardò preoccupata. «Stai bene?»

«Sono uscita con Adam e i suoi fratelli ieri sera e ho bevuto un po' troppo. Se solo ci fosse una pillola per la mente annebbiata e la testa che pulsa.»

Ireland si sedette davanti alla sua amica. «Faresti milioni con un'invenzione simile nel mercato dei college.»

Hayden sorrise. «O anche con Adam e i suoi fratelli. Erano particolarmente in forma. E la cosa più strana era che il capobanda era Bran. Non l'avevo mai visto così.»

Ireland raddrizzò la schiena. «È strano. Bran sembra il più pacato.»

Bran era stato il più discreto le poche volte in cui era stata in loro compagnia, ma la crociera aveva dimostrato che Bran non era sempre pacato. O gentile. E qualche volta – solo qualche volta – poteva essere troppo carino. *Con le labbra e le mani*. E il suo corpo non lo aveva ancora perdonato per quello.

«Sono stati shot fin dall'inizio.» Hayden tolse le mani dalle tempie. «Giuro che stava cercando di esorcizzare un demone con tutto quell'alcol.»

Ireland si dimenò sulla sedia, senza riuscire a guardare Hayden negli occhi. Stava evitando Cali mentre in realtà avrebbe dovuto evitare Hayden.

«C'è qualcosa che non va?» le chiese Hayden.

Ireland cercò di sorridere. «No, tutto bene.»

«Com'è andata la crociera? Ho dimenticato di chiederlo a Hunt. Si è preso buona cura di te e Cali?»

Uffa. Ireland era sincera fino al midollo. Non sarebbe mai riuscita a mentire alla sua amica. Ma non aveva intenzione di darle informazioni non necessarie. «Non esattamente. Hunt era malato. È stato Bran a ospitare la crociera.»

Hayden piegò la testa di lato, riflettendo. «Interessante. Hunt è sembrato un po' raffreddato, ma questo non gli ha impedito di riempirsi lo stomaco di alcol ieri sera.» Poi spalancò gli occhi. «Forse era per quello che Bran era così irritabile? Non è particolarmente estroverso. Deve averlo fatto impazzire dover intrattenere tutta quella gente.» Ireland si agitò ancora un po' e Hayden aggrottò la fronte. «Quanta gente c'era in quella crociera?»

«Beh, è quello il punto» disse Ireland. «Bran non aveva nessun altro da intrattenere. Solo me.»

Hayden inarcò le sopracciglia. Poi si alzò, attraversò l'ufficio e chiuse la porta. «Oh, credo proprio che dovresti parlarmene.»

Merda. «Dovrei an-andare» disse Ireland. «Non voglio fare tardi al lavoro.»

«Niente da fare.» Hayden si sedette di nuovo e scrisse qualcosa sul telefono. «Non te ne vai finché non avrò sentito tutta la storia. Ho informato il tuo capo che sei in riunione con me e che arriverai tra qualche minuto.» Hayden appoggiò il telefono e si chinò sulla scrivania. «Allora, che cos'è successo? Ovviamente è successo qualcosa. Bran era quello più scatenato ieri sera e non è da lui. Ha continuato a evitare le donne, ma stava bevendo come un pesce e incoraggiava anche il resto di noi a bere. Noi l'abbiamo imitato, perché era l'unico modo per scoprire che cosa c'era in ballo. Ma non ha mai ceduto. Invece di distruggermi il fegato avrei dovuto venire da te e risparmiare la nebbia e il martello che mi batte in testa questa mattina.»

«Non c'è niente da dire» protestò Ireland. «A Bran non piaccio. Mi ha sempre snobbato. E non è stato diverso durante la crociera. Per la maggior parte del tempo.»

«Per la maggior parte del tempo? E perché non gli piaci? Tu sei la mia nuova impiegata preferita. Qual è il suo problema?»

«Sono la tua *unica* nuova impiegata.»

«Dettagli» disse Hayden, senza darle peso.

«Come ho detto, è stato come al solito. Sono inciampata. Anche se questa volta non è stata colpa della mia vista.» Ireland portava gli occhiali al lavoro, quindi per Hayden o qualunque altro dipendente del Blue Casinò non era una sorpresa che ne avesse bisogno. Tirò indietro le spalle. «La scia di una barca ha colpito la nostra. Poi Bran ha incolpato me per essere caduta contro di lui e per essermi tenuta troppo a lungo.»

«Ti sei tenuta troppo a lungo?» Hayden le rivolse un sorriso diabolico.

«Tu che ne pensi?»

«Io credo di sì.»

Ireland fece spallucce. «Era Bran Cade. Ovvio che mi sia tenuta un po' troppo a lungo. Ma non era una scusa per essere così ostile. Poi è stato uno vero stronzo e sono andata a fare un bagno per scappare. Solo che quel maledetto lago è gelido. Bran ha detto qualcosa, ma io non riuscivo a rispondere, ero in ipotermia. Quindi si è tuffato, il somaro, e ha invaso il mio momento di tranquillità.»

«Oh, che orrore» disse Hayden sorridendo. «E poi?»

«E poi...»

Hayden si chinò ancora in avanti. «Sì?»

«Mi ha baciato.» Dio, perché non riusciva a mentire come una persona normale?

Hayden sbatté il palmo della mano sulla scrivania. «No! Bran?»

«Shh.» Ireland girò di scatto la testa, aspettandosi che qualcuno entrasse in ufficio. «Abbassa la voce!» sussurrò. «Non era niente.» Ireland sentì il volto che si scaldava.

«Ah, già» disse Hayden ridacchiando. «Si vede proprio che non era niente. È stato così favoloso?»

Ireland si morse il labbro. «Sfortunatamente sì. Quindi, ovviamente, l'ho spinto via. Beh, dopo che lui...»

«L'hai spinto via? Sei pazza? Perché l'hai fatto?»

«Perché mi ha premuto contro il suo... corpo.»

Hayden strinse gli occhi. «I particolari, per favore.»

Ireland indicò vagamente la regione genitale.

«No! Il monaco ti si è strofinato contro?»

Ireland trasalì. «Un po'... ed era sexy. Motivo per cui ho capito che ero nei guai.» Arricciò il naso. «Volevo saltargli addosso, a quel *somaro*, quindi l'ho spinto via. Non faccio sesso con gli stronzi. Ho smesso.»

Hayden scosse la testa. «Porca paletta. Ireland. Sei *quella*.»

«Quella cosa?»

«Quella che spezzerà il monaco. È stato un cyborg, praticamente non usciva mai se non con i suoi fratelli.

Adam era pronto a portarlo da un medico. Ma Bran ti ha *baciato* e anche in modo sexy. Accidenti!»

«Shh! Non mi interessa che cosa non va in lui. Non sono io *quella*. Non voglio avere niente a che fare con quell'uomo.»

«Mmm.» Hayden si picchiettò il mento.

«E questo che cosa dovrebbe voler dire?»

«Oh, niente» disse Hayden e controllò il telefono. «Sarà meglio che vada altrimenti il tuo capo chiamerà e mi tormenterà perché ti porto via tempo prezioso.»

Ireland si alzò, esitante. «Okay, ma mi prometti che resterà tra noi due?»

Hayden sorrise. «Le mie labbra sono cucite.»

Allora perché Ireland era preoccupata?

Capitolo Cinque

Bran tamburellò le dita sul tavolo d'angolo al Prime, la steakhouse del Club Tahoe. Dove diavolo era quel tecnico?

Finalmente il tecnico, qualcuno di nome James, entrò e Bran balzò in piedi. Andò incontro al tizio in tre lunghi passi. «Grazie per essere venuto. Non so quanti particolari le abbiano dato, ma c'è una piccola crisi con il nuovo sistema di ordini online. Spero che riesca a sistemarlo e a farlo funzionare per la fine della giornata.»

James sistemò il suo laptop su uno dei tavoli vicino al fondo del ristorante. «Diamo un'occhiata. Sono sicuro che sia semplicemente un aggiornamento del software. Queste cose capitano.»

Bran avrebbe voluto dire che lo sperava proprio, dato che era un sistema nuovissimo e tutto il resto, ma tenne a freno la lingua. «Ci sono stati quaranta ordini sbagliati negli ultimi trenta minuti. Cibo sbagliato, indirizzo sbagliato, di tutto.» Bran si passò le dita tra i capelli. Non aveva una bella sensazione riguardo al malfunzionamento del software.

«Tutti i ristoranti del Club Tahoe sono di alto livello, specialmente la steakhouse. Non possiamo permetterci questo tipo di disastro.»

James sorrise placidamente, ma invece di rassicurare Bran, quel fatto gli mandò i brividi lungo la schiena. «Lo risolverò in men che non si dica.»

Le parole erano quelle giuste, ma c'era qualcosa che non andava. James era vestito bene: camicia con il colletto e una giacca di pelle. Non sembrava un tecnico. Aveva più l'aspetto di uno squalo aziendale e forse era quello che faceva rizzare il pelo a Bran.

«Vorrei che mettesse offline il sistema finché non avrà risolto il problema» disse Bran. «Non posso rischiare di rovinare la reputazione del Prime.»

Tutti quelli il cui ordine era stato sbagliato avevano ricevuto un pasto gratis ma comunque a Bran non piaceva il marchio che quel pomeriggio aveva lasciato sul club. Per non parlare della spesa di coprire quaranta ordini sbagliati.

Prima di assumere la direzione dei ristoranti del Club Tahoe, Bran aveva gestito un ristorantino in città. Era sempre affollato, ma di sicuro non di alto livello. Eppure eccolo, a gestire non solo *uno* dei ristoranti migliori in città, ma addirittura quattro. I suoi fratelli si fidavano di lui. Si appoggiavano a lui. Non voleva incasinare i ristoranti o farli affondare a causa del nuovo sistema che aveva insistito che acquistassero.

James guardò il suo telefono. «Mi dia mezz'ora.»

Erano le tre del pomeriggio e i ristoranti erano nel periodo di pausa tra il pranzo e la cena. «Bene, ma se non riuscirà a ripararlo nella prossima mezz'ora, chiuda tutto.»

* * *

James, il tecnico della Tech Banquet, non era riuscito a riparare il sistema nei trenta minuti seguenti. E nemmeno nei due giorni seguenti e adesso anche i tablet da tavolo stavano funzionando male. Bran stava per perdere il controllo.

Stava camminando avanti e indietro nell'ufficio di Levi. «Mi dispiace, Levi, ho fatto un casino.»

Levi ed Emily lo fissarono da dov'erano seduti alla scrivania. «Non hai fatto casino» disse Levi. «Abbiamo fatto le nostre ricerche. La società che hai scelto era solida. Ha offerto un prezzo inferiore a quello di alcuni dei concorrenti, ma non è sempre un'indicazione di cattiva qualità.» Si voltò a guardare Emily. «Tu che ne pensi?»

«Sono d'accordo. Ho controllato la società. Non c'era niente che suggerisse che avremmo avuto i problemi che stiamo avendo adesso.» Guardò Bran. «Manderanno un nuovo tecnico?»

«Siamo uno dei loro maggiori clienti» disse Bran. «Il tizio che hanno mandato *è* l'esperto. Ma non sta lavorando abbastanza in fretta. Avevo licenziato dieci camerieri e assunto più chef una volta che il sistema è stato online, prevedendo un aumento della preparazione del cibo e una riduzione del personale di servizio. Ora siamo tornati a ricevere gli ordini al telefono, cosa che richiede molto più tempo al mio staff. I responsabili stanno lavorando 14 ore al giorno per sostituire la manodopera che ho licenziato. Non posso continuare a chiedere loro una cosa simile.»

«Capito» disse Levi. «Diamo ancora qualche giorno a quel tizio. Assumi altra gente se ti serve.»

Bran annuì e si diresse al suo ufficio al Prime.

Levi ed Emily lo stavano sostenendo; era Bran che stava andando fuori di testa. La sua incertezza iniziale riguardo a

James della Tech Banquet era solo cresciuta. Bran doveva fare qualcosa, e subito.

Ma non sapeva che cosa.

Capitolo Sei

Bran scese dal suo Ford Super Duty e attraversò il cortile di Jaeg per andare al laboratorio di fianco alla casa dell'amico. Jaeg era famoso per le sue tavole di legno scolpito con paesaggi naturalistici che sfruttavano le venature del legno. Era popolare al Lago Tahoe, ma la sua popolarità era cresciuta man mano che riviste e altre testate avevano mostrato il suo lavoro.

Anche Cali aveva contribuito al successo della sua impresa. Era anche lei un'artista e aveva creato i disegni originali per alcuni dei pezzi più popolari di Jaeg. I due insieme erano una forza e Bran era passato per controllare un'opera che il Club Tahoe aveva commissionato per il Prime.

Bran controllò se si sentisse il rumore delle macchine all'esterno del laboratorio. Di solito, Bran e i suoi fratelli entravano anche se le attrezzature erano in funzione. Le macchine erano talmente rumorose che Jaeg non li avrebbe mai sentiti altrimenti. Ma non si sentiva alcun rumore provenire dal laboratorio, quindi Bran bussò prima di entrare.

Jaeg era dall'altra parte della stanza, chino su un banco di legno alto fino alla vita.

Rialzò gli occhiali antinfortunistici e si voltò al suono dei passi di Bran. «Ehi, amico. Grazie per essere venuto.» Guardò al pezzo che aveva sul tavolo. «Ha ancora bisogno di un po' lavoro, ma volevo la tua opinione prima di dare gli ultimi tocchi.»

Bran era preso fino alle orecchie, ma era un compito che non gli pesava. Non aveva dubbi che qualunque cosa Jaeg e Cali avessero creato per il ristorante sarebbe stata fantastica. «Nessun problema. Levi non vede l'ora di ammirare quello che state facendo, e anch'io. Grazie per aver inserito il nostro ordine tra i vostri impegni.»

«Sempre. È più facile adesso che ho Cali per preparare i progetti. A me ci vuole una settimana per fare quello che lei riesce a finire in un pomeriggio. E ogni progetto che prepara è un successo.»

«Sembra che abbia scelto la fidanzata giusta per la tua professione.»

Jaeg ridacchiò. «Mi sarei innamorato di lei anche se avesse lavorato in un fast food. Ma ovviamente il fatto che sia brillante non guasta.»

Bran guardò oltre la spalla di Jaeg. «Bene, non lasciarmi in sospeso. Vediamo il capolavoro.»

Jaeg alzò la tavola di legno da un metro e venti per un metro e ottanta perché si vedesse meglio e Bran sgranò gli occhi. «È il nostro fottuto resort?»

«Dal punto di vista di un'artista, sì. Cali vede le cose a modo suo ed è il motivo per cui i suoi disegni sono incredibili. Ha un occhio micidiale.»

Bran si passò la mano sulla bocca. «È incredibile. Anche se non completamente accurato... Ho notato che ha tolto il parcheggio.»

Jaeg ridacchiò. «Licenza poetica.»

L'immagine era realistica, eppure no. Erano un milione di forme intricate che creavano una versione tridimensionale, calda e invitante del club, con il lago che faceva capolino tra gli alberi di pino. E, come in tutte le sculture di Jaeg, la grana del legno era incorporata del disegno. «È quercia?»

Jaeg annuì. «Sì, *quercus alba.*»

Bran scosse la testa, sentendosi stringere il petto. Dopo la morte del loro padre, l'energia del Club Tahoe era cambiata. Non c'era niente che Bran potesse indicare con precisione, ma c'era qualcosa di diverso. E Cali l'aveva catturata. Il posto aveva un'energia diversa. Qualcosa piena di... *oddio*... speranza.

Bran e i suoi fratelli provavano emozioni contrastanti quando si trattava del Club Tahoe. Il loro padre aveva passato ogni momento libero facendo del club un successo, invece di crescere i suoi figli. Quando era morto e aveva lasciato Bran e i suoi fratelli al comando, era stato un doloroso richiamo al dovere.

Per la prima volta, Bran si rese conto che tenere in vita il Club Tahoe era diventato più di un obbligo. Era qualcosa che lui e i suoi fratelli facevano l'uno per l'altro, non che lo avrebbe mai ammesso.

La tensione del rapporto con il padre aveva colpito ognuno di loro in modo diverso. Ma quando Bran guardava l'opera d'arte che avevano creato Cali e Jaeg, gli piaceva non solo per la sua bellezza. Gli piaceva perché rappresentava il nuovo Club Tahoe e il nuovo legame con i suoi fratelli che era diventato più stretto proprio a causa della perdita del loro padre.

Bran appoggiò pesantemente la mano sulla spalla di Jaeg e la strinse. «Grazie. È... più di quanto mi aspettassi. Puoi dire a Cali che i miei fratelli e io vi siamo grati?»

Jaeg appoggiò il pezzo sul tavolo e lo coprì con un panno. «Vieni e diglielo tu stesso. Hai tempo per una birra?»

Il cuore di Bran si mise a correre. Ireland viveva con Cali e Jaeg e c'era la forte possibilità che sarebbe stata a casa anche lei. Dopo il momento di follia di Bran durante la crociera, aveva sperato di evitare completamente Ireland. Ma ciò che Jaeg e Cali avevano fatto per lui e i fratelli veniva dal cuore. Non poteva andarsene senza ringraziarla.

Rivolse a Jaeg un sorriso tirato. «Ho sempre tempo per una birra.»

* * *

Ireland restò immobile mentre Cali le passava quello che chiamava *giogo da vino* dalla testa. L'aggeggio era appeso al collo di Ireland ed era appoggiato sulle tette. Cali inserì un bicchiere da vino nel vano porta-bicchiere.

Ireland guardò in basso. «Davvero?»

«Diavolo, sì» Cali risistemò il bicchiere in modo che si inserisse con precisione. «Aspetta e vedrai. Ti piacerà questa cosa.» Indicò la propria testa agitando le dita, col suo bicchiere da vino sospeso da un giogo che doveva aver abbellito lei stessa, perché scintillava come un costume di *Ballando con le stelle*. «Non c'è niente di meglio del "senza mani".»

Cali diede un'occhiata di trasverso a Ireland e allungò la mano per prendere un cracker. «Nota: non ho avuto bisogno di appoggiare il bicchiere sul tavolo per prendere da mangiare.» Alzò il vino dalla scollatura potenziata dal reggiseno di Victoria Secret e bevve un sorso.

«Hai due mani, Cali. Te ne serve solo una per prendere il cibo.»

Cali le rivolse un'occhiata irritata. «*No*, se hai in mano un piatto.»

Ireland rise e scosse la testa. Non era possibile discutere con sua cugina. Inoltre *era* effettivamente difficile bere il vino e tenere in mano un piatto di stuzzichini. Comunque non c'era la minima possibilità che Ireland accettasse di portare quella cosa in pubblico. Stava per dirlo a Cali, quando dalla finestra aperta entrò il suono di voci maschili.

Voci conosciute.

Accidenti!

Ireland corse dietro l'isola della cucina e si abbassò. Perché Bran Cade stava per entrare in casa. Che diavolo ci faceva lì?

Dopo ciò che era accaduto durante la crociera, aveva pensato che si sarebbe mantenuto a distanza di sicurezza da lei. Ma avrebbe riconosciuto dovunque la voce profonda e dalla forte carica sessuale. Okay, immaginava che la voce di Bran avesse una forte carica sessuale perché le venivano in mente le immagini della sua bocca sexy sulla propria quando la sentiva, ma era colpa sua? No! Era colpa di Bran. Nel lago, lei aveva tentato di allontanarsi da lui. Era lui quello che si era buttato dopo.

Le voci aumentarono di volume e Cali piegò la testa, guardandola. «Che cosa stai facendo?»

«Shh, non è ovvio?» sussurrò Ireland. «Mi sto nascondendo.»

Prima che Cali potesse dire un'altra parola, le interruppe il rumore della porta che si apriva.

Era stupido. E se Bran l'avesse vista che si nascondeva? Si sarebbe reso conto dell'effetto che aveva sui di lei e la cosa era irritante.

Meglio non farsi scoprire.

Ireland pensò alla disposizione della cucina-soggiorno e

se sarebbe riuscita a strisciare fino al corridoio senza farsi scoprire.

Decisamente no.

Cali guardò verso la posta. «Ehi Bran. Come va?»

Jaeg fece il giro dell'isola e baciò Cali sulla guancia. Inarcò un sopracciglio in direzione di Ireland.

Beccata. Non c'era modo di scappare.

Ireland si alzò e si sistemò i capelli. «Ehi. Stavo giusto facendo, uhm... dei piegamenti.» Piegò le ginocchia con le braccia tese in fuori e poi si alzò lentamente.

La bugia più stupida mai esistita.

Bran guardò Jaeg, accettò la birra che gli porgeva e poi tornò a guardare Ireland. Gli cadde lo sguardo sul porta-bicchiere. «Stai allenandoti... e bevendo vino?»

«Già.» Diede una gomitata a Cali. «Non lo fanno tutti?»

Cali fece un piegamento. «Abbiamo i gioghi da vino» disse in modo poco convincente e Ireland sbuffò mentalmente. «Ne vuoi uno per la tua birra, Bran? Sono super comodi, vero Jaeg?»

Jaeg le lanciò un'occhiata. «Cosa? No.» Si spostò verso Bran, invitandolo in fretta a uscire dalla cucina. «Hai visto la casa? Che ne dici di una veloce visita?»

Quando furono usciti, Cali ammiccò. «Jaeg usa il suo quando siamo solo noi due.»

Ireland fece una smorfia.

«Non nel modo pervertito cui stai pensando. Quando stiamo guardando la TV.»

Chissà perché, Ireland non riusciva a immaginare il gigantesco Jaeg che usava un porta-bicchiere appeso al collo, ma accettò la parola di Cali.

«Adesso dimmi che cosa sta succedendo» disse Cali. «I porta-bicchieri non sono così imbarazzanti. Perché ti stavi nascondendo?»

Ireland sospirò. «Non volevo vedere Bran.»

«Avevi detto che era carino quando eravamo in pizzeria. Non è amichevole come Hunt, ma...»

«Sei sicura che l'abbia detto?» Ireland trangugiò un po' di vino, deglutendo oltre il punto in cui bruciava. «Comunque non ha importanza, perché è uno stronzo.»

Cali arricciò il naso. «Bran?» Sembrò riflettere un momento. «Non l'ho mai considerato uno stronzo, ma sarà meglio che non lo sia. Devo scatenargli addosso la mia ira?»

Ireland le afferrò le spalle. «Diavolo, no. Tieni il tuo culetto dov'è. Non mi interessa né Bran né quello che ha fatto.» Non era completamente vero, ma Ireland stava lavorando per auto-convincersi.

Cali sembrò esasperata. «Che cosa ha fatto? Dimmelo, o lo scoprirò io.»

«*Non* andare in giro a fare domande.»

Cali incrociò le braccia. «Potrei farlo se qualcuno ha ferito la mia cuginetta.»

Ireland si strinse la radice del naso. «Ho ventisei anni, solo uno meno di te e me ne occuperò da sola.»

«Ma perché te ne devi occupare? Che cosa diavolo è successo? E quando è successo? Sono sempre con te e non vi ho mai visto discutere.»

«Il problema non sono state le discussioni. Beh, sì, in effetti, ma... Merda, mi ha baciato, okay?»

Capitolo Sette

I l silenzio scese nella stanza, mandando il cuore di Ireland in overdrive. Forse non avrebbe dovuto dire niente. E poi sul volto di Cali si allargò lentamente un sorriso.

«Scusami?» disse Cali. «Ti ha *baciato*? E quando è successo questo incontro di labbra?»

Ireland guardò in alto. «Sei ridicola.» Ma informò Cali di ciò che era successo durante la crociera.

«Vai, ragazza!» disse Cali. «Non avevo idea che ti stessi dando da fare di nascosto da me. Approvo completamente.»

«Come fai ad approvare? Non lo approvo nemmeno *io*.»

«È perché sei arrugginita. I battibecchi sono quello che noi, persone più esperte, chiamano "preliminari".»

Ireland le diede una manata sulla spalla. «Tu non hai più voce in capitolo, sei fidanzata! E io so che cosa sono i preliminari. Quelli non lo erano. Era... *Ho intenzione di ucciderti ma prima ti bacerò.*»

Cali la guardò come se Ireland fosse un po' lenta di comprendonio. «*Sì*, conosciuti come preliminari, comunque tu la voglia mettere.» Aggrottò le sopracciglia e si chinò sul ripiano. «Allora ti è piaciuto, eh?»

Ireland si agitò per un momento. «Forse. E sono veramente infuriata. Dici che non sono mai uscita con un uomo carino e gentile?»

«No, in effetti no.»

«Esattamente. E mi rifiuto di continuare con questo schema malsano. Bran non è gentile. O forse è gentile con gli altri, ma non con me. Gli uomini normali mi sminuiscono. Mi rifiuto assolutamente di accettare ancora stronzate da qualcuno che, in teoria, dovrebbe provare affetto per me.»

Cali strinse gli occhi. «Di che cosa stai parlando? Chi sono tutti questi stronzi che ti hanno sminuito?»

Ireland agitò una mano. «Sai perché ho lasciato il mio vecchio lavoro.»

«Perché era noioso da morire e lavoravi con dei pezzi di merda?»

«E per via delle molestie.»

Cali afferrò il braccio di Ireland e la tirò verso il tavolo da pranzo, spingendola su una sedia. «Quali molestie? Avevi detto che gli uomini con cui lavoravi erano stronzi. Non mi hai mai detto che il tuo capo ti stesse molestando sessualmente.»

Ireland deglutì. «Perché non era lui che mi molestava.»

Cali scosse la testa. «Non ti seguo.»

«Il mio capo non mi ha mai molestata sessualmente... Erano gli altri uomini con cui lavoravo che lo facevano. I miei subordinati» borbottò.

Era già abbastanza brutto essere molestati da un capo, una persona di potere. Essere molestata sessualmente da subordinati che avrebbero dovuto prenderla ad esempio era una forma contorta di umiliazione. Ireland non si era mai sentita così impotente in tutta la sua vita.

«Ripetilo? Sembrava dicessi che i tuoi lacchè ti molestavano.»

«Non erano lacchè, erano professionisti. Ma sì, non professionali come mi sarebbe piaciuto.» Ireland si torse le mani. «Gli uomini di cui ero il capo facevano continue allusioni. Mi toccavano in modo inappropriato mentre allungavano la mano per prendere qualcosa. Erano stronzi e mi hanno reso un infermo lavorare lì.»

«Che cazzo!»

Ireland guardò verso il corridoio dov'erano spariti gli uomini. Chi sapeva quando sarebbero tornati? «Abbassa la voce.»

«Perché non l'hai riferito al tuo capo?»

Ireland tolse il bicchiere di vino dal gioco e lo appoggiò sul tavolo. «Come facevo a dire al mio capo, un uomo, che non riuscivo a tenere in riga gli uomini che lavoravano per me?»

«Ti preoccupava che avrebbe fatto una cattiva impressione?»

«Faceva una cattiva impressione. Avrei dovuto dirigerli, non farmi cacciare dalla città da loro.» Ireland abbassò la testa e si massaggiò le tempie. «Una volta ho tentato. Ho detto al mio capo che uno degli uomini della mia squadra mi aveva afferrato il sedere.» Alzò gli occhi. «Non ha preso sul serio la situazione e mi ha detto di parlarne con l'ufficio del personale.»

«E?»

«Il capo del personale parlò con quell'uomo che gli disse che era stato un incidente. Poi aveva cominciato a girare la voce che ero un tipo difficile da accontentare e non sono più riuscita a liberarmi di quella diceria. Da quel momento in poi, tutto è peggiorato. Gli uomini con cui lavoravo non mi toccavano, ma quando parlavo con loro fingevano di non sentirmi. Ridacchiavano quando entravo in una stanza. Facevano il loro lavoro, quindi non avevo nulla da portare all'ufficio personale, solo un ambiguo livello di immaturità che non li avrebbe fatti licenziare o sospendere. Era deprimente. Umiliante. Non mi rispettavano. Nemmeno un po'. E non li biasimo, perché sai come sono. Appena mi rendo conto di aver perso il rispetto di qualcuno non riesco più ad aprire bocca. Sembravo una deficiente anche quando avrei dovuto tenerli in riga.»

Cali allungò la mano sul tavolo e le strinse il polso. «L'hai detto tu stessa, quei tizi erano degli stronzi. Sapevo che avevi bisogno di andartene da quel posto, ma non mi ero resa conto di quanto andasse male.»

Ireland le rivolse un debole sorriso. «Avrebbe potuto andare peggio. In ogni caso, adesso sono qui e sono molto più felice.»

«Tranne che con Bran.»

«Che c'è?» disse Jaeg entrando proprio in quel momento con Bran.

Cali si alzò e riempì nuovamente il vassoio di snack che aveva preparato. «Alla fine è stato Bran a fare la crociera, l'altro giorno» disse a Jaeg.

Ireland diede un'occhiataccia a sua cugina.

Cali la guardò e fece spallucce, come per dire "Dovevo dirlo a qualcuno".

Bran guardò Ireland, che si sentì scaldare il collo. L'occhiata che le aveva rivolto era bollente e intima, come se stesse pensando al loro bacio in acqua. «Hunt era malato, quindi ho preso il suo posto per un paio d'ore.» Si strofinò il mento. «Non sono proprio il migliore degli ospiti in barca.»

«Al contrario, ti sei dato molto da fare.» Ireland non

sapeva da dove fosse venuto quel commento sarcastico. Forse era pensare che non avrebbe più permesso agli uomini di trattarla di merda. In un modo o nell'altro, voleva che Bran sapesse che *lei* non aveva dimenticato quello che le aveva fatto. *Stupido bacio epocale.*

Bran abbassò lievemente le palpebre. E poi strinse gli occhi. «Sarà meglio che Hunt si trovi un altro sostituto. Non ho tempo per i tour in barca. Ho già troppe beghe per le mani con i ristoranti.»

Jaeg prese una manciata di cracker. «Levi ha detto qualcosa riguardo alla nuova tecnologia per i ristoranti. Come va?»

«L'intero sistema è fermo in attesa che il supposto specialista capisca il motivo dei malfunzionamenti.»

«E ci sta mettendo molto?» chiese Cali e poi sorseggiò il vino attraverso una cannuccia mentre mangiava i cracker con Jaeg.

«Troppo» rispose Bran. «E a quanto pare hanno mandato il migliore che hanno. Non mi ha proprio impressionato. Sono passati giorni e stanno ancora cercando di capire qual è il problema.»

Cali diede un'occhiata a Ireland e si morse il labbro.

Oh no, non poteva...

«Sai, Bran,» disse Cali, «Ireland è un genio dei computer.»

Le spalle di Bran si irrigidirono, mimando il panico gelido che stava invadendo il corpo di Ireland.

«No. Non è vero» disse in fretta Ireland. Che diavolo stava facendo Cali?

Cali storse la bocca. «Non essere modesta. Hai idea di quanto c'è voluto per farti avere il lavoro al Blue?»

«Pensavo avessi detto che ci erano voluti pochi minuti

dopo aver inviato il mio CV» disse Ireland prima di riflettere sulle proprie parole.

«Esattamente! Hanno visto le tue credenziali e ti hanno assunto entro mezz'ora, perché sapevano di aver trovato una miniera d'oro.»

A Ireland non piaceva la direzione di quel discorso. «E con ciò?»

«Hai dei prestiti studenteschi da ripagare e a Bran serve aiuto. Perché non lavorare da freelance per il Club Tahoe e aiutare Bran con il suo piccolo problema tecnico?»

«Non così piccolo» borbottò Bran.

Non c'erano dubbi che Ireland potesse aiutare Bran con il suo problema di software. Era esperta in mezza dozzina di linguaggi di programmazione. Il problema era: voleva veramente sopportare il fastidio di lavorare con lui?

Bran diede un'occhiata scettica a Ireland, come se stesse leggendo i suoi pensieri. «Grazie, ma va bene così. Sono sicuro che questo tizio riuscirà a sistemarlo.»

«No, seriamente» continuò Cali e Ireland le lanciò un'occhiata irritata che Cali ignorò. «Se sono passati giorni e questo tizio non l'ha ancora capito, probabilmente a Ireland ci vorrà qualche ora per risolvere il problema. È veramente un genio.»

Ireland fissò Cali. Non le aveva chiaramente fatto capire che non le interessava passare il tempo con gli stronzi? Perché le stava puntando i riflettori addosso?

Ma, già, Ireland aveva menzionato il bacio e Cali aveva avuto quella scintilla negli occhi... Come se avesse visto la possibilità di accoppiarli.

Merda.

Bran scosse la testa. «È un software specifico. Non sarà in grado di fare meglio di chi ha aiutato a progettarlo.»

Ireland strinse i pugni. Dubitava delle sue capacità? Come gli uomini con cui aveva lavorato? Oh, *diavolo, no!*

Almeno lo staff tecnico del Blue la rispettava. Certo, aveva dovuto dimostrare di essere brava, ma non erano arroganti come le persone con cui aveva lavorato nel precedente impiego. Sarebbe stato bello se al Blue avesse guadagnato quanto nel lavoro precedente, ma un ambiente di lavoro gradevole era importantissimo. E significava che Cali aveva perfettamente ragione parlando di soldi e prestiti studenteschi da ripagare. *Maledizione.*

«Potrei farcela» disse Ireland senza smettere di guardare Bran.

«Sìì!» esclamò Cali. «È tutto a posto. Ireland passerà dal Club Tahoe questa settimana.»

Sulla guancia di Bran si contrasse un muscolo. «Non è così semplice. Dovrò parlarne con Levi. Inoltre si tratta di un software proprietario. Dubito che la società voglia che si inserisca un consulente esterno.»

«Lo accetteranno se può sistemare il problema» disse Cali. «Ireland potrebbe firmare uno di quegli...», fece schioccare le dita, «... accordi di non divulgazione.»

Bran si ficcò una mano nella tasca anteriore dei jeans scuri, aderenti al punto giusto per mettere in mostra il sedere e le cosce muscolose.

Ireland si alzò e andò verso Cali, da dove non poteva più avere la vista di quel sedere. «Bran ha ragione.» Per quanto volesse dimostrare che Bran aveva torto, il battito frenetico del suo cuore le diceva che passare del tempo con lui avrebbe potuto non essere saggio. «Dubito che potrei trovare il tempo con il lavoro e tutto.»

Cali alzò gli occhi al cielo. «Lavori quaranta ore la settimana, cioè la metà di quanto lavoravi prima. E non è che tu esca...» Ireland diede di nascosto un pizzicotto alla cugina e

Cali si schiarì la voce. «Cioè, non è che tu non abbia del *tempo libero*.» Cali sorrise. «Però potresti dover ridurre le tue maratone di *Casa su misura*.»

Ireland chiuse gli occhi. Quella conversazione sarebbe mai finita? «Cali» disse.

Sua cugina rise. «Sto scherzando, ma hai del tempo libero, ammettilo.»

Sul volto di Bran apparve un sorriso soddisfatto. Era così ovvio che non volesse lavorare con lui?

Ireland raddrizzò le spalle. «Sai una cosa? Hai ragione Cali. Posso inserire il Club Tahoe nella mia agenda.»

Beccati questa, Bran Cade! Pensavi di aver vinto? Non questa volta.

Bran fece una smorfia. «Devo comunque controllare con la società di software.»

Cali fece un gesto indifferente. «Manda loro il CV di Ireland. La assumeranno.»

A Ireland avrebbero fatto comodo un po' di soldi extra e quello era buon contatto per lavorare da freelance. Ma non era l'unico motivo per cui l'aveva preso in considerazione... o il fatto di lavorare con Bran. Quando si trattava di programmazione e computer, Ireland era un'esperta.

E voleva dimostrare a Bran che era una sua pari, una volta per tutte.

Capitolo Otto

Bran tornò al club e trovò James che stava ancora lavorando sul problema di software. In fondo alla mente aveva sperato di entrare e trovare tutto miracolosamente risolto. «Qualche progresso?»

«Qualcuno» disse James. «Ho solo bisogno di ancora un po' di tempo.»

Uh-uh. *Giusto.* «Sicuro che non ci sia qualcun altro che potete mettere su questo progetto?» Bran aveva completamente perso la fiducia in James.

E questo sollevava la domanda del perché il tizio non l'avesse ancora sistemato.

«Ho costruito io il programma. Lo conosco da cima a fondo.»

Il supposto "tecnico esperto" si appoggiò allo schienale e alzò le braccia sopra la testa. Era al Prime dalle sette di quella mattina ed erano già passate le nove di sera. «Inoltre gli altri tecnici sono impegnati in altri lavori. Ma non si preoccupi» disse James, chinandosi di nuovo sul computer. «Lo sistemerò in un momento. Ci sono vicino.»

Bran si grattò il lato del collo. C'era qualcosa di questo

tizio... Non solo il fatto che James sembrasse un fighetto stronzo, cosa irritante ma tollerabile, ma che Bran aveva rilevato delle discrepanze nell'incasso totale dagli ordini online da quando era partito il sistema. Qualcosa che James aveva liquidato come tasse e fluttuazioni di valuta.

Che fluttuazioni delle valute? Erano a Lago Tahoe. Non vendevano cibo da asporto in Uganda.

James aveva dichiarato che la sua società aveva base in Europa e che i cambi di valuta avvenivano durante le transazioni per le carte di credito. E suonava come l'equivalente di prendere un volo da Seattle per Los Angeles con una deviazione a Chicago. Perché il denaro avrebbe dovuto andare in Europa perché il club venisse pagato?

Se ci fosse stato chiunque altro che poteva lavorare al problema, avrebbe insistito che la Tech Banquet sostituisse James. Ma il loro Amministratore Delegato aveva confermato il giorno prima che James era il migliore e che tutti gli altri erano occupati.

Bran uscì dal Prime ed entrò nell'area della reception del club. Svoltò a destra e passò davanti alla porta degli uffici della società. Percorse un lungo corridoio e si fermò davanti alla porta di mogano dell'ufficio di Levi.

La testa della receptionist era appena visibile dietro una pila di cartellette e una grande pianta verde con un viticcio che scendeva fino al tappeto. «Levi c'è?»

La receptionist alzò la testa e indicò più avanti nel corridoio con la testa. «È con Emily. Stanno lavorando a un progetto.»

Bran diede un'occhiata all'ufficio di Emily. Almeno la porta era aperta. Secondo i fratelli di Bran, era facile che Levi ed Emily stessero facendo sesso quando la porta dell'ufficio era chiusa.

Bran scosse la testa. Era contento che il burbero fratello

maggiore avesse trovato la donna giusta, ma, accidenti, non voleva incappare accidentalmente in tutta quella felicità.

Anche se la porta era aperta, Bran bussò. «Ci siete?» Infilò la testa e aprì un po' di più la porta.

Levi era in piedi dietro a Emily, con le braccia avvolte lente intorno alla sua vita, e stavano fissando una parete piena di post-it.

La scena romantica era tipica da quando Levi ed Emily stavano assieme e Bran si stava abituando. Levi poteva essere testardo e sembrare privo di emozioni, ma Emily l'aveva addolcito. Sembrava che lui non riuscisse a non metterle le mani addosso. Quindi, ovviamente, c'era quell'attrazione chimica in gioco.

Wes chiamava Emily "Pugno di Ferro in Guanto di Velluto" e Bran era d'accordo. Poteva essere dolce come una torta di mele eppure imporsi quand'era necessario. Aveva aiutato Bran e i suoi fratelli a far funzionare come un orologio quel posto dopo la morte del loro padre e, anche solo per quello, Bran e i suoi fratelli le erano grati.

Levi alzò gli occhi. «Va tutto bene?» Abbassò le braccia e si passò la mano sul volto come se avesse fissato la parete troppo a lungo. «Hanno risolto il problema del software?»

«Sfortunatamente no.» Bran indicò con un cenno della testa la parete che Emily non aveva smesso di guardare con la testa appoggiata a un pugno. «Che cosa state facendo?»

«Il programma dei bambini» rispose Levi. «Il progettino di Emily ha avuto la crescita maggiore da quando ci siamo noi alla direzione.»

«Non dimenticare Hunt» disse Emily. «È stata sua l'idea.»

Levi sbuffò. «E tu l'hai resa un successo.» Emily si accigliò e Levi sospirò. «Bene, bene. Hunt ha aiutato.»

Levi e Hunt avevano superato il loro passato burrascoso,

ma sembrava che Levi facesse ancora fatica a fidarsi del fratello più giovane.

«Far entrare il club nel tour professionistico di golf è stato un colpo di fortuna l'anno scorso, grazie a Wes» disse Levi. «Ma ci servono introiti su cui possiamo contare. Il club è stabile, mentre il programma dei bambini è in crescita. Stiamo cercando nuove idee per svilupparlo.» Guardò Emily. «Chiama Hunt e coinvolgilo.»

Emily sorrise. «Idea eccellente. I bambini sono un'area dove Hunt eccelle.»

«Hunt?» Bran non riusciva a immaginare il fratello minore come quello che sussurrava ai bambini. Era troppo un bambinone anche lui.

Emily andò alla parete e spostò uno dei post-it. «Hai mai visto tuo fratello al Club dei Bambini? È veramente bravissimo con loro e trova sempre nuove idee divertenti.»

La testa di Bran era stata piena di una certa donna cui non voleva pensare e come impedire ai ristoranti di mangiarsi la riserva di cassa del club. «Non posso dire di averci fatto caso.»

Levi alzò il mento, con la preoccupazione negli occhi. «Che cosa hai intenzione di fare per il software del ristorante?»

Bran scosse la testa.

Quando Cali aveva menzionato l'idea di farsi aiutare da Ireland, Bran era andato nel panico come una mosca su una carta moschicida. Poi aveva preso in considerazione tutto ciò che doveva succedere perché lei potesse lavorare con loro: l'approvazione di Levi, il consenso della Tech Banquet e quello del suo capo al Blue perché Ireland accettasse lavori di consulenza. Non sarebbe mai successo. E quel pensiero gli aveva permesso di rilassarsi un po'.

Ma adesso Bran non era più così calmo. Quando si trattava di Ireland, sembrava colto in quella carta moschicida più spesso di quanto gli piacesse, nonostante la sua resistenza. E se era brava come diceva Cali... aveva bisogno di lei.

Forse se Bran li avesse minacciati di far venire qualcuno da fuori, la Tech Banquet si sarebbe messa in riga.

«Sono andato da Jaeg stasera. Mi ha mostrato l'opera d'arte per il Prime ed è incredibile.»

«Sono ansioso di vederla» disse Levi. «Ma che cos'ha a che fare con il software?»

«Cali mi ha sentito parlare con Jaeg dei problemi che stiamo avendo e ha suggerito di assumere Ireland come consulente. A quanto pare Ireland sarebbe un guru della programmazione. Cali sembra pensare che potrebbe risolvere il problema.»

Levi si strofinò la guancia. «Com'è possibile che Ireland sia migliore dell'esperto mandato dalla società?»

Bran fece spallucce.

«E la spesa extra.» Levi guardò Emily.

«Ireland era un pezzo grosso nell'industria tecnologica della Bay Area» disse Emily. «Da quello che mi ha detto Hayden, il Blue Casinò la adora. Assumerla sarebbe una spesa aggiuntiva, ma se sistema in fretta il software ne varrebbe la pena.»

«Non credo che arriveremo a tanto» disse Bran. «Spero che solo menzionarlo accenda il fuoco sotto il sedere dell'Amministratore della Tech Banquet e gli faccia mandare qualcun altro.»

«Stiamo perdendo soldi con il software inagibile» fece loro notare Emily. «Varrebbe la pena di spendere qualche migliaio di dollari per assumerla, se significasse che riavremo il sistema di ordini online.»

Il coltello nel petto di Bran si rigirò. Nessuno più di lui era conscio del proprio fallimento.

«Assumi Ireland» disse Levi. «Fai tutto quello che serve. Solo, fallo funzionare. Per quando mi riguarda, dovrebbe essere le Tech Banquet a coprire le spese di Ireland.»

Levi ed Emily avevano ragione. Al club serviva qualcuno con il background di Ireland. Bran poteva tenere le mani a posto mentre lavorava per lui. Era riuscito a tenere a distanza le donne per gli ultimi dieci anni o giù di lì. Poteva farlo anche con Ireland, per quanto ne fosse attratto.

Capitolo Nove

Ireland strinse forte il telefono. «Scusa?» Al telefono c'era il suo capo che stava lavorando in uno degli altri casinò della società.

«Hayden mi dice che hai bisogno di tempo per un lavoro di consulenza» disse. «Non ho problemi, purché le cose continuino a funzionare senza intoppi al Blue. Sei d'accordo?»

Era serio? Stava chiedendo a *lei* se era d'accordo per lavorare da freelance. E *che lavoro?* Hayden non poteva essere al corrente del Club Tahoe e Bran. Aveva parlato con lui solo la sera prima.

«S-sì, ovviamente.» E nel frattempo avrebbe cercato di capire cosa diavolo avesse in mente Hayden.

Il suo capo ridacchiò. «Sei il miglior programmatore che abbia mai assunto. Ci sarebbero volute due persone per fare il lavoro che hai fatto da quando sei con noi. Sarò in grado di darti un aumento molto presto. Non sarà molto, ho le mani legate con i tetti salariali, ma spero che ti invogli a restare.»

Le stava dando campo libero per lavori di consulenza...

e un aumento? «Mi piace lavorare al Blue. Non ho in programma di andarmene.»

«Lieto di saperlo. Finché non potrò farti avere quell'aumento, capisco che abbia bisogno di fare dei lavori extra e apprezzo che mi abbia tenuto informato.»

Ireland aveva lavorato per una delle piattaforme di Social Media più conosciute al mondo. Assumevano le donne per far apparire che tenessero alla parità dei sessi, ma era solo apparenza. Le donne non venivano trattate da pari. Nella sua vecchia società, lei era sacrificabile. Ma non al Blue. E per lei questo significava più di uno stipendio più alto.

«Informa Hayden dei giorni in cui sarai assente», continuò il suo capo, «e metti al corrente della tua agenda il tuo assistente.»

Stordita e un po' più che confusa, Ireland confermò. Il suo nuovo capo era la persona più gentile per cui avesse mai lavorato.

Salvò il programma su cui stava lavorando, un nuovo sistema di sorveglianza che usava l'intelligenza artificiale, e fece logout.

Si alzò e andò da Mark, il suo assistente. Aveva le cuffie, quindi gli batté sulla spalla.

«Devo parlare con Hayden. Mandami un messaggio se succede qualcosa, okay?»

«Nessun problema» rispose Mark. «Sto lavorando sui backup che mi hai chiesto. Li avrò pronti per la fine della giornata.»

«Oh, okay, grazie.» Dio, non era abituata a lavorare con uomini gentili. Mark aveva poco più di trent'anni, era sposato e aveva un bambino. Era competente e rispettoso. Completamente l'opposto degli uomini con cui era solita lavorare.

Ireland percorse il corridoio per andare nell'ufficio di Hayden, grata per quel posto e tutto ciò che aveva fatto per lei negli ultimi mesi. Svoltò l'angolo e colse Hayden fuori dal suo ufficio, che sorrideva a qualcosa che Adam le stava sussurrando all'orecchio.

Ireland scosse la testa. *Quei due...*

Hayden alzò gli occhi e Ireland mimò con le labbra: *Prendete una stanza.*

Hayden sogghignò. «Come sta andando la tua giornata?»

«Rose e fiori,» disse Ireland, «finché il mio capo mi ha chiamato per dirmi che ho un nuovo lavoro da consulente. Di che si tratta?»

Hayden guardò Adam. «Verrò nel tuo ufficio più tardi per discutere della fusione di cui stavamo parlando.»

Adam sorrise. «Ti aspetto.» Fece un cenno a Ireland. «È stato un piacere vederti, Ireland.»

Adam caracollò lungo il corridoio e sia Ireland sia Hayden lo fissarono sfacciatamente da dietro.

Hayden sospirò quando lui svoltò l'angolo.

«Voi due non siete per niente discreti» disse Ireland.

Hayden entrò nel suo ufficio e Ireland la seguì.

«Fusione? Non voglio nemmeno sapere che tipo di allusione sia.»

Hayden sorrise serafica. «Hai una mente perversa.»

«Forse» confermò Ireland. Se pensava a tutte le fantasie che stava avendo su Bran e specchi d'acqua, era convinta che lui avesse scatenato qualcosa in lei. Una mente perversa sembrava piuttosto corretto. Comunque... «Da quant'è che siete sposati? Un anno? La fase dei novelli sposi non dovrebbe essere già passata?»

Hayden si sedette dietro la scrivania. «Non direi. Hai visto mio marito. Pensi che potrei dire di no a quell'uomo?»

Giusto. Quei fratelli Cade erano una minaccia. Ireland era tremendamente combattuta quando si trattava di Bran.

«E, per tua informazione, c'è una fusione in ballo con la società cui appartiene il Blue e non ha niente a che vedere con le acrobazie orizzontali.»

«*Giuuusto*. Ci potrà essere in ballo una fusione, ma quei sussurri in corridoio non erano discreti né riguardavano una fusione.»

«Noi siamo discreti» disse Hayden.

«Assolutamente no!»

«Bene. Siamo discreti quando ci sono altri in giro. Tu non conti perché sei un'amica.»

Ireland alzò le braccia. «Poteva arrivare chiunque dal corridoio.»

Hayden le rivolse un'occhiata compassionevole. «Ti ho sentito a un chilometro di distanza. E ho gli occhi anche dietro la testa. È così che sono sopravvissuta a questo posto quando era una fogna.»

«Grazie al cielo la gestione è cambiata prima che arrivassi io» disse Ireland. «Sono convinta che il mio capo sia l'essere umano più gentile al mondo. Mi ha appena dato il permesso di fare consulenze esterne. E non gli importa se esco prima. Che tipo di capo accetta una cosa simile?»

Hayden spostò delle carte. «Uno generoso?»

«Mmm. E tu non hai avuto niente a che fare con quello, vero?»

Hayden alzò gli occhi. «Ovviamente sì. Il Club Tahoe ha bisogno di aiuto con il software del ristorante così ho offerto i tuoi servizi.»

«Come fai a sapere che hanno bisogno di aiuto? Io l'ho scoperto solo ieri sera.»

«Cali.»

Ireland si sedette di colpo, gemendo. «Mia cugina ha una gran boccaccia.»

«Tua cugina ha visto ciò che ho visto anch'io. C'è qualcosa tra te e Bran.»

«Un desiderio feroce di ucciderci a vicenda?»

Hayden sorrise. «Uccidetevi con l'amore.»

Hayden fece una smorfia. «Non potrei mai amare quell'uomo. È uno stronzo!»

«È quello che continui a ripetere.»

Ireland strinse le labbra. «Comunque Bran non mi ha contattato per il lavoro di consulenza.»

«Pensavo l'avesse fatto ieri sera?»

«Ieri sera Cali l'ha costretto a dire che ci avrebbe pensato.»

Hayden fece spallucce. «In ogni caso...» Si alzò e fece il giro della scrivania. «... hai il permesso del Blue di regolare le tue ore come vuoi.»

Guadagnare dei soldi extra non era una cattiva idea. Ma passare il tempo con Bran...

Ireland alzò gli occhi e notò Hayden accanto alla porta. «Scusa, devi andare da qualche parte?»

«Devo discutere di una fusione.»

Ireland scosse la testa. *Fusione col cazzo.*

Capitolo Dieci

«M aledizione.» Bran si premette le dita sulla fronte. Aveva chiamato l'Amministratore del Tech Banquet e aveva spiegato la situazione. Aveva detto a quel tizio che era passato troppo tempo e che doveva far venire un consulente esterno per risolvere il problema del software. E quello si era detto d'accordo.

Se Bran e i suoi fratelli non avessero già investito un patrimonio nell'ammodernamento, Bran avrebbe buttato l'intero progetto alle ortiche, o trovato una società diversa che fornisse il servizio. Ma adesso non potevano tornare indietro.

Ireland era stata caldamente raccomandata. Secondo tutti quelli che Bran aveva sentito, avrebbe potuto lavorare per qualunque società negli USA. Era pura fortuna che si fosse trasferita al Lago Tahoe per essere vicina a sua cugina, oppure una sfortuna nera, a seconda di come si guardava la situazione.

Bran alzò la testa e spinse via il foglio di carta che aveva davanti. Cali aveva sgraffignato il CV di Ireland e glielo aveva mandato ed era impressionante. Lui non aveva nemmeno mai sentito nominare metà dei linguaggi di programmazione che lei conosceva a fondo, ma una cosa era chiara. Ireland sarebbe stata in grado di aiutare il Club Tahoe.

E questo voleva dire che Bran avrebbe assunto Ireland, che lui personalmente lo desiderasse o no. Se Ireland avesse accettato, ovviamente.

Le uniche condizioni che aveva posto la Tech Banquet erano state un breve controllo e che Ireland compilasse un modulo. E questo voleva dire che restava solo una cosa da fare.

Bran allungò le braccia sopra la testa e fletté le dita incrociate, facendo schioccare le nocche. Prese il telefono e fece il numero sul foglio che aveva davanti.

«Pronto?»

Bran si sentì stringere la gola. Che cosa aveva quella donna? Perfino la sua voce di velluto lo innervosiva. «Ireland. Sono Bran Cade. Hai un momento?»

«C-certo.»

Ecco il balbettio. La stava rendendo nervosa. *Si* stava rendendo nervoso. «Vorrei assumerti per aiutare il Club Tahoe con i problemi di software di cui stavamo discutendo l'altra sera. Se non ti interessa più...»

«Mi interessa.» Le parole erano uscite in fretta e Ireland si schiarì la voce. «Il Blue Casinò mi ha concesso un orario flessibile per poter fare consulenze private.»

«Oh. Okay.» Era normale?

Bran scosse la testa. Non era importante. Tutto ciò che contava era sistemare il disastro di un progetto che lui aveva promesso sarebbe stato un bene per il resort.

Bran trasmise i documenti all'indirizzo e-mail che gli fornì Ireland. E ventiquattro ore dopo, Ireland era stata assunta.

Per lavorare con lui. Da vicino, la sera...

Oddio.

* * *

Ireland entrò dall'ingresso del Prime la sera successiva e Bran lasciò uscire lentamente il fiato. Indossava pantaloni neri aderenti e un top azzurro di seta allacciato fino al collo, che non mostrava nulla. Eppure gli tolse il fiato.

Ireland infiammava gli istinti più profondi di Bran, sia che gli stesse urlando contro oppure gemendo piano mentre la baciava. Aveva perso il controllo quel giorno sulla barca e le mani si erano mosse, *contro la sua volontà*, su ogni allettante curva a portata di mano.

Finché lei non l'aveva spinto via.

Ragazza sveglia.

Perché non ci si poteva fidare di Bran quando le era vicino. Ma il club e i suoi fratelli dipendevano da lui. Doveva controllarsi.

Era un'idea terribile.

Bran attraversò il ristorante e si fermò accanto all'entrata, mantenendo una distanza di sicurezza.

«Hai trovato facilmente il Prime?»

Il Club Tahoe era sagomato come una T, visto dal retro dell'albergo. C'erano negozi, ristoranti e il casinò che occupava il livello più basso, il tutto nascosto dall'austera entrata del club.

«Sì, nessun problema.» Lo guardò, ansiosa.

Bran la stava fissando. E doveva smetterla. Sbatté gli occhi e le indicò il bar. «Posso offrirti qualcosa da bere prima di cominciare?»

Lo sguardo di Ireland andò al soffitto, che sfoggiava lo stesso vetro intagliato del bar, con particolari dorati che lo rendevano uno spettacolo in sé e davano alla stanza un elemento specchiante. «Acqua, per favore. Questo posto è bello.»

Bran andò dietro al bancone e le versò l'acqua. «Mio padre era un perfezionista. Non ha badato a spese quando si è trattato del Prime.»

Ireland aggrottò la fronte e lo fissò negli occhi. «Non credo di avertelo mai detto, ma mi dispiace per la tua perdita.»

Bran strinse il pugno. Era passato oltre un anno dalla morte di suo padre ma la rabbia, la frustrazione e il dolore erano ancora vivi. Non aveva mai aggiustato le cose con suo padre ed era causa di un eterno rimpianto.

«Grazie.» Le indicò una stanza sul retro. Aveva bisogno di una distrazione. «Ti mostro dove sono i computer per le ordinazioni online.»

Ireland annuì e Bran l'accompagnò sul retro, spiegandole quali erano i problemi che stavano avendo. Non c'erano i tablet da tavolo al Prime, dato la natura lussuosa del posto, ma aveva portato uno dei tablet da un altro ristorante e diede a Ireland una dimostrazione di come funzionavano. *Quando* funzionavano.

Lei scosse la testa. «Software ed elettronica sono elementari. Come mai la società da cui li avete comprati non ha risolto il problema?»

La nuova tecnologia del ristorante era il top di linea nei servizi di ristorazione. O almeno avrebbe dovuto esserlo.

Bran alzò gli occhi e vide James che entrava nel ristorante. «Ecco l'uomo cui dovresti rivolgere la domanda. Forse il programmatore della società può spiegartelo, dato che io certamente non sono in grado.»

Ireland guardò James mordendosi il labbro. «Lavoro

meglio da sola... ma capisco che vogliano che il loro programmatore sia presente.»

«È quello che è?» borbottò Bran. «A me sembra che tutto quello che fa sia bere le mie bibite e chattare online. Ma che ne so io?» Le rivolse un sorriso sardonico.

Le palpebre di Ireland fluttuarono dietro gli occhiali sexy che portava e lo sguardo si abbassò sulle labbra di Bran.

Che smise di sorridere. *Mantieni il controllo.* Lei non stava pensando al bacio... *baci.* Era tutto nella sua testa.

Ireland si schiarì la voce. «Sistemerò tutto, nessun problema.»

Erano le parole esatte che aveva bisogno di sentire, eppure non era ciò su cui era concentrato. Il suo sguardo si fissò sulle labbra piene di Ireland. Labbra che aveva baciato solo qualche giorno prima... e che non avrebbe più baciato.

Digrignò i denti. «Mi fido di te.»

Era di se stesso che non si fidava.

Si avvicinarono al tavolo dove James aveva approntato un ufficio provvisorio. James, nel frattempo, stava fissando il seno di Ireland mentre si avvicinava.

Bran fece un respiro profondo per calmarsi. Fottuto tecnico. Bran sapeva che James non gli piaceva. Certo, Bran stava ammirando le labbra di Ireland, e altre cose, ma la rispettava. Un attimo, la rispettava?

Maledetto software. Se non fosse stato per i problemi che avevano nei ristoranti, Bran non avrebbe avuto bisogno di porsi quella domanda. Avrebbe mantenuto le distanze, senza dover mettere alla prova la sua forza di volontà.

Ireland era una bella donna, estremamente sexy con quei capelli rosso vivo e una figura da sballo. Pochi uomini sarebbero riusciti a non fissarla. Ma Bran aveva voglia di strangolare James. E non sapeva se fosse perché non si fidava di quel tizio o perché non gli piaceva nessuno che la guardasse in quel modo. E la seconda alternativa era quella che lo innervosiva di più.

«Questa è Ireland. La nuova consulente» disse Bran. «Ti assisterà nella ricerca delle anomalie.»

James, che stava sorridendo, contrasse le labbra.

No. A James non piaceva che avessero coinvolto Ireland. Peccato. Avrebbe dovuto pensarci prima di sprecare il tempo del club.

Ireland si affrettò a interrogare il tecnico sulla natura del problema e Bran ebbe la grande soddisfazione di vedere James che si dimenava. Era teso, ma snocciolò una descrizione generale di quello che stava succedendo. E poi i due cominciarono a parlare di programmazione Internet e gli occhi di Bran divennero vitrei.

«Vi lascio lavorare» disse Bran e si allontanò, e gli sembrò che gli levassero un peso dalle spalle. Ed era strano. Solitamente, era Ireland che gli causava lo stress. Ma l'interrogatorio stringente cui stava sottoponendo James era estremamente sexy e rassicurante allo stesso tempo. Sorrise. Parole come "hai fatto questo e quello?" fluttuavano nella stanza semivuota mentre Ireland interrogava James nella mezz'ora seguente e Bran ascoltava di nascosto dalla sua posizione al bar. La faccia di James divenne rossa e sembrò che faticasse a starle al passo. L'immagine non aveva prezzo.

Ireland poteva plausibilmente salvare il culo a Bran ed era una cosa cui avrebbe dovuto pensare dopo. Perché se fosse riuscita a far funzionare il sistema senza intoppi, lui sarebbe stato in debito con lei.

E Bran non era solito dovere favori alle donne.

Le donne con cui era stato non erano state tutte una botta e via e basta, erano più amiche con cui faceva ogni tanto sesso. E quelle donne non si erano risentite quando aveva smesso di chiamarle.

Almeno, gli avevano assicurato che andava tutto bene.

Storse la bocca. Se c'era una cosa di cui era sicuro, era che Ireland avrebbe trascinato il suo culo sui carboni ardenti se fosse stato sconsiderato. O forse era solo che a lui sarebbe importato se lei si fosse dispiaciuta.

Merda.

Basta introspezione. Bran gettò lo strofinaccio sul bancone. Sarebbe stato contento una volta che lei avesse smesso di lavorare al Club Tahoe. Non andava bene per la sua coscienza.

Capitolo Undici

Bran passò la serata lavorando con le scartoffie e cercando di non pensare a Ireland dall'altra parte della stanza. Dopo un paio d'ore, James raccolse le sue cose e si avvicinò a lui.

«Avete fatto qualche progresso?» chiese Bran.

James diede un'occhiata in direzione di Ireland. «Così non funziona. Quella donna è... intollerabile.»

Bran spinse di lato le carte. Incrociò le braccia, obbligandosi a reprimere il calore che sentiva in petto e inondava i suoi bicipiti. Prima di fare qualcosa, come ad esempio spremere la vita fuori da James, chiese: «Perché?»

«Sta facendo casino con il mio software. La tolga dal progetto oppure lo farò io.»

Bran piegò di lato la testa. «È una minaccia? Perché mi sembra di ricordare che lei lavori per me. E nessuno dei miei impiegati minaccia me o quelli che assumo.»

James guardò le braccia ripiegate di Bran e deglutì visibilmente. «Volevo semplicemente dire che sta peggiorando il problema.»

Bran tamburellò le dita sui bicipiti. Non si fidava assolutamente di James, ma mantenne un'espressione neutra. «Crede?»

James aprì la bocca come se si fosse aspettato una reazione diversa «Lo so.»

«Terrò in considerazione la sua opinione. Ma, tanto per chiarire, lei continuerà a lavorare con Ireland.»

«Ma...»

«Il CV di Ireland ha impressionato il suo capo. Prima di condannarla, potrebbe cercare di capire che cosa riesce a fare.»

James distolse gli occhi. «È quello il problema» borbottò. Poi sorrise, distensivo.

«Tornerò domani mattina» disse dando un'occhiata a Ireland, «per sistemare le cose.»

Bran lo guardò uscire. Dubitava fortemente che sarebbe stato James a risolvere il problema. Se avesse dovuto scommettere, avrebbe puntato sul fatto che James *era* il problema.

Controllò l'ora. Quasi le undici. Guardò verso Ireland. Aveva raccolto i capelli in una coda, alcune ciocche rosse e ondulate le ricadevano sul collo e sulla fronte. Stava fissando lo schermo e scriveva più velocemente di quanto sembrava umanamente possibile.

Bran chiuse gli occhi e fece un respiro profondo e teso. Bella. Intelligente e secchiona: a quanto pareva quella combinazione per lui era veramente potente e la cosa lo faceva incazzare.

Avrebbe lavorato ancora per un'altra ora. Poi avrebbe insistito che Ireland andasse a casa. Bran aveva ancora del lavoro da fare, ma Ireland aveva un lavoro a tempo pieno che l'aspettava al mattino. Non si sarebbe approfittato di lei sfinendola mentre lei stava facendo un favore a lui e ai suoi fratelli. Inoltre, stare da solo con lei così tardi la sera lo stava lentamente uccidendo.

* * *

Il programma della Tech Banquet la stava facendo impazzire. C'erano sezioni che usavano centinaia di pagine inutili. Avrebbe potuto scrivere lo stesso programma, con tutti i fronzoli, usando metà dello spazio. Quella sera aveva passato quasi tutto il tempo cercando di capire che cosa significasse tutto quel codice extra. A parte essere inefficiente, cosa già in sé irritante.

Prima che James se ne andasse, lei aveva tentato di parlare dell'inefficienza. E lui le aveva dato una strigliata.

«Sto cominciando a mettere in dubbio le tue qualifiche» aveva detto. «Chiunque con metà cervello capirebbe il motivo per le procedure che ho posto in essere.» E poi aveva cercato di distrarla con qualcos'altro nel programma.

Oh, diavolo, no!

Ireland aveva bisogno un po' di autostima quando si trattava dei suoi rapporti con gli uomini, ma non quando si trattava delle sue capacità di programmatrice.

Era così stufa di lavorare con coglioni come James. Grazie al cielo il Club Tahoe era solo un lavoro temporaneo. Lavorare con l'impiegato della Tech Banquet le ricordava tristemente il suo vecchio lavoro. Per non dire poi che stare intorno a Bran era imbarazzante.

Tutte le volte in cui guardava Bran, la sua mente finiva diretta al momento in cui l'aveva baciata. Era ben più che turbata quando si trattava di lui mentre cercava di mantenersi professionale.

Alla fine, Ireland ripulì il programma senza riscriverlo completamente e sperò che i cambiamenti avrebbero sistemano i malfunzionamenti. Ma era ben lontana dall'aver finito quando si rese conto dell'ora. Se fosse stata fortunata, sarebbe riuscita a dormire per qualche ora.

«Sei ancora qui?»

Il cuore di Ireland batté più forte quando sentì la voce di Bran. Lo guardò in faccia e la sua divenne calda. Perché il suo corpo reagiva in quel modo? Non era interessata a lui dopo il modo in cui l'aveva trattata sulla barca. Perché il suo corpo e la sua mente non potevano lavorare all'unisono, una volta tanto? «Sto finendo ora.»

Bran s'infilò la mano nella tasca anteriore dei jeans, con un aspetto fresco come se si fosse appena svegliato. Mentre lei avrebbe scommesso di avere i capelli arruffati e occhiaie profonde. «Come vanno le cose?» le chiese. «Hai risolto il problema?»

Ireland guardò lo schermo del computer, prendendosi un momento per rispondere. Detestava le situazioni spinose e quella lo era. Situazioni in cui Ireland si trovava spesso, dato il suo lavoro e i colleghi che spesso si trovava contro.

«Difficile dirlo.» Fece il backup del suo lavoro e chiuse tutto per la notte. «James ha scritto il programma e francamente non so perché non sia stato in grado di risolvere il problema.»

«Lo pensiamo entrambi.»

«Lui...» Ireland esitò. Nel suo ultimo posto di lavoro, era stata schernita per aver criticato le performance lavorative dei colleghi maschi. Ma non era mai stata capace di girare intorno ai problemi e lisciare le piume. Quindi non tentò nemmeno. «C'è del codice inutile nel programma.» E, sospettava, parecchio di più in ballo. Non voleva lanciare accuse finché non fosse riuscita a capire esattamente che cosa.

Bran annuì. «Pensi che sia quello che causa i problemi?»

«È possibile. Adesso lo sto ripulendo.»

«Riscrivilo se serve. Ma fai ripartire quella roba.»

Ireland sbatté gli occhi. «Vuoi che riscriva il programma?»

Bran alzò le spalle. «Sei in grado di farlo?»

«Oh, sì. Ci vorrebbe un po' di tempo... Solo, beh, a James potrebbe non piacere.»

Dopo la partenza di James aveva rinforzato il codice qui e là, ma non era arrivata al punto di riscrivere intere sezioni. Ci sarebbe voluto troppo tempo e probabilmente non avrebbe fatto felice la Tech Banquet. Nemmeno lei era così audace da riscrivere un software proprietario.

«Non me ne importa un cazzo di ciò che pensa James. Ho comprato un costoso sistema di ordinazioni che non funziona. Sei stata assunta per risolvere il problema con l'approvazione della Tech Banquet. Fai ciò che serve.» Si strofinò una guancia. «Forse magari salva l'originale. E non peggiorare il problema» disse bruscamente.

Ireland scelse di ignorare il suo tono. Si premette le dita sulla fronte e chiuse gli occhi. «Hai idea di come supererebbe il limite del galateo dei programmatori?»

«Non mi interessa ferire i sentimenti di James. Tu non lavori per lui, lavori per me.»

Ireland alzò la testa, stringendo gli occhi. «Perché farmelo notare mi rende nervosa?» Bran si grattò la nuca. «Mi dispiace... dell'incidente in barca.»

Merda, stava veramente parlandone? «Intendi dire il bacio?»

«Voglio dire le mani. Quel bacio era nell'aria.» Alzò un angolo della bocca.

Stava flirtando con lei? Che somaro. «Le mani mi piacevano» disse Ireland, con il sangue che ribolliva per l'irritazione. «Avrei potuto fare a meno delle parole che sono uscite dalla tua bocca.»

«Buono a sapersi. La prossima volta, parlare meno e toccare di più.»

Ireland restò a bocca aperta. «Chi ha detto che ci sarà un'altra volta?»

«Non hai detto che non ci sarebbe stata.»

Ireland si mise la sacca sulla spalla. Dio, era esasperante. Ma, per qualche motivo, non riusciva a metterlo direttamente nella cella segreta riservata ai cattivi come aveva fatto con James.

Anche se ragionevolmente attraente, James aveva perso ogni attrattiva dopo il modo in cui le aveva parlato, sminuendo la sua intelligenza. Bran, d'altro canto, era un dilemma.

Durante la crociera, Bran aveva suggerito che lei lo avesse abbordato. Poi aveva detto che lei non gli interessava. *E poi* aveva fatto la mossa più da stronzo possibile e le aveva fatto notare la sua balbuzie, che c'era solo quando era nervosa. Lo aveva considerato una causa persa e si era tuffata in acqua. Ma quello stupido l'aveva seguita.

Per assicurarsi che stesse bene.

E per baciarla. Sensualmente.

Con le mani che vagavano, riscaldando delle *parti*. Delicate parti femminili che non si erano mai scaldate fino a quel punto.

Ireland era stata pronta a chiudere a chiave la cella segreta, ma Bran aveva cambiato la sceneggiatura con quel bacio aumentando la sua confusione quando le aveva detto che le stavano bene gli occhiali, quelli che si era messa per riuscire a scappare in fretta.

Probabilmente era più sicuro rinchiudere Bran in quella cella segreta e buttare via la chiave, ma non era proprio pronta. E adesso stava flirtando con lei. E quello non la aiutava.

«Sarà meglio che vada.» Ireland guardò nervosamente verso il laptop. «Chiudi tu?»

«Me ne occuperò io. Vieni,» disse facendo un passo indietro e dandole lo spazio per passare, «ti accompagnerò all'entrata.»

Ireland scosse la testa. «Non importa. Posso andare da sola.»

«È tardi e fuori è buio. Non ti lascerò camminare lungo il sentiero da sola.»

Il Prime era situato sul retro del resort e lungo un percorso serpeggiante di negozi di lusso. Non c'era niente aperto a quell'ora ed *era* buio. Cosa più importante, Bran era in modalità maschio testardo. Ireland aveva dei fratelli che adottavano quell'atteggiamento più spesso di quanto desiderasse e sapeva bene come fosse assolutamente impossibile far cambiare idea alla specie maschile.

Era stanca, e il suo cervello stava ancora rimuginando sul codice che non aveva senso. Invece di discutere con Bran, lo seguì fuori e lui chiuse la porta alle loro spalle.

«Hai finito anche tu per stasera?» gli chiese.

«Ho ancora un paio d'ore di lavoro da fare.»

Un paio d'ore significava che sarebbero state le due del mattino. «Quando dormi?»

Bran la guardò con un sorrisino. «Preoccupata per le mie abitudini?»

Ireland aggrottò la fronte. «Dimentica che l'ho chiesto. Avevo dimenticato con chi stavo parlando.»

Sul volto di Bran apparve un'espressione addolorata, poi disse: «Io gestisco i ristoranti. Non arrivo presto come i miei fratelli, ma resto fino a tardi».

Non che lei avesse qualche motivo per preoccuparsi

della sua salute, ma la sua risposta stupidamente le risollevò il morale.

Perché avrebbe dovuto importarle se Bran dormiva abbastanza o no? Biasimò il cervello imbevuto di righe di codice. Che le ricordò... «Non per darti altro lavoro, ma credi di riuscire a riunire tutti gli ordini che sono andati storti dopo l'installazione del nuovo software?»

Entrarono nella hall e Bran le mise la mano sulla schiena, accompagnandola come fossero una coppia mentre andavano verso il casinò del resort. La pelle di Ireland si scaldò sotto il lieve tocco. Maledizione a Bran e alle sue mani.

Si stava comportando da gentiluomo, ma niente mani da quel momento in poi, nonostante ciò che Bran aveva detto prima. Lo aveva ancora mezzo ritirato in quella cella segreta. Almeno la parte del suo corpo meno gradevole: quella che conteneva la sua bocca.

«Certo» disse Bran. «Ci stavo già guardando. Perché ti servono?»

Ireland aveva i suoi sospetti riguardo a quegli ordini e al software... e James. Ma non ne avrebbe parlato finché non ne fosse stata certa. «Voglio solo essere meticolosa.»

Un portiere aprì la porta e Ireland uscì. «Ci vediamo domani?»

Bran annuì e lei andò alla sua auto, ma sentiva il suo sguardo su di lei. Il parcheggio era ben illuminato e c'era gente che andava e veniva. Non era in un vicolo buio, eppure avrebbe giurato che Bran stesse cercando di proteggerla.

Guardò indietro ed eccolo, che la stava osservando e aspettando che salisse in auto.

Ireland sospirò. L'aveva quasi completamente ficcato in quella cella segreta e non era pronta a farlo uscire, nemmeno per quel suo atteggiamento di colpo così protettivo. Non si fidava di quella bocca.

Da quanto aveva sentito da Cali, Bran non era tipo da relazioni fisse. Sarebbe stata stupida a cedere all'attrazione come aveva fatto durante la crociera. Lui l'avrebbe ferita. Proprio come i ragazzi che aveva avuto prima. Proprio come gli uomini per cui aveva lavorato.

Capitolo Dodici

«Che cazzo hai fatto?»

Ireland trasalì al tono di James, al Prime. Fortunatamente i clienti erano già andati a quell'ora tarda. Perfino Bran era corso fuori per occuparsi di qualcosa in uno degli altri ristoranti del resort.

James non era al Prime quando Ireland era arrivata quel pomeriggio tardi e quindi era partita da dove era arrivata la sera prima: ripulire il programma e riscriverne parti, secondo le istruzioni di Bran. James non aveva visto i cambiamenti che aveva apportato. Fino a quel momento.

«Ho cancellato il codice inutile e riscritto alcune sezioni» disse con tutta la calma possibile, anche se aveva il cuore che batteva come un tamburo. Gli occhi castani di James erano quasi neri e il corpo era teso, chinato verso di lei in un modo che la fece arretrare.

«Non fare casino con il mio programma, mi hai capito?» Le passò lo sguardo sul corpo e sbraitò: «Non so perché ti hanno mandato qui invece di lasciare che me ne occupassi io. Ma se continui a fare casino con il programma, ti riterrò personalmente responsabile».

Era una minaccia? Stavano parlando di un programma per le ordinazioni online, santo Dio. Che cosa stava succedendo?

Ireland raddrizzò le spalle. «Mi hanno fatto intervenire perché sono una programmatrice esperta e il programma che hai scritto è un disastro. Inoltre c'è qualcosa di insolito nei meandri che fai fare ai ricavi.»

James fece due passi verso di lei finché il suo fiato fetido le inumidì la guancia. «L'unico motivo per cui ti ho tollerato finora è perché hai un bel culo. Ma se pensi che ti lascerò incasinare la mia carriera, ti sbagli di grosso.»

Ireland stava respirando a fatica e spinse via James.

Lui le afferrò le braccia e la tirò verso di sé. «Mi piace un po' di violenza, quindi non stuzzicarmi.» Si chinò in avanti. «Perché mordo anch'io.»

«Che cosa sta succedendo?»

Ireland si tirò indietro e questa volta James la lasciò andare. Lei guardò dall'altra parte della stanza e vide Bran in piedi all'ingresso.

«Ricorda quello che ho detto» le disse James, troppo piano perché Bran la sentisse. Si sedette in un séparé e cominciò a togliere la roba dalla sua borsa come se non fosse successo niente.

Guardò Bran sorridendo. «Ireland e io stavamo solo discutendo di alcuni suggerimenti che aveva. Ma i cambiamenti che ha fatto rovinerebbero altre sezioni del programma, quindi li cancellerò. Meno male che abbiamo ancora l'originale.»

Ireland arrossì. Prima perché Bran aveva assistito alla sua umiliazione con James e le sue mani sozze. E adesso perché James stava suggerendo che aveva incasinato qualcosa mentre non era vero. Stava cercando di sistemare il *suo* casino.

Il panico le faceva battere forte il cuore. Quando si arrivava a uno scontro tra un collega maschio e lei, vinceva sempre lui. Ogni. Volta. Ireland, in quelle situazioni, appariva nervosa invece che sicura di sé e non era positivo.

Bran attraversò la stanza e indicò a Ireland di seguirlo. Si spostarono nel suo ufficio, dove James non poteva sentirli.

Bran continuava ad aprire e chiudere la bocca. «Non so esattamente che cosa ho visto, ma assicurati di tenere queste attività al di fuori dell'orario. Non ti pago per fare sesso.»

A Ireland tremavano le mani. «Ti sbagli. Non è quello che è successo.»

Bran alzò una mano. «Non mi interessa che cosa steste facendo voi due. Ma non farlo qui.» Fece per andarsene, poi si fermò e guardò indietro. «E, per l'amor del cielo, non peggiorare i nostri problemi tecnici.»

* * *

Bran. Era. Furioso. Era appena tornato al Prime per trovare Ireland tra le braccia di James.

Avrebbe voluto lavarsi gli occhi con la candeggina.

Avrebbe dovuto restare lontano da lei. Aveva già dimostrato che gli faceva perdere il controllo. Ma la pressione che stava ricevendo per far ripartire il sistema aveva prevalso su tutto.

Solo, vedere Ireland con James... Bran era pronto a uccidere quel tizio, al diavolo il software. Sospirò. Okay. Era un ringhio.

Aprì gli occhi e fissò il pugno chiuso. Lavorare insieme era impossibile. Era già abbastanza difficile doverla vedere tutti i giorni. Vederla con un altro sarebbe stato impossibile.

Doveva licenziarla. Avrebbe detto ai suoi fratelli che

Ireland non andava bene. Che il tizio della Tech Banquet aveva detto che stava peggiorando le cose.

Bran fece una smorfia. Non si fidava di James. Ma avevano già pagato per i suoi servizi e Bran non poteva liberarsi di lui finché la società non fosse stata in grado di sostituirlo con un altro dei loro programmatori.

Cali non sarebbe stata contenta se avesse licenziato Ireland e sospettava che non lo sarebbe stata nemmeno Emily, ma che altro poteva fare? Era co-proprietario del Club Tahoe e, se avesse ucciso James perché non riusciva a sopportare di vederlo toccare Ireland, ci sarebbero stati problemi molto più grandi che non licenziare Ireland. Per non dire poi che se ciò che James aveva detto era vero l'ultima cosa di cui avevano bisogno era che Ireland peggiorasse il programma.

Sentì bussare alla sua porta.

Bran tirò indietro la testa. «Sono occupato.»

«Posso parlarti?» Era Ireland.

Bran strizzò gli occhi. Non era pronto a licenziarla. L'effetto che aveva su di lui non era colpa di Ireland. Ma se c'era anche solo un grammo di verità in ciò che aveva detto James, non poteva rischiare che lei peggiorasse la situazione. Tanto valeva farla finita subito. «Entra.»

Bran andò all'altro capo della stanza. Non c'erano finestre nel suo ufficio e non era molto grande, ma era il posto dove andava per allontanarsi dal caos dei ristoranti.

Ireland entrò e si chiuse la porta alle spalle.

La stanza da tre metri per tre divenne di colpa la metà della sua ampiezza. A Bran sembrò di stare in una doccia piena di vapore con il lieve profumo di Ireland che si espandeva. Doveva proprio profumare di fiori e arance? Gli ricordava l'estate, le donne e il cibo. Praticamente tutto ciò che amava nella vita.

Andò alla scrivania e spostò qualche carta. «Che cosa posso fare per te?»

«Io-io...» Ireland smise di parlare e la sentì tirare un profondo respiro. «Mi dispiace, i conflitti non sono il mio forte.»

Bran alzò gli occhi. Stava scherzando? «Mi è sembrato che te la cavassi benissimo sulla barca.»

Ireland fece una smorfia. «Quella situazione era diversa. Qui si tratta di lavoro. E sulla barca, tu... tu mi hai fatto incazzare.»

Vero. La gente normalmente si comportava in modo professionale al lavoro. Quindi qual era la vera Ireland? La versione aggressiva della barca o la professionista intelligente ma passiva?

«Quindi sulla barca era un *una tantum?*» Bran non sapeva se si stesse riferendo al suo scatto d'ira o alla pomiciata. Probabilmente a entrambe le cose perché, all'improvviso, aveva bisogno di torturarsi.

Ireland incrociò le braccia. «Non lo so. Sembra che tu abbia un talento naturale per farmi incazzare.»

Eccolo, il fuoco.

Per tutto quel tempo, Bran aveva frequentato ragazze tranquille, gentili e adesso non riusciva ad averne abbastanza di una cervellona con un diavolo di caratteraccio. C'era qualcosa che non andava in lui. «Sei venuta per un motivo. Immagino che non sia per dirmi quanto ti irrito.»

Ireland chiuse gli occhi. «No. Ovviamente no. Mi dispiace. Io-io...»

«Ci siamo solo noi due. Non c'è bisogno che ti innervosisca. Ricorda, sono il tizio cui hai urlato contro, completamente a tuo agio.»

Un sorriso addolcì la bocca di Ireland. «Vero.» Eppure

esitava ancora. «Volevo parlarti di quello che hai visto. Non è quello che credi. Non c'è niente tra me e James.»

Bran mise da parte le carte che stava controllando. «Non è così che sembrava.»

«Ti assicuro che non provo assolutamente interesse per lui.»

«Ti stava toccando.»

Un'ombra passò negli occhi di Ireland. «Non era...»

«Non era cosa? Ti ha toccato senza il tuo permesso?»

Ireland si avvolse le braccia intorno alla vita e chiuse gli occhi per un attimo. «Non gli piaccio. Né mi rispetta. E quand'è così a volte gli uomini...»

Bran sentiva il cuore battere forte e la pelle che si scaldava per il sangue che scorreva veloce. Si avvicinò di un passo, riducendo il poco spazio che c'era tra di loro. «A volte che cosa? Dimmi che cosa sta succedendo, perché sto cominciando a immaginare degli scenari che non fanno bene alla mia pressione.»

«Perché ti interessa? Non piaccio nemmeno a te.»

Bran distolse gli occhi. «Mi piaci, invece.» *Troppo.* «Adesso parla.»

«Sono degli stronzi.» Si coprì la bocca. «Scusa, non era appropriato. Ciò che intendevo dire è che a volte gli uomini con cui lavoro... Beh, si sentono feriti nell'orgoglio e, per qualche motivo, sembro avere un talento naturale per pungerli nel loro orgoglio, e diventano dei coglioni. Quello che hai visto era James che si comportava da stronzo prepotente.»

Bran strinse le labbra. Aveva visto James che smanacciava Ireland e, se non aveva niente a che vedere con una passione erotica, allora probabilmente avrebbe dovuto uccidere James.

Come osava minacciarla? O minacciare qualunque altra donna?

Ireland era molto più in gamba di James e lui lo sapeva. «Quello non è uomo che si comporta da stronzo. È un uomo che ti molesta sessualmente. Probabilmente aggredendoti.» Bran fece una pausa e si passò le dita tra i capelli. Di colpo, gli venne in mente un'altra cosa. Era il capo di Ireland e anche lui... «È così che ti sentivi con me? Sulla barca?»

«*No*. Era diverso. Inoltre allora non lavoravo per te.»

Comunque Bran era furioso con se stesso. Anche lui si era comportato da stronzo con lei anche se in quel momento non era la sua consulente. «Non avrei mai dovuto toccarti. È stato uno sbaglio.»

Ireland fece un passo avanti. «No. Cioè, sì, mi hai fatto incazzare, ma...»

«Ma?» Non aveva bisogno di ma. Aveva bisogno che lei fosse d'accordo con lui.

«Come ho detto, mi piacevano le tue mani su di me.» Aveva il viso rosso fiamma, come i suoi capelli. E il suo temperamento, quando veniva provocata.

Nonostante il fatto che la parte razionale del suo cervello gli dicesse che quella conversazione aveva preso una strada sbagliata, Bran fece un mezzo sorriso. «Giusto; parlare di meno, toccare di più.»

Ireland storse le labbra. «Devo fare attenzione a ciò che ti dico. Ti va alla testa.»

«Non capita tutti i giorni che una bella donna mi dica quanto le piacciono le mie mani su di lei.»

«Bella?» Ireland si spinse gli occhiali sul naso. «Non sono bella.»

Bran sbuffò.

Lei aggrottò le sopracciglia. «Ci sono delle cose che gli uomini ammirano, ma il resto...»

Giusto. *Cose.* Ad esempio i seni formosi che facevano venire l'acquolina in bocca a un uomo. «Chiamiamole cose se vuoi. E anche il resto è eccezionale.»

«Balbetto» continuò Ireland come se non l'avesse sentito. «Non sono brava se qualcuno mi aggredisce. E porto gli occhiali.»

«Gli occhiali sono sexy da morire. E mi piace perfino quando balbetti perché significa che sto avendo un certo effetto su di te.»

Ireland piegò di lato la testa. «Perché vorresti avere un effetto su di me?»

Bella domanda. Non avrebbe dovuto. Eppure Bran fece comunque un passo avanti. Perché voleva, veramente, avere un effetto su di lei. E farla sentire bene. Le toccò una spalla, facendo scivolare lentamente la mano sul suo braccio. Poi la tirò dolcemente verso di sé. «Dimmi di fermarmi.»

«Perché dovrei farlo?» rispose lei distrattamente mentre Bran le passava lentamente le mani sulle braccia.

«Perché sono il tuo capo.» Cosa alla quale avrebbe dovuto mettere fine... «È sbagliato.» Fece un passo indietro ma Ireland si chinò in avanti e appoggiò la fronte contro il suo petto. Bran lottò per non appoggiarle la mano dietro la testa. Stava lottando contro un mucchio di istinti in quel momento.

Ireland gli avvolse le braccia intorno la vita, senza stringere. «Sarebbero molestie solo se non fossero desiderate o se mi sentissi pressata a stare con te per questioni di carriera. Fortunatamente per te, non ho bisogno di questo lavoro.»

«Bene.» Le accarezzò la schiena, perdendo la battaglia e incapace di tenere le mani per sé. «Perché non penso che possiamo continuare a lavorare insieme.»

«Per via di James?»

«No, per via di questo.» Bran abbassò la testa e baciò

piano Ireland sulle sue morbide labbra piene che lo chiamavano da quando l'aveva incontrata. «Dovresti veramente dirmi di smetterla.»

«Okay. Basta parlare, più baciare.»

Ireland sarebbe stata la sua morte.

Non avrebbe dovuto ascoltarla. Doveva mantenere il controllo. E non lo stava facendo.

Bran le prese il volto tra le mani e la baciò con una passione che era veramente preoccupante. In quel momento non riusciva a ricordare perché baciare e toccare Ireland fosse una brutta cosa e non gli importava.

Spostò le mani dalle braccia in fondo alla schiena, dove catturò la forma del sedere perfetto. O forse era perfetto perché era di Ireland.

Si fermò. Doveva togliere le mani dal sedere perfetto, benfatto, pieno di Ireland...

«Non pensare nemmeno a parlare in questo momento» gli disse. «Ricordi la regola?»

Bran gemette. Era sul punto di perdere il controllo.

Ireland gli passò le mani lungo il torso e a sud le cose cominciarono a reagire. «Smettila di pensare» gli mormorò.

Ireland fece un passo indietro tirandolo con sé e si fermò con le cosce contro la scrivania di Bran. In mezzo secondo, Bran l'aveva presa per le gambe e sollevata sopra la scrivania. Era troppo bella. Troppo desiderabile. Troppo dolce e sexy.

Ireland gli avvolse le gambe intorno alla vita e il calore di lei premuto contro la sua erezione... Bran smise completamente di pensare a ciò che avrebbe e non avrebbe dovuto fare. Le passò le mani sul seno rigoglioso e morbido e lei gemette, stringendo le cosce intorno a lui.

Ireland si chinò all'indietro e lo tirò con sé finché fu chino sopra di lei. Bran la baciò con una passione che non credeva di possedere. Per un momento, temette di farle male ed esitò.

Invece di respingerlo, Ireland gli sollevò la maglietta. Bran alzò in fretta le braccia in modo che potesse togliergliela e lui potesse riportare le proprie mani dov'erano prima, sui fianchi, sull'incavo liscio della vita e sul seno morbido.

Le mani di Ireland toccarono il suo torace nudo e i muscoli di Bran si contrassero a quella sensazione. Le passò le nocche sotto il bordo della camicetta. Avrebbe fatto praticamente qualunque cosa per essere pelle a pelle con lei, ma non voleva esagerare. Era sicuro che niente di quello che stavano facendo avrebbe dovuto succedere, ma non riusciva a trovare la forza di smettere.

E non dovette farlo. Perché Ireland si tolse la camicetta e la gettò da parte.

«Merda. Sei così bella» disse Bran mentre baciava l'abbondante rigonfio del suo seno. Si allargavano di lato quando era sdraiata. Non seni finti, come aveva pensato. Tutto in Ireland era naturale: la sua figura, la sua intelligenza, la sua passione.

Era distratto. Stava adorando i suoi seni, toccando le spalle morbide e arrotondate, afferrandole i fianchi... Quando la sentì abbassare la cerniera dei suoi jeans.

E quello lo fece uscire dalla nebbia della passione.

Abbastanza da tirarsi indietro.

Abbastanza da rendersi conto quanto fosse sbagliato. «Ireland, dobbiamo smetterla.»

Lei lo guardò confusa.

«Non ho niente, come protezione.»

Ireland capì, spalancando gli occhi. «Nemmeno io. Non mi aspettavo...» Sorrise timidamente.

Bran la tirò diritta sopra la scrivania e la strinse contro il petto. Era una sensazione meravigliosa. «Non ora, quindi.» Ma più tardi? Stava seriamente prendendo in considerazione di cominciare qualcosa con Ireland?

Si era sbagliato su di lei quando l'aveva incontrata la prima volta. Non era un'altra bella donna superficiale. Ma significava forse che fosse meno pericolosa? Non aveva mai riflettuto a fondo quando si trattava di lei. Esempio esemplare: le loro attuali attività.

L'afferrò più stretta. Anche se non era una mossa sicura, era la prima donna che non voleva lasciar andare. E significava che doveva porre un freno alla sua mancanza di controllo e fare tutto per bene se voleva che funzionasse.

«Mi piacerebbe invitarti a uscire con me. Posso?»

Cazzo, quando era stata l'ultima volta in cui aveva chiesto ufficialmente a una donna di uscire con lui? Era passato talmente tanto tempo che non lo ricordava.

Ireland si chinò in avanti e gli baciò il petto, annuendo. «Mi piacerebbe.»

Non era ciò che aveva in programma. Bran non era nemmeno sicuro di essere pronto per lei. Ma, per una volta, voleva correre il rischio.

Capitolo Tredici

«Non aveva idea che organizzare un matrimonio fosse una tale rottura.» Cali attraversò la stanza con Buddy in braccio mentre spingeva con un piede il cestino della biancheria.

Cali appoggiò Buddy sul suo lettino da divano, che era essenzialmente un morbido lettino per cani appoggiato sul divano, in modo che Buddy potesse guardare il soggiorno come il principe che era. «Sulla spiaggia o al club? Forse sul lago. Dio, ci sono tante alternative e Jaeg non vuole aiutarmi perché dice che devo scegliere io. Dice che sarebbe contento di andare in municipio per rendere ufficiali le cose. E poi i suoi genitori ci hanno offerto la loro proprietà che dà sul lago per il ricevimento, ed è ancora un'altra alternativa. Cioè, è bello avere alternative, ma voglio fare le cose giuste e non riesco a decidere... Ireland, mi stai ascoltando?»

Ireland era sdraiata sul divano accanto a Buddy, a sognare a occhi aperti, con un orecchio sintonizzato su sua cugina mentre ripensava alle braccia di Bran intorno a lei. L'uomo che la respingeva ogni volta. Tranne quando la stava attirando a sé.

E, porca paletta, la sera prima aveva toccato e adorato il suo corpo. Le immagini mentali dei suoi capelli sexy e arruffati mentre le baciava il seno la fecero dimenare. Riuscì a dire: «Ti sto ascoltando».

Cali le rivolse un'occhiata incredula.

Ireland e Bran avevano smesso prima di arrivare a fare sesso sulla scrivania perché Bran aveva usato il cervello e si era ricordato che non avevano preservativi. Mentre la mente di Ireland era concentrata sul togliergli i pantaloni. Che cosa c'era di sbagliato in lei?

Non era mai stata aggressiva sessualmente ed eccola che cercava di denudare quel povero cristo. Dimenticato ogni dubbio che avesse su di lui; aveva quasi fatto sesso senza fermarsi a pensare alle conseguenze. Tipo fare un bambino.

Fare un bambino. Con Bran. Dio, lui era fuori dalla sua portata, eppure riusciva a immaginare maschietti con i suoi capelli biondo scuro e gli occhi intensamente azzurri. E tutto con un uomo che passava da un estremo all'altro e che la confondeva da matti. Aveva perso la testa!

Le aveva chiesto di uscire con lui la sera prima e non c'era la minima possibilità che lei rifiutasse. Era curiosa, ecco tutto. Forse era a causa del modo in cui l'aveva baciata e toccata. Perché quell'uomo aveva talento. Nessuno l'aveva toccata con la meraviglia e la passione di Bran. Come se in effetti la ritenesse preziosa...

Doveva smetterla di pensare a lui.

«Pronto? Terra a Ireland» disse Cali. «A che diavolo stai pensando? Stai sorridendo, dimenandoti e stai completamente ignorando il fatto che sto sclerando.»

«Mi dispiace.» Ireland aveva bisogno di spegnere i bollenti spiriti. Era solo un appuntamento e Bran non aveva chiamato per organizzarlo.

Avrebbe chiamato? E se l'avesse mandato all'aria?

«Ireland!»

Merda. «Sì, ti sto ascoltando.»

Cali si lasciò cadere sul divano, obbligando Ireland a spostarsi in fretta di lato perché non le si sedesse addosso. «Che significa quel sorriso idiota?» Cali spalancò gli occhi. «Hai scopato?»

«*Cosa?* No» rispose Ireland. Ma avrebbe voluto... Accidenti.

«Allora che cosa succede?»

Ireland non sarebbe mai riuscita a mantenere il segreto con Cali. Era spietata e avrebbe tampinato Ireland finché avesse ceduto. «Bran mi ha chiesto di uscire con lui ieri sera. Ma non c'è niente di concreto, quindi non farne un affare di stato.»

Cali strinse la mano di Ireland fino a farle male. «Porca. Paletta. *Bran* ti ha chiesto di uscire? Sai almeno che cosa significa?»

Ireland si spostò sul divano e guardò la mano che stava diventando viola nella stretta di Cali. «Che vuole portarmi fuori a cena? Non sono una totale perdente. Ho già avuto degli appuntamenti.» Ogni tanto... Bene, non spesso. E non con qualcuno affascinante come Bran.

Cali rimbalzò su e giù, lasciando finalmente libera la mano di Ireland. «È di Bran che stiamo parlando, conosciuto anche come "il monaco". Lui non esce con nessuno.» Storse la bocca. «Almeno non spesso. Difficile immaginare un uomo così attraente che non scopa.»

Ireland fece una smorfia. Non le piaceva pensare a Bran con altre donne. «Arriva al punto.»

«Il punto è che non ho mai sentito che si sia interessato abbastanza a una donna da avere un appuntamento ufficiale. Non porta mai donne con sé quando ci vediamo. Non parla mai con le donne quando usciamo insieme. Hai idea di quanto sia grossa questa faccenda?»

«Sono piuttosto sicura che non sia così importante.»

Gli occhi di Cali divennero vitrei. «Sposerai Bran.»

Ireland rise e fece schioccare le dita di fronte alla faccia di Cali. «Ci sei ancora? Perché hai appena perso la testa.»

«Ascoltami.» Buddy si accomodò in grembo a Cali, che lo accarezzò sovrappensiero. «Se Bran ti ha chiesto di uscire, vuol dire che gli piaci proprio.»

O che è arrapato, pensò Ireland. «Devi smetterla di ossessionarti per il tuo matrimonio. Si sta infiltrando nei tuoi processi mentali.»

«Okay, puoi chiamare una predizione quella sul matrimonio. Il punto è che ti sta corteggiando.»

Ireland rise. «Noi...» *Tra di noi c'è un'attrazione chimica sexy, bollente, roba da strapparsi i vestiti di dosso. Mutande che si sciolgono...*

Cali inarcò le sopracciglia. «Voi?»

«Abbiamo cominciato qualcosa. Ed è stato piuttosto sexy, quindi mi ha chiesto di uscire.»

Cali schiaffeggiò il braccio di Ireland, la quale temette che avrebbe avuto dei lividi alla fine della conversazione.

«Porca paletta!» E prima che potesse scansarsi, Cali le era addosso e la stava stringendo, con Buddy in mezzo a loro che zampettava per liberarsi. «Ti ama!»

Ireland salvò Buddy dal compattatore umano di rifiuti. «Datti una calmata, per favore. Lui non mi ama.»

Jaeg entrò dalla porta e Buddy corse da lui. «Che cosa sta succedendo?» Jaeg raccolse Buddy con una mano.

«Ireland e io...»

Ireland sbatté la mano sulla bocca di Cali. Era proprio quello di cui aveva bisogno: che Cali dicesse a tutti che Bran l'amava prima ancora che avessero il loro primo appuntamento. «Niente. La tua fidanzata ha perso la testa tentando di organizzare il matrimonio. Pensi che dovremmo mandarla in terapia?»

Jaeg annuì. «Probabile. Oppure potremmo obbligarla a scegliere un posto entro la fine della settimana.»

Cali si tirò indietro, lasciando finalmente un po' di spazio a Ireland, che rimosse con cautela le dita dalla bocca di Cali, dandole un'occhiata di avvertimento che lei sembrò capire.

Cali si gonfiò i capelli e guardò il fidanzato. «Il nostro matrimonio sarà il giorno più importante delle nostre vite. Non possiamo sposarci in un posto qualunque.»

«Certo che possiamo. Meglio che non fare il record mondiale per il fidanzamento più lungo. Vediamo di sposarci, baby. A chi interessa dove? Quel momento sarà meraviglioso, dovunque sia.»

A Cali vennero le lacrime agli occhi e si alzò per andare da Jaeg, abbracciandolo. «Sei l'uomo più dolce al mondo e hai ragione. Mi sforzerò di scegliere un posto entro la fine della settimana.» Si morse il labbro e diede un'occhiata a Ireland. «Ma non sarà facile.»

«Ti aiuterò io» disse Ireland.

«Ti ho già detto che sei la cugina migliore al mondo?»

«Sì, ma non mi dispiace sentirlo tutti i giorni.»

«Sei la migliore» disse Cali. «Adesso aiutami a piegare il bucato così possiamo andare alla festa di inaugurazione della casa di Wes e Kaylee.»

Ireland prese un asciugamano dal cestino e cominciò a piegarlo. «Festa di inaugurazione? Non vivono già da un bel po' in quella casa?»

«Sì, ma appena si sono trasferiti si sono sposati e poi è arrivata la bambina. Una cosa tira l'altra e non l'hanno mai veramente inaugurata.»

«Sei sicura che a loro non dispiacerà se mi aggrego?»

«Kaylee ha specificatamente chiesto se potevi venire anche tu. Mi sono portata avanti e ho accettato per conto tuo.»

Ireland sbuffò. Cali si poteva definire invadente, ma aveva un gran cuore e aveva sempre buone intenzioni.

E chi era Ireland per lamentarsi? Cali l'aveva presentata a Bran e dopo un inizio indubbiamente burrascoso, le cose sembravano mettersi al meglio.

Capitolo Quattordici

Bran appoggiò una bottiglia di uno dei vini migliori del Prime sul ripiano della cucina di Wes e Kaylee. Nell'aria si sentiva vibrare l'alto volume delle voci dei suoi fratelli.

Wes alzò gli occhi e si avvicinò, dando a Bran una pacca sulla schiena. «Sono contento che sia potuto venire. Kaylee è così entusiasta di mostrare i nuovi mobili. Meno male che li ha scelti lei e non io.»

«Maledettamente vero.»

Wes gli rivolse un'occhiata di finto dolore. «Io ho buon gusto. Ho scelto Kaylee. Lei rende bello il mondo.»

«Parole più vere non furono mai dette. Ti ha portato via da quel tugurio di una sola stanza.»

«Dove adesso vivi tu.»

Bran sorrise. «Se non è rotto...» Si guardò attorno. Kaylee e Wes vivevano nella casa nuova da quasi un anno, ma avevano finito di arredarla solo di recente.

Era strano pensare a quante cose erano cambiate in pochi anni. Non molto tempo prima, tutti i fratelli Cade erano single. Adesso Adam e Wes erano sposati e Levi era sulla buona strada verso la felicità matrimoniale con Emily. Solo Bran e Hunt difendevano il fortino dei single. E aveva senso.

Bran non riusciva a immaginare Hunt sistemato; gli piacevano troppo le donne. Rimanere attaccato a una sola? Niente da fare. Per non dire poi che Hunt sceglieva ogni volta quella sbagliata. Da quel punto di vista, Bran e Hunt soffrivano della stessa maledizione.

Se Bran avesse permesso ai suoi istinti di prevalere, probabilmente sarebbe stato nella stessa situazione di Hunt: a impollinare la città una bella donna per volta. Bran si era assicurato di cambiare le sue abitudini. Aveva delle regole. Anche se, doveva ammetterlo, ne aveva ignorata qualcuna da quando era entrata in scena Ireland.

Okay, voleva uscire con lei. E vederla nuda. Che c'era di così sbagliato?

Bran scopava, ogni tanto. Molto occasionalmente. Quando era sicuro di farlo e non c'erano vincoli né erano coinvolte le emozioni. Ma da quando Ireland era entrata nella sua vita si era sentito più come un animale in gabbia, bisognoso della sua attenzione. L'intensità delle proprie emozioni lo aveva inondato di segnali d'allarme ma non era riuscito a evitare di invitarla a uscire con lui.

Avrebbe evitato di impegnarsi. Sarebbe stato rispettoso e informale. E, sperava, *nudo*, se fosse stato fortunato.

Ireland nuda...

Bran chiuse forte gli occhi e lasciò uscire lentamente il fiato, con le fiamme che dal petto scendevano all'inguine.

Doveva smettere di pensare a Ireland senza vestiti addosso. Non lo aiutava a mantenersi razionale. Portava via il sangue dal suo cervello e lo mandava a sud, dove non si prendevano le decisioni giuste.

Si era veramente autoconvinto di poter mantenere le

cose superficiali? Se si fosse sbagliato sarebbero stati guai. Aveva abbastanza disastri di cui occuparsi senza aggiungerne uno di natura romantica.

Uno strillo acuto arrivò dalla direzione del soggiorno di Wes e Kaylee.

Bran guardò oltre i suoi fratelli che affollavano la cucina e vide Hunt. Che aveva già attirato l'attenzione dell'unica femmina nella stanza.

Bran andò in soggiorno e fissò il fratello minore, sdraiato sul pavimento con la nipotina sopra. «Hai ancora il tocco magico. Ti sta sbavando addosso.»

Hunt rivolse a Harlow un sorriso buffo e la sollevò sopra la testa, a mo' di aeroplano. «Che cosa ci posso fare se le femmine mi adorano?»

La bambina ridacchiò e un po' di bava cadde sulla t-shirt di Hunt.

«Smettila di tenerla tutta per te» disse Bran. «Non vedo Harlow da una settimana. Wes è stato troppo preso con il campo da golf per passare al ristorante. Passamela.»

Hunt gli diede un'occhiata afflitta e si alzò in piedi, con la bambina in un braccio. «Solo per un minuto. L'ho appena presa e non ne ho ancora avuto abbastanza.»

Bran si mise Harlow sotto il braccio e le tirò giù il vestitino color lavanda sul sederino rotondo fino ai leggings, poi fece rumori buffi sul dorso della mano grassoccia. Dalla bocca bavosa eruppero risatine infantili.

Wes diceva che Harlow stava mettendo i denti e che quello era il motivo per l'eccesso di saliva, ma che ne sapeva Bran? Le asciugò la bocca con la manica della camicia pulita e le baciò la testa.

Harlow era il primo bebè della famiglia e la viziavano da morire. Era anche la prima femmina Cade in due generazioni. Nella generazione di Bran c'erano stati cinque maschi di seguito e quindi Harlow riceveva tutte le attenzioni e la potenza di cinque adulti iperprotettivi al suo comando.

Kaylee li rimproverava continuamente perché la viziavano. Non che facesse uno iota di differenza. Non era nel DNA dei Cade permettere che una femmina piangesse.

La loro nipotina li avrebbe fatti sudare una volta raggiunta la maggiore età. Ci sarebbero stati litigi, spargimenti di sangue. Qualunque uomo si fosse avvicinato a meno di un metro da Harlow avrebbe corso il rischio di farsi fratturare gli arti dai cinque robusti uomini (più tutti i loro amici) se mai avessero osato ferirla. Anche se, doveva ammetterlo, la loro nipotina sembrava aver ereditato il temperamento dei Cade. Quindi forse non avrebbero dovuto preoccuparsi tanto. La bambina aveva due bei polmoni e sapeva usarli.

Bran si sedette sul pavimento e con i mattoncini costruì delle torri, che Harlow buttava giù con le sue grassocce braccine simil-Godzilla; poi si dondolava avanti e indietro sul sederino perché lui lo rifacesse e Bran, ovviamente, obbediva.

Non la stava viziando, la stava aiutando a rinforzare le braccia. Perfino Wes sarebbe stato d'accordo che era un buon allenamento per la futura carriera da golfista di Harlow.

Bran sollevò la bambina e le baciò la guancia morbida mentre lei mugolava *da da da*, scalciando con le gambine e rimbalzando nelle sue braccia. Forse le avrebbero permesso di uscire con qualcuno quando avesse compiuto trent'anni. Se l'uomo fosse stato rispettoso e l'avesse trattata come una regina.

Hunt restava lì, impaziente, sbuffando. Ma poi il suo sguardo si spostò verso l'ingresso come se avesse sentito qualcosa sopra gli strilli di Harlow e sul volto gli apparve un sorriso predatorio. «Beh, guarda chi abbiamo qui. Mi stavo chiedendo se si sarebbe fatta viva. È un tipo elusivo, quella. Mi piace.»

Bran seguì lo sguardo di Hunt e il suo cuore mancò un battito. Wes stava facendo entrare Jaeg e Cali e Ireland era con loro.

«Ireland è off-limits» disse Bran, trasalendo quando sentì la propria, automatica risposta.

Hunt gli puntò gli occhi addosso. «Da quando?»

Bran non voleva assolutamente reclamare Ireland per sé. La desiderava, ma si era ripromesso di mantenere le cose superficiali. Non voleva dire che avrebbe permesso a quel Casanova di suo fratello di darle la caccia. «Ireland è la cugina di Cali, che ti staccherebbe le palle se la ferissi.»

Hunt si coprì l'inguine. «Innanzitutto, *non* parlare mai di queste cose. Mi fa venire la nausea. Non so di che cosa stai parlando. Io amo le donne e non lasciano mai il mio letto insoddisfatte.»

«Ma hai intenzione di fare sul serio?»

Hunt gli rivolse un'occhiata comicamente perplessa. «Diavolo, no!» Tornò a guardare Ireland. «Ma Ireland è veramente...»

«Off-limits.»

Hunt lo guardò pensieroso. «Se non sapessi che sei un monaco, direi che la vuoi *tu*.»

Bran passò la bambina all'altro braccio e lei gli afferrò la maglia con le dita a pinza che erano dannatamente forti per un esserino così piccolo. «Sono solo pratico. Presumo che vorrai una Harlow tutta tua un giorno. Ti serviranno un paio di palle se vorrai riuscirci.»

Hunt fece una smorfia. «Smetti di parlare delle mie palle come se andassero da qualche parte.» Guardò in direzione dell'ingresso e sorrise. «Non preoccuparti per Ireland. So quello che faccio.»

Fece per andare verso la porta e Bran gli sbatté contro il braccio libero, fermandolo. «Sono maledettamente serio.»

Hunt strinse gli occhi e alzò il mento. «È quello che pensavo. La prossima volta che vuoi reclamare una donna per te, dillo e basta.» E se ne andò prima che Bran potesse discutere.

Non era importante. A chi interessava che suo fratello pensasse che Bran era interessato a Ireland? Lo era, fino a un certo punto. Non voleva dire che fosse serio.

Risistemando la bambina sul braccio, Bran andò verso la cucina per salutare i nuovi arrivati. E Ireland. Per essere educato.

Ireland era una professionista abbottonata quando andava al Prime come consulente, ma, le poche volte in cui Bran l'aveva vista fuori dall'ambiente di lavoro, indossava vestiti che aderivano alla sua figura pazzesca. Quella era una di quelle sere e la sua vista fece mancare un battito al cuore di Bran. Chilometri di curve con un volto fantastico, e lo stava uccidendo.

Ireland probabilmente era la donna più bella che avesse mai visto. Ovvio che volesse diventarne intimo. Non c'era nessun motivo perché Hunt sbuffasse. L'attrazione di Bran per Ireland era naturale. Lui stava semplicemente cercando di capire come avvicinarsi senza complicazioni.

Una volta, quando aveva incontrato Ireland per la prima volta, il suo aspetto da bomba sexy l'aveva respinto. Ed era ancora così, quando si trattava delle altre donne. Ma non vedeva più Ireland in quel modo. Era più di una bella faccia.

Dio solo sapeva che disastri sarebbero successi se Bran

avesse ceduto completamente alla sua attrazione per Ireland. Ma magari solo un pochino? Che male poteva fare?

Bran fece l'indifferente. Si avvicinò ai nuovi arrivati e strinse la mano di Jaeg. Poi salutò Cali e alla fine di rivolse a Ireland. «È bello vederti.»

Freddo, calmo. Ecco che cos'era. L'ultima volta in cui aveva visto Ireland le aveva messo la lingua in bocca e lei stava cercando di aprirgli la patta dei pantaloni.

Bran deglutì, cercò di bloccare le immagini, per non rischiare di mettersi in imbarazzo.

E poi la bambina afferrò il naso di Bran, infilando le piccole dita dove non doveva, ricordandogli dov'era e riportandolo nella terra dell'umiltà.

Ireland si mise a ridere. «Sei completamente suo schiavo, vero?»

Alla faccia di essere fichi. Bran afferrò le piccole dita che lo tenevano per il naso e baciò il dorso della manina paffuta di Harlow. «Ti presento Harlow, mia nipote. Sa come attirare la mia attenzione.»

«Mi piace la sua tattica. Sottile. Dovrei provarla qualche volta.» Negli occhi di Ireland rimase la scintilla divertita.

«Tu mi controlli in altri modi.»

Ireland inarcò le sopracciglia.

Okay, stava flirtando. Che male c'era? Flirtare un po' non aveva mai fatto male a nessuno. Era andare oltre che l'aveva quasi ucciso la sera prima. Era la prima volta in cui dimenticava il preservativo da quando era alle superiori.

Ireland si schiarì la voce. «Riguardo a ieri sera... è stato... inaspettato. Non sentirti in obbligo di dargli seguito. Non siamo obbligati a-a, uhm, continuare.»

Adam si avvicinò, gli rubò Harlow e Bran gli rivolse un'occhiataccia. *Accidenti ai suoi fratelli.* Tornò a rivolgersi a Ireland. «Intendevi dire il nostro appuntamento? L'ho già organizzato, a meno che tu ci stia ripensando.»

Lei scosse la testa. «No.» Sulle belle labbra apparve un sorriso. Labbra in cui era annegato...

Bran si strofinò il pollice sul mento, trattenendosi a fatica dall'avvicinarsi e continuare la frenetica sessione di baci cominciata meno di ventiquattr'ore prima. «Che ne pensi di una cena? Non in un ristorante. In qualche altro posto. Lavorare nella ristorazione, mi fa passare la voglia di restare in un ristorante dopo il lavoro.»

«Che cosa avevi in mente?»

«Una sorpresa.»

«In arrivo.» Adam ficcò Harlow tra le braccia di Bran e scappò via.

Bran si sforzò di controllare il vermiciattolo che si dimenava nelle sue braccia. «Che diavolo...» Diede un'occhiata a Adam, proprio quando Wes scoppiò a ridere dall'altra parte della stanza e alzò la borsa dei pannolini. Bran fissò la bambina... «Figlio di...»

Wes si avvicinò. «Sembra che Adam abbia fatto un passaggio veloce?» Spinse la borsa dei pannolini verso Bran, che cercò di restituirgliela. «Sei il padre. È lavoro tuo.»

Wes alzò le mani. «Non posso. Ho degli hamburger da bruciare sul barbecue. Inoltre cambio pannolini tutto il giorno. È un buon allenamento per te.» E Wes si allontanò ridacchiando.

Bran guardò nervosamente Ireland. «L'hai mai fatto?»

«È tua nipote, tu non l'hai mai fatto?»

«No.»

Ireland si coprì la bocca, nascondendo un sorriso. «Sarà interessante.»

Maledizione.

Capitolo Quindici

Ireland seguì Bran nel soggiorno, relativamente vuoto rispetto alla cucina e all'atrio, affollati com'erano di uomini Cade grandi e grossi e dalle loro compagne.

Si sedette sulla moquette, infilandosi le gambe sotto il sedere.

Bran si accucciò e appoggiò Harlow sul pavimento, con la borsa dei pannolini accanto alla sua coscia muscolosa. Arricciò il naso. «Bello forte.»

Ireland stava dicendo paroline dolci ad Harlow che era pronta a scappare se Bran non si fosse sbrigato. Gli diede un'occhiata di sottecchi e lo colse a guardare la borsa dei pannolini con la fronte aggrottata. «Gestisci quattro ristoranti ma non sei capace di cambiare un pannolino?»

Bran le lanciò un'occhiataccia comica. «Certo che so cambiare un pannolino.» Ne prese uno dalla borsa, studiandolo come se fosse un oggetto misterioso. «Non può essere così difficile.»

Ireland nascose un sorriso. Lei e Cali avevano dei cuginetti e Ireland aveva cambiato un bel po' di pannolini a suo tempo. Non era facile come sembrava. Specialmente con una bambina vivace come Harlow.

Ireland le stava facendo tutte le facce buffe che conosceva per continuare a farla ridere e stare ferma in un posto, mentre Bran giocherellava con le linguette elastiche del pannolino.

Bran fissò la bambina, alzò le spalle e le tolse i leggings.

Ireland alzò un dito. «Sarebbe meglio prendere delle salviettine.»

«Salviettine?»

«Per il sederino. Sai, meglio farlo prima di togliere il pannolino.»

«Giusto.» Bran frugò nella borsa e tolse il pacchetto rettangolare di salviettine imbevute.

«E un tappetino» aggiunse. «Per non sporcare la moquette.»

Bran frugò nuovamente nella borsa e prese un tappetino arrotolato. Lo stese e poi appoggiò sopra Harlow, che cercò immediatamente di darsi alla fuga.

Bran appoggiò dolcemente una mano sul piccolo torace, facendole il solletico sotto il mento per farla ridere e stare ferma.

«Puoi pulirle il sederino e richiudere le salviettine nel pannolino sporco» suggerì Ireland.

Con entrambe le mani occupate a tenere ferma Harlow, Bran disse: «Sei sicura di non volermi sostituire? O aiutarmi. Accetterei il tuo aiuto».

«Niente da fare» gli rispose Ireland. «Guardarti, è estremamente divertente.»

Bran borbottò qualcosa e Ireland incrociò le gambe per stare comoda. Prese in considerazione di documentare tutto col telefono, ma ci ripensò. Bran avrebbe potuto tirarsi indietro se avesse attirato troppo l'attenzione su di lui e lei voleva assistere all'evento. Un uomo muscoloso e sexy che cambiava un pannolino? Non c'era niente di più dolce.

Bran esaminò il pannolino di Harlow ora che le aveva tolto i leggings. Sembrava spaventato.

Ireland strinse le labbra per non ridere. «Va tutto bene?»

«Bene» borbottò Bran. Tirò le linguette come se stesse per togliere un cerotto e il davanti del pannolino sporco ricadde in avanti.

Bran chiuse gli occhi e scosse la testa. «Che cosa dà da mangiare mio fratello a questa bambina? Come fa un esserino così piccolo a produrre tanta...» Harlow cominciò a scalciare e Bran spalancò gli occhi. «Mer... Cioè, accipicchia.»

Afferrò quattro o cinque salviettine e cominciò a tamponare il sederino di Harlow come se stesse pulendo una zona contaminata.

A quel punto Ireland stava ridendo, forte. Tenendosi lo stomaco. E attirando gli sguardi di chi c'era dall'altra parte della stanza.

«Non mi stai aiutando» disse Bran, con il sudore che gli imperlava la fronte.

«Okay...» Ireland fece un respiro profondo per cercare di frenare le risatine. «Tienile le gambe e puliscila, io la distraggo.» Ireland prese un giocattolo che c'era in giro e lo tenne sopra la testa di Harlow, facendo facce buffe mentre la bambina cercava di afferrarlo.

Tante passate di salviettine dopo, sentì Bran esclamare: «Oh mio Dio».

Ireland guardò indietro. Bran aveva fatto un lavoro decente. «Che c'è? Hai quasi finito.»

«C'è della... roba... nella sua...» Alzò le mani. «Non ci riesco. Wes! Porta qui il culo!»

«Non fare il pappamolla» fu la risposta urlata di Wes

dal patio esterno. La porta scorrevole era aperta e Wes stava girando gli hamburger sul grill.

«Lo ucciderò» disse Bran e guardò Ireland. «Sono le sue... parti. La lascio lì?»

«Assolutamente no. Potrebbe causare un'infezione. Assicurati di pulire dal davanti verso dietro.»

Bran arricciò le labbra. «Che cosa diavolo significa?»

«Non spingere la pupù verso le sue parti delicate. Pulisci partendo dall'alto verso il tappetino.» Mimò il gesto e Bran aggrottò la fronte.

«Non riesco a credere che sto facendo una cosa simile.» Bran chiuse gli occhi e pulì la bambina come gli aveva mostrato Ireland. Aprì un occhio e diede un'altra passata. «Va bene?»

Ireland diede un'occhiata. «Bene. Adesso togli con attenzione il pannolino sporco, tirandolo per le linguette in modo da coprire le salviettine che hai usato e metti il pannolino pulito sotto il suo sedere.»

Bran fece quello che gli aveva detto, sorprendentemente bene, in effetti.

«Mettile un po' di crema in modo che il sederino non si irriti, chiudi le linguette e avrai finito.»

Bran usò una salviettina per pulirsi le mani. Frugò di nuovo nella borsa, cercando, mentre teneva le gambine scalcianti di Harlow. La bambina si muoveva da matti avanti e indietro dopo essere stata obbligata a restare ferma per tanto tempo e Ireland stava finendo i giocattoli per distrarla.

Bran prese la crema e ne mise un po' sul dito, poi la spalmò in fretta sul sederino. Fissò le linguette e alzò le mani, come se lo stessero cronometrando.

Ireland risistemò le linguette in modo che il pannolino fosse più aderente. «Congratulazioni, hai cambiato con successo il tuo primo pannolino.»

Harlow si voltò e gattonò via sulla moquette senza i leggings, con il sederino per aria diretta verso Hunt, che la sollevò in fretta prendendola in braccio.

Bran si asciugò la fronte con l'avambraccio. Gettò le salviettine e la crema nella borsa e prese con due dita il pannolino con la popò. «Immagino che tu non sappia che cosa fare di questo coso?»

«Wes o Kaylee ti mostreranno dove metterlo.»

Bran attraversò la stanza per andare da Kaylee e Ireland andò nel bagno che aveva intravisto vicino alla porta d'ingresso. Non si era preoccupata di chiudere la porta, visto che si stava solo lavando le mani e Bran entrò mentre stava finendo.

«Scusami» disse Bran, facendo un passo indietro.

«Ho finito. È tutto tuo.» Sorrise. «Hai fatto un buon lavoro lì fuori.»

Bran fece una smorfia comica mentre lei si asciugava le mani e si scambiavano di posizione. Bran cominciò a lavarsi vigorosamente le mani. «Adoro Harlow, ma, accidenti, cambiare i pannolini? Non credo di esserci tagliato.»

Ireland guardò indietro chiedendosi quanto fosse strano parlare in bagno. La scena era intima, come se avessero rubato un momento insieme. «A nessuno piace cambiare i pannolini, ma qualcuno deve pur farlo.»

Bran si asciugò le mani e si voltò verso di lei. «Non credi che rovini il mio fascino virile? Normalmente non corteggio le donne cambiando pannolini.»

Ireland rise. «Tu corteggi le donne?» Metà delle volte, Bran sembrava disinteressato. L'altra metà delle volte seduceva la sua bocca con la lingua e lei pensava che sarebbe implosa per il fuoco del suo tocco.

Bran le rivolse un'occhiata sexy e i capezzoli di Ireland si eressero come se li avesse chiamati.

Si schiarì la voce. *Lui, esattamente lui.* Quell'uomo era una minaccia. «Non lo so, pensavo che fosse piuttosto sexy: un uomo grande e forte che si prende cura di un bambino. Piuttosto erotico.»

Bran la guardò sorpreso, poi allungò la mano dietro di sé per chiudere la porta, assicurandosi la privacy. Premette la mano sulla porta accanto alla testa di Ireland. «Sexy, eh, quanto sexy?»

«Veramente sexy.»

Bran abbassò lo sguardo sulla sua bocca. «Io penso sia sexy il fatto che sapessi come istruirmi. Quando hai avuto a che fare con i bambini?»

Anche Ireland fissò lo sguardo sulla sua bocca che sembrava si stesse avvicinando. «Cugini. Ho dei cugini. Cali e io siamo nel mezzo come età e alcuni dei nostri cugini più grandi hanno già dei bambini.»

Bran allungò una mano e le passò le dita lungo una ciocca di capelli. «Adoro i tuoi capelli.»

«I miei capelli? Cioè, grazie.» *Di che cosa stavano parlando?* Pannolini. Giusto.

La maggior parte degli uomini avrebbe detto al fratello di andare a farsi fottere se gli avessero chiesto di cambiare un pannolino. Ma Bran si era preso cura di Harlow perché voleva sinceramente bene alla piccola. Ovvio che fosse sexy.

«Io-io...» Accidenti, stava balbettando. Come diavolo avrebbe fatto a ricordare qualcosa con il suo corpo così vicino e i suoi intensi occhi azzurri che la fissavano in quel modo? «Al diavolo.» Ireland afferrò la testa di Bran e avvicinò la sua bocca quei pochi centimetri che mancavano. Lo baciò, usando la lingua, mentre lui la sollevava e sembrava stesse per girarli. Un momento dopo Ireland era seduta sopra il ripiano del bagno, con il corpo di Bran premuto tra le gambe.

La bocca di Bran scese lungo il collo, le mani salirono fino ad appoggiarsi sul lato dei seni.

«Ti piace sollevarmi sopra le cose: scrivanie, ripiani...»

«Preferirei un letto, ma andrà bene anche così.»

Era la seconda volta in due giorni che Ireland si trovava a pomiciare con Bran Cade. Che cosa stavano facendo? Non era nemmeno sicura che lui le piacesse. Beh, ovvio che le *piacesse*, chiaramente, non era sicura che andasse bene per lei.

«Probabilmente dovremmo fermarci» disse Ireland, chinandosi all'indietro e dandogli accesso alla parte superiore del seno, dove Bran passò delicatamente la lingua: baci bagnati che mandarono scariche di elettricità fino al basso ventre.

«Probabilmente» mormorò Bran. «Non voglio.»

«Nemmeno io. Come mai?»

«Non lo so, non m'interessa.»

Con le bocche incollate, le afferrò il sedere, tirandola contro la sua erezione.

La testa di Ireland cominciò a girare. «Bran, aspetta.»

Lui alzò gli occhi e fece mezzo passo indietro. «Giusto. Non qui.»

Da qualche altra parte? Perché non riuscivano a tenere a posto le mani?

A Ireland Bran piaceva ma fino a poco tempo prima non sapeva se la rispettasse. E non era ancora sicura. Anche se cominciava seriamente ad apprezzarlo. Quell'uomo sapeva come infiammare il suo corpo, cosa che non la stava aiutando.

Cali, ovviamente, avrebbe approvato.

«Dovremmo tornare dagli altri» disse Ireland. «Qualcuno potrebbe averti visto entrare in bagno prima che ne uscissi io.»

Bran le stava fissando il seno e si grattò una guancia. «Giusto.»

«Bran?»

Lui alzò gli occhi.

«Vuoi uscire per primo?»

Bran le mise le mani ai lati della vita e si chinò in avanti baciandola dolcemente sulla bocca. «Io uscirò per primo. Tu esci qualche minuto dopo.»

Ireland sorrise. «È come essere tornati alle superiori.»

«Benvenuta nel mio mondo. È così che funziona, quando hai intorno un mucchio di fratelli ficcanaso.»

Ireland lo guardò uscire e poi si lasciò cadere contro il mobile.

«Porca paletta.»

Se quello era ciò che succedeva ogni volta che erano da soli, il loro appuntamento non-al-ristorante poteva finire in un incendio.

Capitolo Sedici

«Prendili e basta.» Cali spinse una pila di preservativi contro il petto di Ireland.

«Whoa, non ne ho bisogno.» Li spinse indietro. «È il mio primo appuntamento in... due anni. Non ho bisogno di questa roba. Non so nemmeno se Bran pensa a me in quel modo.»

Okay, era una bugia. Bran pensava a lei in quel modo. Lo aveva messo in chiaro dato che le sue labbra finivano sempre su quelle di Ireland quando erano da soli, oppure erano le sue a finire su quelle di Bran. Comunque... Il punto era che Ireland non era sicura se Bran stesse pensando a lei solo per un'avventuretta.

Ireland sospettava che gli ultimi ragazzi con cui era stata si potessero definire più che altro un'avventuretta prolungata. Gli uomini non l'apprezzavano e lei era stanca di quella merda.

Cali indossava dei pantaloncini cortissimi e una canottiera, un fianco in fuori, e aveva Buddy in braccio. «Prendine uno, è tutto quello che dico. Hai detto che non stavi prendendo la pillola...»

«Perché sono passate ere geologiche da quando sono stata con un uomo.»

«Esatto. Quindi non rovinare la tua occasione di avere un po' d'amore.»

Ireland scosse la testa. «Non so che cosa pensa Bran. Per lui potrebbe essere un'avventuretta, e non è ciò che voglio io.»

Cali si avvicinò e appoggiò la mano sul braccio di Ireland e Buddy diede una leccata alla sua maglietta. «Se deciderai che è il momento, voglio che tu non corra rischi, ecco tutto.»

Ireland storse la bocca. Bran le piaceva, quando non si comportava da somaro. E per qualche ragione estremamente irritante l'attraeva: il modo in cui sapeva di uomo e sapone, il modo in cui la toccava. Aveva perfino un buon sapore.

Bene. Portare una protezione probabilmente non era una cattiva idea, nel caso servisse.

Cali studiò la faccia di Ireland e sorrise. Ficcando un preservativo nella borsa di Ireland. «Solo uno, niente pressioni.» Ammiccò e Ireland sospirò.

«Non ho intenzione di dirti niente, quindi non aspettarmi alzata.»

Cali fece il broncio. «Non sei divertente. Fortunatamente sarò in grado di leggertelo in faccia.»

Accidenti. Era vero. «Smettila!» gridò Ireland mentre Cali e Buddy svoltavano l'angolo del corridoio.

Ireland prese il preservativo dalla borsa e lesse la taglia sul pacchetto: Jumbo.

Ottimo. E se Bran non fosse stato una taglia Jumbo e il preservativo non gli fosse andato bene? E perché diavolo ci stava pensando? Non sarebbe successo niente.

Rimise il preservativo nel taschino esterno della borsa, si

strofinò i denti davanti col dito per assicurarsi che non ci fosse del rossetto e guardò il soffitto, dicendo silenziosamente una preghiera. «Andrà tutto bene. È solo un appuntamento.»

* * *

Bran diede un'occhiata al cesto da picnic che aveva preso in prestito da Hayden e Adam e si assicurò che fosse saldamente incastrato nella parte posteriore del pickup mentre girava intorno al paraurti per andare alla porta di Jaeg. L'auto che aveva posseduto prima era un catorcio che risaliva ai tempi in cui gestiva un ristorante in città. Non aveva mai usato il fondo fiduciario che suo padre aveva creato per lui e non lo faceva ancora. I soldi non erano mai stati importanti per lui e vivere del fondo fiduciario avrebbe significato che approvava il modo in cui suo padre aveva messo il lavoro davanti alla famiglia.

Adesso Bran guadagnava abbastanza al Club Tahoe per comprare un pickup nuovo e una casa grande, se avesse voluto. Invece aveva comprato il cottage di Wes e lo stava sistemando. Ovviamente, i soldi in più che guadagnava, gestendo quattro ristoranti invece di uno, comportavano una tonnellata di responsabilità e stress. Comunque il pickup tornava comodo quando aveva bisogno di rifornimenti per i ristoranti e non poteva aspettare. E quando voleva portare una bella donna in un posto remoto.

Cazzo. Era una buona idea? Stare da solo con Ireland? Senza nessuno intorno che li interrompesse?

No. No, non era una buona idea... ma non aveva intenzione di tornare indietro.

Bran poteva controllare la relazione. Controllarla nel modo in cui aveva controllato ogni altro incontro con una donna negli ultimi anni. Ed erano parecchi. Ma, in fondo alla mente, riconobbe la bugia per quello che era.

In qualche modo, quando si trattava di Ireland era più coinvolto. Era maledettamente più attratto da lei di quanto lo fosse stato di qualunque altra donna, ed era quello il problema. Era facile tenere le cose sotto controllo quando non c'era il cazzo di mezzo. Ma quando il grand'uomo cominciava a voler dire la sua, scoppiava l'inferno.

Bran si fermò davanti al portico di Jaeg. Troppo tardi per tirarsi indietro.

E poi Jaeg aprì la porta. «Bene, bene, bene. Che cosa abbiamo qui?»

La bella faccia di Ireland fece capolino intorno al bicipite di Jaeg. «È qui per me.» Cercò di girargli intorno, ma Jaeg non si spostò.

Perfetto. Bran sapeva come sarebbe andata. «Come va, amico?»

«Ho sentito che porti fuori Ireland» disse Jaeg. «Dove hai intenzione di portarla e a che ora posso aspettarla a casa?» Il suo sguardo era intenso, ma aveva un sorrisino sulle labbra.

E poi Jaeg fu tirato indietro da braccia sottili avvolte intorno alla sua vita. Una mano scavò nel fianco, presumibilmente cercando il punto sensibile e il gigante sobbalzò e scoppiò in una forte risata.

«Smettila di metterti in mezzo!» esclamò Cali e tirò di lato Jaeg mentre simultaneamente spingeva Ireland fuori dalla porta. «Scusa Bran, eccola. Voi due divertitevi e intendo dire *divertitevi veramente*.» Ammiccò e Bran lanciò un'occhiata a Ireland che era diventata rosso fuoco.

Ireland uscì sul portico e chiuse in fretta la porta. «Voglio un gran bene a mia cugina, ma devo proprio trovarmi un posto tutto mio.»

Bran ridacchiò. «Non avevo mai visto Jaeg recitare la parte del fratello maggiore iperprotettivo prima d'ora. Sembra strano, anche se mi stava mettendo in guardia, visto che è un amico.»

«Cali è mia cugina. Lui si preoccupa per la sua famiglia.»

Bran rise di nuovo. «Vero. Solo non avrei mai pensato di essere quello dall'altra parte della barricata.»

«Perché non porti mai fuori qualcuno?»

«Perché non frequento le cugine delle fidanzate dei miei amici.»

Ireland sorrise. «Ah, sì le cugine delle fidanzate degli amici dovrebbero decisamente essere off-limits...»

Bran la guardò mentre scendevano i gradini. «Dovrebbe essere off-limits. Puoi sempre tirarti indietro.»

Lui l'aveva preso in considerazione. Perché non dare anche a lei la stessa scelta?

Ma se l'avesse fatto, lui avrebbe fatto di tutto per convincerla a cambiare idea.

Ireland gli piaceva troppo e temeva che, se avesse continuato, il suo egoismo non avrebbe avuto limiti. Bran non sapeva che cosa stesse causando i problemi di software e, se lo aveste chiesto a James, lui avrebbe detto che Ireland aveva peggiorato le cose. Non che Bran gli credesse. Ma lo metteva in una situazione spinosa. Dato che usciva ufficialmente con lei. E che lei lavorava per lui.

Comunque... Avrebbe accettato di essere egoista. Almeno per quella sera, perché stava portando fuori Ireland, che fosse o meno corretto.

Ireland era follemente bella, con un abito estivo bianco e un cardigan blu scuro, le unghie dei piedi dipinte di rosso che facevano capolino dai sandali con il cinturino. Aprì la portiera del passeggero e Ireland salì.

«Tirarmi indietro? Stai scherzando? Andremo a cena e tu non hai intenzione di dirmi dove, ma non è un ristorante. Voglio vedere dove ci porterà questa escursione.»

Bran si mise alla guida, con il cuore che batteva forte. Era esattamente ciò di cui aveva paura. Perché ogni volta che era con Ireland, aveva una pazza voglia di portare le cose fino a un punto in cui non era mai arrivato.

Capitolo Diciassette

Bran lasciò la Pioneer Trail e imboccò una strada privata. La strada cominciava a due corsie e si restringeva fino a diventare a una sola corsia con poche case separate da grandi appezzamenti di terreni recintati. Svoltò a destra prima di una piccola casa con due stanze da letto e guidò verso la parte posteriore del lotto, piuttosto ampio, dato che la casa era situata su ottomila metri quadrati di terreno.

Si fermò nel suo punto preferito della proprietà e spense il motore, con il retro del pickup che dava sulla foresta.

Ireland si guardò attorno. «È un bel posto, ma il proprietario non obietterà se parcheggiamo qui?»

«Noooo.» Bran avrebbe potuto portarla dovunque. C'erano un mucchio di bei posti al Lago Tahoe per un picnic serale. «So per certo che al proprietario non dispiacerà.»

Lei sembrò scettica. «Come lo sai?»

«Perché...», Bran gettò le chiavi nel cassettino dei guanti, mentre un soffio del profumo floreale e d'arancia di

Ireland lo colpiva come una droga, «... perché la casa è mia.» Bran si raddrizzò lentamente, di colpo nervoso, incerto su come avrebbe reagito Ireland al fatto che avesse scelto casa sua per la serata.

«Oh.» Ireland si morse il labbro. «Sta-staremo qui?»

Grande, l'aveva innervosita. «Va bene? Ho portato delle coperte.» E un materasso, per stare comodi. *Merda.* Dava una cattiva impressione, vero? «Possiamo andare da qualche altra parte» disse. «Posso portarti in un ristorante. Ce ne sono parecchi...»

«No.» Ireland sorrise. «Qui è bello. Non ho mai fatto un picnic la sera. E le case sono così lontane che sembra di essere nei boschi.»

Bran sospirò, sollevato. L'ultima cosa che voleva era metterla a disagio. Non era a quello che mirava la serata. Doveva più essere una penitenza per essersi comportato da stronzo, per poi cambiare idea e baciarla tante volte. Anche se non aveva mai avuto l'impressione che lei obiettasse ai baci.

«Vieni» le disse. «Ho un cestino con del cibo sul retro del pickup.»

Quando scesero dal pickup, in sottofondo si sentiva il mormorio dell'Heavenly Valley Creek che scorreva vicino. Bran abbassò la sponda, prendendo una coperta e passandola a Ireland. Le serate potevano diventare fredde anche se quella sera c'era un caldo fuori stagione.

Salì sul retro del pickup e appoggiò i cuscini dei suoi mobili da giardino contro la cabina, creando dei sedili, senza intimidire Ireland con il materasso che aveva steso.

Aiutò Ireland a salire. Lei gattonò sopra il materasso e si appoggiò ai cuscini.

Chiuse gli occhi. «Questo è il miglior ristorante in cui sia mai stata.»

Bran sorrise guardandola, sentendo il calore che si espandeva in petto. Perché piacere a Ireland lo rendeva così maledettamente felice?

«Attenta» disse. «Pensavo di avere io il miglior ristorante in città.»

Senza perdere un colpo, Ireland aggiunse: «I ristoranti del Club Tahoe vengono subito dopo».

Impertinente. E gli piaceva.

Bran prese il cestino delle cibarie. «Bene, sei fortunata, perché ho portato il cibo di uno dei ristoranti al secondo posto. Tra il posto e la cucina di quel ristorante, spero di impressionarti.»

Ireland spalancò gli occhi. «Oh, sono già impressionata.»

Che cosa le stava facendo quell'uomo? Bran non solo aveva scelto un posto originale dove portarla, l'aveva portata in un posto speciale. Certo, tecnicamente erano nel cortile dietro la sua casa, ma era un posto favoloso. E aveva portato cuscini e coperte e un bel cesto di cibarie. Nessuno aveva mai organizzato una serata così speciale per lei.

Bran aprì un tavolino pieghevole, che risultò abbastanza stabile grazie al materasso piuttosto rigido che avevano sotto. Ireland aveva notato il materasso e l'aveva preoccupata. Per due secondi, finché era salita e ne aveva apprezzato troppo la comodità per sospettare delle intenzioni di Bran.

Bran sistemò i piatti sul tavolino e versò due bicchieri di vino. «Ti ho visto bere il vino rosso quando facevi i piegamenti l'altro giorno.» Le rivolse un sorrisino sghembo che le fece contrarre i muscoli della pancia. «Mi dispiace, niente giogo da vino questa sera.»

«So bere anche senza. Anche se quando ci sono di mezzo i piegamenti...»

Bran le porse il bicchiere. «Porta bicchieri e piegamenti sono ottimi per nascondersi.»

Accidenti. Lo sapeva. Si era nascosta dietro il ripiano quando Bran era entrato con Jaeg, dopo il disastro della crociera. Ma le cose erano cambiate da allora. Le aveva mostrato un lato più gentile di sé. Bran non era come l'immagine dell'uomo di pietra che aveva proiettato.

Gli lanciò un'occhiata seria. «Adesso non mi sto nascondendo.»

«No, e sto cercando anch'io di non farlo.» Allungò il collo. «Mi dispiace. Per le cose che ho detto in barca e altre volte. Per il modo in cui ti ho trattato all'inizio... Tendo a essere cauto e a volte risulto scortese.»

Ireland gli studiò il volto. «Solo con le donne, però.» Era una constatazione, perché aveva avuto molto tempo per osservarlo. Lo aveva visto con i suoi fratelli e gli amici.

«A volte. Più che altro perché non mi fido di me stesso» ammise.

Ireland sorseggiò il vino. «Secondo la mia esperienza è il sesso debole che è più comunemente bersaglio degli uomini insensibili.»

Bran tolse la bruschetta dal cestino. «Può essere vero. Nel mio caso, non ci si può fidare di me con le donne che trovo belle. Perdo la testa.» Le rivolse un'occhiata che le inviò segnali infuocati a sud.

Ireland deglutì. «Ed è una brutta cosa?»

Bran le passò un tovagliolo rosso di stoffa e se ne mise uno in grembo. «Lo è quando sono così coinvolto che non penso più razionalmente.»

Ireland masticò la bruschetta, osservandolo. «Da quanto ho potuto capire, sei estremamente responsabile. Non vedo come frequentare donne da cui sei fortemente attratto possa cambiare chi sei. Mi sembra che la tua vita sia sotto controllo.»

«Non sempre.» Bran permise al suo sguardo di scendere sulle labbra di Ireland, ricordandole le volte in cui aveva perso il controllo.

I loro abbracci le erano sembrati un'attrazione fortissima tra due persone e molto, molto sexy. Ma forse lui non vedeva le cose allo stesso modo? E Ireland non aveva mai provato quel tipo di desiderio con nessun altro. E voleva di più.

«Rimpiangi di avermi baciata?»

«Diavolo, no! Ma ti meriti un uomo migliore di me. Temo...» Bran non finì la frase. Invece cercò nel cestino da picnic.

Ireland non voleva assolutamente lasciar perdere. «Di che cosa hai paura?»

Bran non rispose subito, frugando lentamente nel cestino. «Non voglio ferirti. Ma il mio lavoro è la mia vita. Non posso deludere i miei fratelli.»

«Non lo vorrei nemmeno io. Ma che cosa hanno a che vedere i tuoi fratelli con te e me?»

Bran appoggiò un piatto coperto con la pellicola d'alluminio sul tavolo e si passò una mano sul volto. «Sono passato dall'andare da venti a cento chilometri l'ora dopo la morte di mio padre. Non avevo mai gestito più ristoranti e sono una grossa parte degli introiti del resort. Non posso fallire.»

Ireland scosse la testa, confusa. «Ho chiacchierato con Emily. Il resort se la sta cavando.»

«Cavarsela non significa avere buoni risultati. A eccezione del mese in cui abbiamo ospitato il Tahoe Invitational per il tour professionistico di golf, che è stato un colpo di fortuna, stiamo solo sopravvivendo dopo morte di nostro padre.»

Tolse il foglio di alluminio mostrando il filet mignon più succulento che Ireland avesse mai visto. Il profumo era perfino più buono. «Abbiamo il cibo e la posizione migliore in città» disse Bran. «Se i ristoranti falliscono, non c'è nessuno da biasimare tranne me.»

Bran si stava stressando troppo. Ireland aveva accesso alle informazioni grazie al suo lavoro di consulente per il Club Tahoe. Aveva visto con che efficienza Bran gestiva il Prime. Stava facendo un lavoro fantastico. Era quasi come si aspettasse che qualcosa cascasse dal cielo e rovinasse tutto. «Sei tu che ha introdotto il nuovo sistema di ordinazioni. Vi permetterà di raddoppiare gli introiti.»

«Ho insistito io per averlo. Ho convinto i miei fratelli che ne avevamo bisogno. E adesso ci sta costando soldi che non stiamo recuperando.»

Ireland mangiò un boccone di bruschetta, masticando lentamente, riflettendo. «Per ora. Lo farò funzionare.»

«Non è quello che dice James.»

Ireland appoggiò di colpo la bruschetta sul tavolo. «Che cosa sta succedendo con quello stronzo?»

Bran la guardò sorpreso.

Ireland strinse le labbra. «Scusami... Quell'uomo non mi piace.»

«Si vede. Se ti può fare sentir meglio, non piace nemmeno a me. Ma ha scritto lui il software e credo sappia quello che fa.»

Ireland aggrottò la fronte. «Questo è da vedere.»

«Uno di voi due deve dimostrarsi capace, altrimenti dovrò passare al piano B.»

«Il piano B... Che significa liberarti di me e far venire qualcun altro?»

«Se sarò costretto. È ciò che intendevo dicendo che devo mettere al primo posto il resort e i miei fratelli.»

Ireland bevve un sorso di vino studiando Bran. «Non sarà necessario. Mi sei piaciuto fin dal primo momento, ma merito un uomo che sia coinvolto emotivamente.»

Bran smise di togliere le cibarie dal cestino e le diede un'occhiata dura. «È così. Voglio sapere tutto di te, ma sento che mi sfugge il controllo sulla mia vita e sulla nostra relazione quando si tratta di te.»

«Allora perché mi hai chiesto di uscire?» Ireland indicò vagamente i dintorni.

Lui la fissò per un momento, poi si chinò e la baciò teneramente sulle labbra. «Perché mi piaci.»

E su quella nota sexy e confusa, mangiarono il loro filetto in relativo silenzio. In parte perché il cibo era maledettamente buono e in parte perché Ireland non sapeva che cosa dire. E poi Bran tirò fuori una crostata alle pesche fatta in casa e lei restò veramente senza parole, tranne qualche gemito di piacere che obbligò Bran a fissare lei, non la crostata.

Calore, attrazione. Era il motivo per cui erano lì. Sul materasso. Fuori, all'aria aperta. Chi poteva discutere con le forze della natura?

«Non riesco più a muovermi» disse Ireland. «Hai ragione. Il Prime ha il cibo migliore.» Si abbandonò sui cuscini, con lo stomaco lievemente arrotondato da tutto quel cibo. «Sai, potresti aver avuto un'idea brillante con questa esperienza di cena all'aperto. Hai mai pensato a un ristorante Prime pop-up?»

Bran si mise comodo con le braccia piegate dietro la testa. «Non riesco a immaginare il cibo del Prime servito in un centro commerciale.»

Ireland si spostò verso di lui. «No, intendevo un ristorante all'aperto, separato, ma sempre sul terreno del Club Tahoe, con lampade riscaldanti e atmosfera. Il vostro resort è in uno dei posti più belli del Lago Tahoe, valorizza il lago e le montagne circostanti. Perché non portare all'esterno qualcosa come il Prime? Solo in estate, ovviamente. In inverno farebbe troppo freddo.»

Bran si voltò sul fianco e la guardò, da pochi centimetri di distanza. Le passò lievemente il dito lungo la tempia. «Che altro hai che gira in quella tua mente brillante?»

Niente di buono, pensò Ireland e si chinò in avanti, premendogli le labbra sulla bocca.

Capitolo Diciotto

La bocca di Bran restò ferma. Per un nanosecondo e poi le sue labbra si mossero sotto quelle di Ireland, le avvolse un braccio intorno alla vita e la tirò vicina, mandandole un brivido lungo la spina dorsale.

Ireland gli passò le dita tra i capelli morbidi, controllando il bacio mentre la mano di Bran vagava lungo il suo fianco, intorno al sedere e scendeva lungo la gamba.

Si chinò lentamente sopra di lei, premendola sopra il materasso. «Va bene?»

Maledizione, sperava di non aver rovinato il momento parlando. «Non si parla, ricordi?» disse Ireland.

«Giusto, parlare di meno, toccare di più. Ho già detto quanto sei intelligente?»

E non era sempre un complimento quando si trattava dei suoi ex-ragazzi. Ad alcuni uomini non piacevano le donne con un cervello. «Mi rende più o meno attraente?»

«Decisamente di più» disse e si staccò. A quanto pareva per avere una presa migliore, perché l'afferrò per la vita e la fece scivolare finché fu sdraiata sulla schiena. «Dimmi se le *mie mani* vanno troppo oltre.»

Ireland agitò i fianchi. «Sto ancora aspettando che facciano qualcosa.»

Sentì un rombo provenire dal petto di Bran che si chinò in avanti e le afferrò la gamba, sollevandola e appoggiandosela intorno alla vita. «Così è abbastanza vicino?»

Ireland alzò la testa e gli baciò il collo, dando una veloce passata con la lingua. Dio, aveva un buon sapore. «Ci stiamo arrivando.»

Poi Bran cominciò a baciarla, con la lingua che accarezzava e divorava la sua bocca. La sua bocca scivolò lungo il collo, tempestandolo di baci sexy mentre scendeva. Spinse di lato il cardigan blu e baciò il rilievo del suo seno, avvolgendo le labbra intorno a un capezzolo attraverso il tessuto del vestito.

«Oh, adesso ti stai veramente avvicinando» disse Ireland, con la voce sospirosa.

Bran si staccò, interrompendo il contatto e Ireland quasi perse la pazienza. Finché Bran afferrò la maglia a maniche lunghe che indossava e la tirò oltre la testa.

Ireland toccò i muscoli del suo petto. «Così va meglio. Approvo in pieno.» Gli passò le mani lungo le braccia muscolose. «Come fai a restare così in forma con tutto quel cibo favoloso intorno?»

«Palestra. Il metabolismo dei Cade» rispose Bran mentre le spingeva il cardigan lungo le braccia finché lei finalmente decise di staccare le mani dal suo corpo abbastanza a lungo per permettergli di toglierglielo.

Ovvio, gli uomini Cade erano sexy... Doveva essere nei loro geni.

Bran sembrò studiare il suo vestito e, a quanto pareva, aveva capito che la cerniera era dietro perché le fece arcuare la schiena e lei sentì l'aria fresca della sera sulla pelle.

Lo aiutò a far scivolare il vestito dalle spalle, finché tutto ciò che aveva indosso furono il reggiseno e il vestito dalla vita in giù.

Almeno pensava di avere il reggiseno, ma si sollevò per un bacio e il reggiseno fu slacciato e gettato da parte.

Ireland si coprì istintivamente il seno.

Bran la guardò. «Troppo oltre?»

Pensava veramente che lei avrebbe ceduto prima di lui? Erano mesi che aveva i bollori per quest'uomo. Aveva deciso che era una situazione impossibile una volta passato un po' di tempo con lui intorno e adesso era nuda tra le sue braccia. Beh, parzialmente nuda.

Al diavolo, no, non avrebbe ceduto.

Nella mente le passò in un lampo l'immagine di Cali che le metteva un preservativo nella borsa. Ireland aveva insistito che le cose non sarebbero arrivate a quel punto. Come diavolo faceva Cali a saperlo? Accidenti a lei e alle sue abilità psichiche quando si trattava di amore.

Ireland lasciò cadere le braccia. Okay, le sue tette erano grandi, della misura giusta per il resto della sua figura formosa. Era sensibile al riguardo, ma se a Bran non importava, perché avrebbe dovuto importare a lei? Gli baciò i pettorali tonici, leccandolo perché... uhm... e gli passò le mani lungo i lati del torso muscoloso. E si ritrovò un'altra volta sdraiata sulla schiena.

«Chiaramente, bisogna che sia io al comando qui» disse Bran. «Qualcuno deve farlo.»

Ireland restò a bocca aperta. «E questo che cosa dovrebbe voler dire?»

Lui la zittì con un bacio. «Non si parla, ricordi?» E poi le accarezzò il seno e lo baciò. «Mi piace la tua pelle. È così morbida.» Le sfiorò un capezzolo con la lingua.

Ignorando il commento sul controllo, perché era Bran e di tanto in tanto dalla sua bocca uscivano stupidaggini, gli passò le mani sulle spalle muscolose. «Spesso sembra che guardi storto il mio seno. Sei sicuro che ti piaccia?»

Bran fece un verso soffocato. «Oh, mi piace.» Si spostò sull'altro capezzolo e lo adorò nello stesso modo del primo, facendo dimenare Ireland che gli strinse più forte le gambe intorno alla vita.

«I tuoi jeans sono ruvidi» gli disse. «Dovresti pensare di toglierli.»

Bran alzò la testa; i capelli biondo scuro arruffati dalle dita di Ireland, che, okay, glieli aveva anche tirati. «Nonostante ciò che dicono i miei fratelli, non sono un monaco. Se mi toglierò i jeans, il mio controllo sarà severamente compromesso.»

Ireland storse le labbra. «Correrò il rischio.»

Bran la guardò accigliato, come se fosse stata lei adesso a lanciare il guanto di sfida. Ed era così.

Bran si mise seduto e cominciò a slacciare i jeans. Ireland lo fermò con le mani.

«Hai cambiato idea?»

«Nemmeno per sogno. Voglio toglierteli io.»

Ireland passò la mano sulla sua erezione attraverso il tessuto e Bran trattenne il fiato. Era lunga e appena coperta dalla parte alta della cintura. E questo significava che Ireland poteva accarezzare la punta del pene con il pollice, e, gente, se questo non lo fece respirare più a fondo. E eccitò lei allo stesso tempo.

Ireland armeggiò per slacciare il bottone dei jeans.

«Hai bisogno di aiuto?»

«No» rispose sicura Ireland e gli slacciò i jeans.

Bran aveva la vita sottile, i muscoli dello stomaco definiti e ondulati, le sue anche lasciavano il posto alle rientranze sui lati del suo sedere sodo e le cosce muscolose.

Nudo era perfino più sexy. Tutto quello di cui lei aveva bisogno.

E se fosse stata un'avventuretta? In quel momento a lei proprio non importava, ma più tardi...

Anche se con Bran niente sembrava "una botta e via", nemmeno quando la guardava storto. Era tutto intensità e calore. E quella sera sembrava che le stesse dando il meglio di sé, quando la sua boccaccia non interrompeva il momento romantico.

Ireland sospettava che le risposte secche facessero parte delle sue difese. Non sapeva perché ci fossero tutti quei muri, ma almeno crollavano quando erano da soli.

Il corpo di Bran tremava leggermente sotto le sue mani e Ireland si rese conto che lei lo stava fissando senza muoversi.

Beh, era ora di cambiare.

Ireland gli abbassò i boxer di maglia e mise in mostra il resto di lui.

Dio. Accidenti.

Se pensava che il suo corpo e la faccia fossero attraenti, non aveva ancora visto la parte migliore. E da quando il pene di un uomo era attraente? Mai nella storia. Eppure quello di Bran era bello.

Lungo, grosso, leggermente più scuro della pelle, con la punta ancora più scura. Perfino le grosse vene che lo percorrevano erano sexy.

Come aveva fatto con il collo e gli addominali, Ireland si chinò e lo leccò.

Dal petto di Brant eruppe un suono soffocato. «Okay» disse. «Adesso basta.»

Ireland alzò gli occhi. «Vuoi che ci fermiamo?»

«Nemmeno per sogno.» Con un rapido movimento le sfilò il vestito e le mutandine. «Ci scambiamo di posizione perché la tua lingua rosa, i capelli rosso fiamma e la tua bella bocca finiranno per svirilizzarmi se lascio che le cose procedano in questo modo. Non sono un monaco, ma è passato un po' di tempo e sono già pronto.»

Ireland si coprì quando Bran ammirò il suo corpo nudo. «Sei pronta o vuoi fermarti?»

«Perché continui a chiedermelo?» gli chiese Ireland.

«Sto solo guardando il tuo atteggiamento. Quando ti avrò, voglio che lo desideri veramente.»

«Ti desidero praticamente da sempre. Sei tu quello che faceva il difficile.»

«Davvero?» Si spostò in basso finché ebbe il torso tra le gambe di Ireland. Poi abbassò la testa e la leccò. Proprio lì in mezzo. «Parlamene.»

La testa di Ireland ricadde all'indietro perché la leccò di nuovo, allargandola leggermente con la lingua. Parole... Non c'erano parole, ma gemiti e altri strani suoni che venivano decisamente da lei. Avrebbe dovuto essere imbarazzata, ma in realtà non le importava proprio.

Bran le baciò la piega tra la gamba e le grandi labbra, succhiandola. E Ireland si spostò per fargli riportare la lingua dov'era prima.

Lo sentì ridacchiare. E sollevò la testa. «Smettila di prendermi in giro.»

Prima che le parole uscissero dalla sua bocca, Bran la stava leccando in modo talmente erotico che la fece dimenare sul materasso. *Figlio di puttana.*

Bran passò le dita su e giù all'interno delle cosce finché raggiunsero il centro. Infilò dolcemente un dito, continuando a strofinarla con il pollice mentre la lingua faceva la sua magia su quel fascio di nervi che era il centro del suo piacere.

Bran spostò la testa, toccandola da un'angolazione diversa e poi Ireland esplose.

Fuochi d'artificio esplosero dietro i suoi occhi, arcuò la schiena e dalla sua gola emerse un suono animalesco. Almeno, quello era ciò che ricordò quanto tornò nel suo corpo.

Bran scivolò verso l'alto, col suo pene che seduceva la sua gamba e la coscia in una lunga carezza.

Le baciò il collo e poi le labbra. «Hai un buon sapore.»

Ireland gli spinse più in basso i jeans, prima con le mani e poi con i piedi. «No, *tu*, hai un buon sapore. Perché pensi che continui a leccarti?»

«Perché hai fame?»

«Certo che ho fame.» Ireland guardò in basso, dove i loro corpi erano premuti insieme. «Hai intenzione di tirarti indietro?» Ireland non riusciva a pensare a un momento nella sua vita in cui avesse desiderato tanto un uomo quanto desiderava Bran in quel momento. Ma con lui non si sapeva mai. Forse il sesso orale era tutto ciò che voleva?

Bran le toccò la tempia e le scostò i capelli con le dita. «Non ho portato niente. Avrei dovuto sapere che non sarei riuscito a tenere a posto le mani.»

Ireland arrossì.

«Che cos'ho detto?»

«Beh, vedi,» gli disse, «io potrei aver portato qualcosa.»

Bran inspirò e si strofinò contro il suo centro. «Davvero?»

«Forse.»

«È un sì o un no?»

«È un sì. Cali pensava che avrei potuto averne bisogno.»

I fianchi di Bran smisero di flettersi. «Senza offesa per Cali, ma mi interessa solo quello che vuoi tu.»

«Io ti voglio. Pazzamente. Cioè, adesso.»

Bran si guardò attorno e prese la sua borsa. «Qui?»

Ireland annuì e prese il preservativo dalla tasca laterale.

Bran non guardò la marca, né la taglia Jumbo, che, come scoprì, era quella giusta, si limitò a strappare l'involucro e a infilarsi il preservativo, posizionandosi alla sua entrata. Si spinse in avanti, senza fretta, baciandole le guance e il naso e finalmente la bocca. Poi la stava penetrando con le braccia tese accanto alla sua testa.

«Cazzo, è meraviglioso.» Bran si fermò e appoggiò la fronte accanto alla spalla di Ireland. Respirò un paio di volte, mordicchiò la sua spalla e poi mosse lentamente i fianchi, impostando un ritmo che toccava parecchi punti che la sua lingua aveva mancato.

Ireland gli passò le mani sulla schiena fino al sedere sodo, spingendolo più in profondità, cercando di riprendere il fiato.

Erano nudi, si incastravano più perfettamente di quanto avesse immaginato, con solo la luce della luna e gli alberi che li guardavano.

La bocca di Bran trovò il suo collo, le dita pizzicavano dolcemente il suo capezzolo e poi Ireland gridò forte e venne più forte dell'ultimo orgasmo.

Quando Ireland finì di dare spettacolo agli animali della foresta, Bran la baciò con una passione tale da toglierle il fiato. E poi venne anche lui, spingendosi dentro di lei, così vicino e stretto che Ireland sentì un legame che trascendeva quello fisico.

Capitolo Diciannove

Bran rotolò di fianco, tirando Ireland sopra di sé, rialzando una delle coperte per coprirle il sedere rotondo e perfetto. Voleva adorare e curare quel sedere e poi adorarlo ancora un po'.

Forse *era* stato un monaco negli ultimi anni perché niente si poteva paragonare a ciò che aveva appena condiviso con Ireland. La tirò più vicina, con i suoi respiri leggeri che gli solleticavano i peli chiari del petto. Voleva il bis. Appena il suo uccello si fosse ripreso dallo stupore. E non sembrava volerci metter molto.

Ireland alzò la testa e lo guardò con un mezzo sorriso sulle labbra. «Qualcuno si sta svegliando di nuovo?»

«Quanti preservativi hai detto di aver portato?»

Ireland rise. «Solo uno.»

«Dovremo fare qualcosa al riguardo.»

Ireland incrociò le braccia sopra il torace di Bran e vi appoggiò il mento. Strofinò anche lentamente i fianchi sopra l'erezione crescente, solo per farlo impazzire, decise Bran. «Pensavo avessi detto che non ne avevi.»

«Non ne ho *qui*. Ma, ricorda, possiedo la casa che c'è in questa proprietà.»

Ireland strinse i begli occhi. «Avevi detto di non averne per evitare di...»

Bran la sollevò prendendola sotto le braccia e la tirò più in alto, rubandole un bacio, con l'ulteriore vantaggio di strofinare il suo bel seno contro il proprio corpo. «Non volevo che ti sentissi obbligata, quindi non ne ho portati per il nostro appuntamento. Comunque, se tu avessi insistito, avrei fatto una corsa a casa mia. Invece abbiamo usato quello più a portata di mano. Ed è stato un bene. Ci sarebbero voluti ben sette o otto minuti per correre avanti e indietro.»

Ireland scoppiò a ridere. «E sarebbero stati troppi?»

Bran la premette contro di sé, il pene duro e pronto. «Che ne dici?»

Ireland aggrottò la fronte. «I tuoi fratelli non ti conoscono molto bene, vero? Non sei per niente casto.»

«Era quello che stavo cercando di dirti. Anche se, per essere sincero, fare sesso casuale per me non è mai stato uno sport come per qualcuno dei miei fratelli.»

«Non mi sono sembrati dei donnaioli, eccetto Hunt.»

«Non lasciarti ingannare dal loro attuale status relazionale. Erano terribili prima di conoscere le loro dolci metà.»

Alzò la testa e le baciò le labbra morbide, mentre lei continuava a stuzzicarlo.

«Sei mai stato come i tuoi fratelli?»

Bran si irrigidì e capì quando lei se ne accorse perché fece una smorfia.

«Quand'ero giovane, sì.»

La spostò gentilmente di lato e si sedette. Erano stati attenti quella sera e Dio solo sapeva che desiderava Ireland più del suo prossimo respiro. Ma il suo passato lo perseguitava ancora. «Non ero attento quando ero un ragazzo.»

Ireland si coprì il petto con la coperta e si sedette accanto a lui. «In che senso?»

Bran si voltò e la guardò negli occhi. «Quando ero alle superiori, andavo a letto con un sacco di ragazze. Se ci stavano, ci stavo anch'io. Era una cosa stupida; sono stato fortunato a non beccarmi qualche malattia. Ma il risultato non è stato molto migliore.»

Ireland si avvicinò finché fu premuta contro il suo fianco. Lo guardò, sembrava stesse aspettando che continuasse.

L'unico fratello che sapeva del casino che aveva combinato alle superiori era Wes, e lo aveva saputo solo di recente. Ma Bran voleva che Ireland lo sapesse. Voleva che lo capisse meglio.

«Ho messo incinta una ragazza» le disse.

Lei spalancò gli occhi. «Tu... Tu hai un figlio?»

«No.»

«Non capisco...»

«La ragazza che avevo messo incinta ha abortito. È stata colpa mia.»

Ireland non sapeva che pensare della confessione di Bran. Era stata più adulta quando aveva perso la verginità e anche allora era stata attenta. Non riusciva a immaginare Bran, la definizione dell'uomo dal perfetto controllo, che non prendeva precauzioni. Anche così... «Perché avrebbe dovuto essere colpa tua?»

Bran guardò nel vuoto. «Mi disse di essere incinta e io

non dissi niente. Da idiota qual ero, non avevo mai pensato che una cosa del genere potesse capitare a me.»

«Non sapevi di poter mettere incinta una ragazza?»

Il sorriso era privo di gioia. «Certo, quando sarei stato pronto.» Si strofinò una gamba. «Stupido, lo so, ma avevo diciassette anni e lei sedici. Non sapevo un cazzo.»

Ireland emise un sospiro. «Mi dispiace, Bran. La tua famiglia che cos'ha detto?»

«Non l'hanno mai saputo.»

Lei sbatté gli occhi un paio di volte, assicurandosi di aver sentito bene. «Mai?»

«La mia vita familiare consisteva dei miei fratelli e una governante. Mio padre non c'era mai. Viveva al Club Tahoe, e il risentimento mio e dei miei fratelli nei confronti di quel posto nasce da lì.»

«Ma... adesso lo dirigete voi.»

Bran le diede un'occhiata di sottecchi. «Ironia della sorte. Mio padre muore e ci lascia al comando e nessuno di noi riesce ad allontanarsi da quel posto e adesso vi dedichiamo tutto il nostro tempo. La vita è complicata.»

«La famiglia può essere complicata. Ho tre fratelli e mi fanno uscire di testa.»

Bran si voltò di colpo verso di lei. «*Tre fratelli.* Non sono grandi e grossi, vero?»

Ireland aggrottò la fronte.

«Prima Jaeg che si mette in mezzo, come fosse tuo padre, perché voglio uscire con te», disse Bran, «e adesso vengo a sapere che hai dei fratelli? Non mi dirai che tuo padre è un ex boxeur, vero?»

Ireland sorrise e scosse la testa. «È un ingegnere civile.»

«Grazie al cielo.»

«Ma è alto.» Indicò il proprio corpo, sotto la coperta. «L'altezza è una caratteristica di famiglia.»

Bran annuì. «Sembra giusto. Ovvio che finissi con la rossa statuaria con tre fratelli. Saremmo spacciati se avessi dei figli, destinati a essere tutti maschi, visto il numero di figli nelle nostre famiglie.»

Ireland sentì una stretta al petto. Nessuno aveva mai parlato di figli con lei, nemmeno per scherzare. «Vuoi avere dei figli? Dopo ciò che è successo?»

Bran si guardò le mani grandi. Mani capaci di dare tanto piacere e affetto. «Non sono sicuro di meritarmi dei figli.»

Ireland gli appoggiò la testa sulla spalla. «Sei troppo duro con te stesso. Saresti un ottimo padre.»

«I padri devono essere responsabili. Devono essere presenti per i loro figli.» Guardò le stelle. «Soldi, amici, perfino i voti... Era tutto facile per me. Davo tutto per scontato. Sai che cosa ho fatto quando quella ragazza mi ha detto che l'avevo messa incinta?»

Di colpo, Ireland aveva paura di scoprirlo. Temeva che le sue azioni avessero trasformato Bran Cade nell'uomo duro che era. Ma quella sera non era stato così chiuso. Era stato sexy, aperto e... amorevole.

«Ho chiamato i miei amici e mi sono ubriacato. Ero talmente ubriaco, in effetti, che ho dormito due giorni di fila, saltando la scuola. Quando finalmente mi sono deciso e le ho detto che l'avrei sostenuta e avrei fatto la cosa giusta, oramai era fatta.»

«Che cosa?»

«I suoi genitori l'avevano convinta ad abortire. Le avevano detto che avrebbe dovuto crescere il bambino da sola e che io non ci sarei stato.»

Ireland guardò gli alberi. «Non ti conoscevano. Sei una persona responsabile. Guarda come stai gestendo i ristoranti.»

Bran rise, ma era una risata amara. «I ristoranti stanno a malapena sopravvivendo dopo le decisioni che ho preso. Oltretutto non sono sicuro che cominciare una relazione in questo momento sia una decisione responsabile.»

Ireland irrigidì le spalle e si spostò, allontanandosi. «S-stai rimpiangendo stasera?»

«No» rispose Bran. «Mai.»

«Perché è stato magico, quindi non farmi rimpiangere ciò che abbiamo condiviso.»

Bran le avvolse le braccia intorno alla vita e la tirò verso di sé. «Voglio che qualunque cosa condividiamo vada bene per te. Mi preoccupo solo per il tempismo, ma non permetterò che mi fermi. Lo voglio. Purché tu sia felice, sono felice anch'io. E felice di fare quello che abbiamo appena fatto.» Ammiccò e la baciò dolcemente sulle labbra. «Adesso, se vuoi...»

Ireland gli studiò il viso. «Non voglio più sentir parlare di rimpianti.»

«Nessun rimpianto. Non con te.»

Ireland credeva di potersi fidare di Bran, ma non era sempre costante. «Perché questo cambiamento, dal freddo al caldo?»

«Caldo?»

«Bollente, sfrigolante, da mandare a fuoco le mutandine.»

«Mmm.» Le strofinò il naso sul collo. «Meno male che non indossi le mutandine adesso. Più facile l'accesso e minore rischio di incendiare la foresta.»

Ireland sorrise. «Rispondi alla domanda. Perché quell'atteggiamento scostante quando ci siamo conosciuti?»

«Ho delle regole.»

«Sembra minaccioso. Sai, visto che quelle regole ti hanno trasformato in uno stronzo colossale.»

Bran rise. «Me lo merito.»

«Quali sono quelle regole?»

Bran contò sulle dita. «Donne non molto attraenti, bere con moderazione, essere sempre sotto controllo. Oh, e protezione... usare sempre una protezione.»

«Perché niente donne attraenti?»

Bran la tirò vicina e le baciò le labbra. Una beccatina. Se le beccatine fossero riscaldate da una fornace. «Troppa tentazione. Mi fa pensare con un altro cervello, invece che con quello intelligente.»

«Quindi, io non sono attraente, o sensuale. Ed è quello il motivo per cui sei uscito con me?» L'ultima frase finì con un tono leggermente più acuto.

«Tutto il contrario. Sei troppo di entrambe le cose. Sei bella, sexy e adesso ho scoperto quanto sei intelligente e secchiona. È un mix letale. Perché pensi che ti abbia tenuto a distanza di sicurezza?»

«Quindi hai infranto le tue regole?»

Bran alzò le spalle. «Non volevo le regole se significavano non poter stare con te.»

Capitolo Venti

Il cuore di Ireland batteva al doppio della solita velocità. Le parole di Bran erano le più dolci che avesse mai sentito. «M-ma, se le cose diventassero difficili? Allora?» Le relazioni potevano diventare burrascose, difficili. Ireland voleva stare con un uomo che credesse in lei tanto da superare quel pantano.

Bran la tenne stretta. «Devi credere che riuscirò a occuparmi del Club Tahoe e della nostra relazione.»

Relazione. Era ciò di cui avevano parlato, ma, tecnicamente, quello era il loro primo appuntamento. «Abbiamo una relazione?»

Bran scosse la testa e fece schioccare la lingua. «Oh, Ireland, abbiamo avuto una relazione fin dalla prima volta in cui ci siamo incontrati.»

Le sue mani cominciarono a vagare e Ireland gliele schiaffeggiò via. «Intendi dire del tipo astioso?»

Bran le baciò la spalla nuda. «Intendo dire del tipo pieno di desiderio. Dovevo essere sicuro di non fare un errore.»

Ireland si tirò indietro di colpo. «Un *errore*? Se qualcuno stava facendo un errore, quella ero io. Eri solo un gelido, velenoso...»

Bran le accarezzò il collo, poi lo sentì succhiare la pelle delicata. «È il passato. E continua a parlare, mi piaci quando sei aggressiva.»

Ireland ricadde sul materasso e Bran le rotolò sopra. Lei gli afferrò il mento. «Sono seria.»

«Anch'io. Dovevo assicurarmi che fossimo "giusti" prima di lanciarmi.»

«Sembri un somaro, e non ti sta aiutando a difenderti.»

«Ireland, non ho una ragazza fissa da... mai. Beh, forse al terzo anno delle superiori? Pensaci un momento. Ho quasi trent'anni e non ho mai avuto una relazione seria. Perché sarei qui se tu non fossi importante per me?»

«Forse perché sei arrapato?»

«Sono sempre arrapato. A parte quello...»

«Forse perché ti piace toccarmi?»

«Mmm, sì, mi piace» disse. «Ma c'è un altro motivo.»

Ireland soffiò via la ciocca di capelli che le copriva un occhio. «Rinuncio. Perché sei qui?»

«Perché mi piaci. Voglio toccarti e baciarti e dormire accanto a te la notte. Voglio discutere e ridere con te. Voglio stare con te. Capisci?»

«Ti piaccio.» Alla maggior parte delle persone piaceva il proprio gatto, o il cioccolato. Ma lo sguardo di Bran era scuro, le braccia erano avvolte intorno al suo corpo come per proteggerla. Era sincero. Era una relazione e non solo un incontro occasionale. «Sono la tua donna?»

«Assolutamente.»

«Quindi non vuoi che esca con nessun altro?» Per la maggior parte delle coppie, sarebbe stata una cosa ovvia, ma era Bran e lei aveva bisogno che fosse preciso. Innanzitutto perché ci teneva troppo per lasciare il futuro nel vago. E, secondo, perché Bran non era precisamente noto per essere monogamo.

«All'inizio, sono stato uno stronzo. Sto cercando di farmi perdonare da te, ma capirò se preferirai uscire con qualcun altro. Ma non ho intenzione di condividerti, se stai con me.»

Okay, era una cosa grossa. Aveva appena definito le cose.

Ireland gli passò un dito sulle labbra tese, che si ammorbidirono, aprirono, catturarono il dito e lo succhiarono. «Okay, ti darò una possibilità.»

Bran le lasciò andare il dito con uno schiocco e la baciò appassionatamente, con la bocca che mimava i movimenti che avevano perfezionato nel retro del suo pickup. «Mi comporterò al meglio.»

«Lo vedremo.»

«Beh, forse non al meglio per tutto il tempo» disse Bran. «A letto intendo comportarmi molto, molto male.»

Ireland si dimenò sotto di lui. «Dove hai detto che sono quei preservativi?»

Bran si infilò maglia e jeans e l'avvolse in una coperta talmente in fretta da farle girare la testa.

Ireland rise mentre la faceva scendere dal retro del pickup, chiudeva la sponda con un calcio e un grugnito per poi gettarla sul sedile anteriore. «A casa mia, esattamente a cinque secondi di distanza se metto a tavoletta. A che ora devi essere a casa?»

«Non devo tornare.»

Bran allargò le narici. «Esattamente le parole che volevo sentire.»

* * *

Bran aveva una relazione. Una cosa seria. Non un'amica con cui scopare o un incontro occasionale, ma una vera ragazza fissa. Non era esattamente quello che aveva programmato, ma, accidenti, com'era bello.

Si era quasi tirato indietro, dandole buca. O, almeno, era ciò che si era detto mentre si avvicinava alla porta di Jaeg. Sotto sotto, voleva stare con Ireland esattamente come aveva detto. Impegnato. Nessun altro uomo che la toccasse, desiderandola. Solo loro due che passavano il loro tempo libero insieme. Con tanto, tanto sesso esplosivo.

Bran aveva fatto la quintessenza delle cose romantiche, la mattina dopo il loro appuntamento: l'aveva guardata dormire. Aveva finto di dormire anche lui, ma non era vero, la stava osservando.

Ireland sembrava fare le fusa mentre dormiva. Non russava, esattamente, ma emetteva un suono carino. La sua faccia era così carina, più bella di come l'avesse mai vista. Beh, eccetto quando era arrabbiata con lui. Era tutta fuoco e così sexy quando era arrabbiata. In quei momenti, tutto ciò che Bran desiderava era gettarla su qualche superficie morbida e convincerla a perdonarlo. Preferibilmente con le mani e la bocca.

Bran si passò il palmo delle mani sul volto, con i numeri davanti a sé che andavano fuori fuoco. Accidenti, era colpa sua se in quel momento era lì da solo invece che a letto con Ireland. Era passato al Blue e l'aveva portata fuori a pranzo negli ultimi giorni, ma tutte le sere lei lavorava fino a tardi al club, per sistemare i suoi problemi di software.

Perché non aveva assunto qualcun altro? Allora avrebbe potuto portare fuori in città la sua bella ragazza. O, meglio ancora, restare a casa, ordinare la cena e fare l'amore con lei.

Fare l'amore?

Bran chiuse gli occhi. Tamburellò le dita sulla scrivania. Okay, forse poteva essere un po' innamorato di Ireland.

Lei era diversa da tutte le donne con cui era uscito in passato. Era la prima persona che gli aveva fatto gettare alle ortiche le sue regole. Perché valeva la pena di correre il rischio per lei.

Quindi, sì, i suoi sentimenti erano più profondi del normale, ed era okay. Prima o poi sarebbe successo con qualcuno. Anche se non avrebbe mai immaginato che succedesse, prima di Ireland.

Sentì bussare e poi Ireland entrò con un grande sorriso sul volto. Appoggiò il fianco contro la scrivania e incrociò le braccia. «È sistemato.»

Bran le fissò distrattamente i fianchi e prese in considerazione di finire quello che avevano cominciato in quella stanza settimane prima quando non era ancora la sua donna e pomiciare sulla scrivania era una cosa sconcia. «Che cosa?»

Anche se il sesso sulla scrivania era piuttosto sconcio... Mmm.

Bran allungò le mani verso di lei e Ireland alzò il mento finché la guardò in viso.

«Il programma. Sta funzionando» disse, con gli occhi che scintillavano.

Ireland si voltò in fretta e cominciò a scrivere sul computer, finché Bran vide l'interfaccia clienti del nuovo sistema di ordinazioni.

La parte meno intelligente del suo cervello raggiunse l'altra. «Hai detto che *è sistemato?*»

Ireland si voltò verso di lui, che percepì la sua vulnerabilità. «Dubiti di me?»

«No.» Non era uno stupido. Sapeva che non era il caso di dubitare della donna con cui andava a letto.

Ma i problemi di software dei ristoranti erano diventati leggendari. Difficile credere che qualcuno potesse sistemarli più in fretta della ditta che aveva creato il programma. «Funzionerà dal mio telefono?» le chiese.

Ireland si mise a ridere. «Mi stai mettendo alla prova?»

«Assolutamente» disse Bran con un sorriso nervoso. Se Ireland aveva veramente messo a posto il sistema, sarebbe stato un momento da ricordare. Non avrebbe deluso i suoi fratelli e il club sarebbe stato al sicuro.

Ireland prese il telefono di Bran dalla scrivania e glielo passò, con le sopracciglia inarcate.

Bran andò al sito del Club Tahoe e al portale dei ristoranti. Emise un ordine per dei nachos con salsa extra.

Si accese un messaggio che diceva: *Grazie per il vostro ordine.*

Il sistema aveva accettato l'ordine, ma quello succedeva anche prima quando il software stava funzionando male. «Sembra essere passato.»

Ireland scosse la testa e scrisse sul suo computer: *Uomo di poca fede.* Fece apparire quello che sembrava gergo incomprensibile sul server centrale perché di colpo sullo schermo apparvero dozzine di database.

Ireland evidenziò una riga in uno dei prospetti che contenevano l'ordine.

Ed era accurata.

Era andata al ristorante giusto.

E l'importo addebitato era giusto.

«Accidenti» disse. «L'hai sistemato.» La guardò impressionato. Per quello che lo riguardava, la sua donna era fottutamente brillante. Si alzò in piedi e l'abbracciò, sollevandola e stringendola forte.

«Ehi, non sono leggera» disse Ireland. «Ti farai male alla schiena.»

«Sei leggera, ma immensa. Immensa e meravigliosa.» La baciò e la sua mente tornò in fretta dov'era quando Ireland era entrata. Le cose potevano evolversi velocemente in sesso sulla scrivania se non fosse stato attento. «Devo fare qualche telefonata. Assicurarmi che tutti sappiano che siamo tornati online. Come posso dirti grazie?»

«Mi paghi, quindi è già a posto. Il Club Tahoe ha abbassato notevolmente l'importo del prestito studentesco che devo rimborsare.»

«No, intendo veramente ringraziarti. Hai idea di quanto hai aiutato me e i miei fratelli?»

Ireland gli rivolse un sorriso dolce che sentì fino in fondo a sé. «È stato divertente. Quindi non giudicarmi, perché questo tipo di cose mi eccita.»

«Credimi, non ti sto giudicando.» Le tirò i fianchi contro le proprie cosce. «In questo momento, *io sono* eccitato.»

«Me ne sto accorgendo.»

«Non distrarmi» disse Bran.

«Sei tu quello che mi sta premendo contro il tuo...»

«Non dirlo, altrimenti sarò obbligato a gettarti sulla scrivania e dimostrarti quanto ti sono grato.»

«Non mi sembra una minaccia. Sembra una cosa che mi piacerebbe.»

Bran le baciò l'angolo della bocca e il labbro inferiore pieno. «Non sedurmi proprio adesso. Potrò anche aver allentato le regole quando si tratta di te, ma non posso accantonare tutte le responsabilità.» Bran si staccò da lei malvolentieri. «Vai, prima che approfitti di te sulla scrivania.»

Ireland fece il broncio. «Bene. Ma adesso che hai menzionato i ringraziamenti, mi assicurerò che tu mantenga le tue "minacce".»

Bran le fissò il sedere mentre usciva dal suo ufficio, chiedendosi in che cosa si fosse ficcato. Con Ireland si comportava come non faceva da quando era un ragazzo, spensierato e imprudente.

Non troppo imprudente, sperava.

E quello gli ricordò... Prese il telefono e chiamò uno dei cuochi del ristorante.

«Pronto, Cindy?» disse. «Sono Bran. Sto controllando che tu abbia ricevuto un ordine che ho fatto tramite il portale.» Bran descrisse ciò che aveva ordinato. Aveva visto la prova sul database, ma non c'era niente di meglio di una conferma verbale.

«L'ho qui» rispose Cindy. «Il sistema ha ripreso a funzionare?»

Bran chiuse gli occhi. La sua donna era un genio. Come aveva fatto a dubitare di lei? «Così sembra.»

Bran chiamò il resto dei gestori e chiunque avesse bisogno di sapere che il sistema funzionava, incluso l'Amministratore della Tech Banquet, che lodò Ireland e chiese di mettere al corrente James sugli aggiornamenti che lei aveva apportato al sistema per risolvere il problema.

Felice che i suoi ristoranti fossero tornati online e che presto avrebbero funzionato di nuovo senza intoppi, Bran prese le chiavi e andò a cercare Ireland.

Era seduta al bar del Prime e beveva una bibita.

«Come hai fatto?» le chiese.

«Oh, è stato facile. Ho eliminato il programma di James e ho riscritto la parte del server. Molto più facile che cercare di sistemare il labirinto che aveva creato.»

Bran si grattò la testa. Sapendo quant'era arrogante, James probabilmente non sarebbe stato contento, ma pazienza. Non era un problema di Bran. Per quanto lo riguardava, Ireland era la donna migliore per quel lavoro. La

Tech Banquet avrebbe dovuto assumere lei e licenziare James. «Sai che cosa significa?»

«Che cosa?» gli chiese Ireland mentre lui si chinava a baciarle la guancia e le strizzava di nascosto il sedere.

«Che è ora di festeggiare. Il sistema funziona. E ho un po' di tempo libero. Anche se probabilmente dovrei chiamare Levi ed Emily. E devo anche assicurarmi che qualcuno del personale dei ristoranti controlli i numeri e gli ordini per assicurarsi che tutto funzioni, sai, giusto per precauzione. Non che dubiti di te» aggiunse in fretta. «Semplicemente non mi fido del software dopo quello che ho passato. Devo assicurarmi che non ci siano anomalie.»

Ireland sorrise. «Capisco. Sei furbo, se vuoi tenere d'occhio le cose. Le anomalie succedono, anche se, nel caso, sono sicura di poterle sistemare in fretta. Quindi, praticamente, mi stai dicendo che non ti vedrò fino alla settimana prossima, con tutte le cose che hai da rimettere a posto.»

Lo sguardo di Bran si soffermò sul seno di Ireland, compostamente coperto da una delle sue camicette allacciate fino al collo. «Due ore. Dammi due ore e passerò a prenderti.»

«Ma sono già le dieci passate.»

Bran uscì dal ristorante camminando all'indietro. «Appuntamento bollente.»

Grazie al cielo, il ristorante era quasi vuoto altrimenti tutti avrebbero saputo che cosa aveva in mente Bran. Era estatico all'idea che il nuovo sistema di ordinazioni stesse funzionando e anche arrapato. Era sempre maledettamente eccitato dopo aver tenuto la sua donna a lavorare fino a tardi al Club Tahoe senza poter lenire il suo improvviso insaziabile appetito per lei.

Grazie al cielo il periodo di castità stava per finire.

Capitolo Ventuno

Quando Bran fu uscito per assicurarsi che tutti i ristoranti fossero a posto, con il software funzionante, Ireland aspettò il suo ordine d'asporto del Prime. Prese il cibo e poi si incamminò verso la sua auto, camminando sulle nuvole. Non c'era niente di più soddisfacente che risolvere un problema che aiutava centinaia di persona. Dio, adorava il suo lavoro. E stava finalmente lavorando con dei buoni colleghi.

Sorrise ripensando all'espressione sulla faccia di Bran mentre usciva dal Prime con la promessa di passare a prenderla più tardi. Non aveva bisogno di un'altra notte con poco sonno, e andare a letto con Bran significava non dormire, ma le era mancato. Era eccitata, elettrizzata all'idea del loro appuntamento di mezzanotte.

Prese le chiavi dalla borsa e premette il tasto, accendendo le luci dell'auto a un metro di distanza.

«Ti sei messa contro l'uomo sbagliato.»

Ireland, sorpresa, si voltò. E poi fece un passo indietro. James era a meno di un metro da lei. «Cosa?»

Lui si avvicinò, ora era a pochi centimetri, e la guardava minaccioso. «Vado via per un paio di giorni e arrivi tu, con i tuoi modi da puttana e convinci il miliardario a permetterti di fare casino con il mio software. Hai perso la testa?» disse, esaminandole il corpo.

Ireland si guardò intorno. Il parcheggio non era completamente buio, ma non c'era nessuno. Si sentiva isolata.

Sentì i brividi percorrerle la schiena. James le aveva sempre ricordato gli stronzi che aveva dovuto sopportare nel suo vecchio lavoro, ma quella sera la spaventava veramente. Voleva tirarsi indietro, scappare. Le mancò il fiato e ciò che voleva dire le si fermò in gola.

«Scema come una biglia, eh? Vorrei vedere la faccia di Bran quando il programma si bloccherà.»

James poteva prendere il giro il suo aspetto, ma era la migliore nel suo lavoro. E non avrebbe più permesso a un coglione di parlarle in quel modo.

Raddrizzò la schiena. «Il programma non si bloccherà e no, non ho perso la testa. Ho riscritto la parte server e l'ho fatto in pochi giorni. Quanto tempo hai passato cercando di risolvere il problema? Settimane?»

«Che cosa hai fatto?» James aprì e chiuse la bocca. «L'hai scopato? È così che l'hai convinto a lasciarti riscrivere il programma?»

Ireland scosse lentamente la testa, allungando la mano verso la borsa per prendere il telefono. «Vattene o chiamerò la polizia.»

Lui le afferrò il braccio. «Per dire loro cosa? Che hai rubato un software proprietario e hai detto che era tuo? E che sei andata a letto con il capo per far carriera?»

Lei *era* andata a letto con Bran. Ma la loro attrazione reciproca era cominciata molto prima che lei cominciasse a lavorare da freelance per il Club Tahoe.

Ireland cercò di liberare il braccio, ma James non la lasciò andare. «I miei rapporti con Bran non hanno niente a che vedere con questa faccenda.»

«Quindi l'hai scopato. E se ti scopo io, che cosa otterrò?»

«Stronzo!» Ireland stava tirando e spingendo e cercando di liberarsi con tutta la sua forza, ma, pur essendo un tipo di media statura, James era forte. Più forte di lei.

Maledizione, non voleva più essere una donna impotente. Era stata debole e in minoranza per quasi tutta la sua carriera e in quel momento i dubbi la travolsero, soffocandola. «Lasciami andare!» Ireland non riusciva a prendere il telefono, non con James che la teneva in quel modo.

«Non sei minuta, ma sei debole come una bambina. Oh, ho ferito i tuoi sentimenti?» Si chinò in avanti, con il fiato acido che le bruciava la pelle. «Abituati, perché ho intenzione di farti molto più male prima di...»

Un attimo prima James le era addosso e la minacciava e l'attimo dopo era a terra che rotolava con addosso quello che sembrava un linebacker.

«Bran?» disse Ireland. «Basta!» gridò Ireland, cercando freneticamente il telefono.

Bran si mise seduto su James e gli diede un pugno in faccia.

James alzò le mani, bloccando Bran, poi lo colpì a tradimento con un pugno in gola.

«No!» disse Ireland.

Bran rotolò via da James, tossendo. E poi gli fu di nuovo addosso. «Non devi toccarla, capito?»

«Perché, sei l'unico che può scopare la puttana?»

Bran tirò in piedi James, portandogli le braccia dietro la schiena. Lo sbatté contro l'auto più vicina e lo inchiodò lì. «Ireland, chiama la polizia.»

Ireland armeggiò con il telefono e continuò a fare il

numero sbagliato, finché finalmente riuscì a comporre il nove-uno-uno.

Successe tutto in fretta. Bran che lottava con James, l'arrivo della polizia...

«Voglio denunciarlo!» strillò James. «Quest'uomo mi ha aggredito.»

Bran restò calmo accanto all'agente di polizia. «L'ho staccato da una donna che stava aggredendo nel mio resort.»

«Mi ha colpito!» disse James.

«E sto quasi per farlo un'altra volta» mormorò Bran, ma Ireland lo sentì, e anche l'agente, che le chiese se volesse sporgere denuncia. A quel punto la sua mente si svuotò. James l'aveva minacciata. L'aveva afferrata e fatto male alle braccia. Ma la vera lotta era successa tra Bran e James. Anche se... se Bran non fosse arrivato in quel momento... «N-non so. Voglio solo che stia lontano da me.»

Bran le appoggiò la mano sulla schiena. «Potrai sporgere denuncia domani.»

Il poliziotto si rivolse a James. «Ha sentito la signora. Tutto bene?»

James annuì brevemente, senza guardarla.

«Scortatelo fuori dalla mia proprietà» disse Bran ai poliziotti. «E, James?» Lo inchiodò con un'occhiata gelida. «Non tornare. Puoi scommettere che il tuo capo sarà informato di quello che è successo questa sera. Mi sorprenderebbe se domani avessi ancora un lavoro.»

James si precipitò verso la sua auto e i poliziotti scortarono da vicino la sua berlina fuori dal resort.

Bran abbracciò Ireland e le mise la testa accanto all'orecchio. «Stai bene?»

«Sì.»

Bran tirò indietro la testa e le studiò il viso. «Davvero?»

«Mi passerà.»

«Ti stava facendo male.»

«Come hai fatto ad accorgertene?»

«Stavo facendo il giro dei ristoranti e ho preso una scorciatoia. I tuoi capelli hanno attirato la mai attenzione.»

Ireland sbuffò amaramente. «Immagino che vadano bene almeno per qualcosa.» Le si riempirono gli occhi di lacrime. Era stata dura. La serata era cominciata bene, ma adesso... ma Bran era lì. L'aveva protetta. Anche se avrebbe voluto che non fosse stato necessario.

Bran la tirò vicina e le accarezzò la testa. «I tuoi capelli sono belli. Sono felice di essere arrivato in quel momento. Volevo strozzarlo.» La mano che le stava accarezzando i capelli tremò un po' quando pronunciò le ultime parole.

«È come tutti gli altri, abbaiano e non mordono. Ma stasera mi ha spaventato.»

Bran si tirò indietro, tenendola dolcemente per le spalle. «Quali altri?»

Non erano molti quelli che sapevano che cosa aveva dovuto sopportare nel suo vecchio lavoro. Non l'aveva mai detto alla sua famiglia, i suoi fratelli sarebbero andati su tutte le furie. Ma Bran era diverso. Aveva visto come lei si lasciasse intimidire facilmente da uomini come James. «James e i tipi come lui sono la maggioranza nel settore in cui lavoro. Gli uomini con cui lavorano nella Silicon Valley erano bulli. Meno fisici rispetto a James stasera, ma li rendeva quasi peggiori. Nel mio vecchio lavoro, la mia era una vita d'inferno.»

«James non lavorerà più nemmeno vicino al Lago Tahoe quando avrò finito con lui.»

Non era una cattiva idea, anche se non l'avesse minacciata, visto come aveva pasticciato il software della Tech Banquet.

Bran le prese il volto tra le mani calde e forti. «Sei sicura di star bene?»

No. Pensava di aver superato cose del genere, ma forse il problema era lei. Forse non era il posto in cui lavorava, ma qualche difetto in lei che la rendeva un bersaglio per uomini come James.

Sorrise perché non voleva che Bran si preoccupasse. «Passerà.»

Capitolo Ventidue

Bran avrebbe potuto uccidere James per aver fatto male a Ireland e non era da lui. Lui non si lasciava coinvolgere. Non permetteva a una donna di montargli la testa. Chiaramente però le cose erano cambiate.

«Ti accompagnerò da Jaeg» disse a Ireland quando la polizia scortò James fuori dal resort. «Ti capisco se veramente preferisci stare con tua cugina, ma mi piacerebbe veramente tenerti abbracciata questa notte.»

Ireland chiuse gli occhi e annuì. «Voglio stare con te.»

Bran sentì un calore diffondersi nel petto a quelle parole. Aveva dimenticato com'era avere una donna che avesse bisogno di lui. In effetti, era mai stato fonte di consolazione per una donna? No. Mai. Era stato giovane ed egocentrico, oppure più vecchio, senza interesse per qualcosa di permanente. Poter dare a Ireland ciò di cui aveva bisogno lo faceva sentire forte, felice.

Bran guidò l'auto di Ireland fino a casa di Jaeg e aspettò fuori che preparasse una borsa.

Lei chiuse piano la porta e andò all'auto. «Stanno guardando la TV. Cali è andata fuori di testa quando le ho detto che cos'era successo. L'unico motivo per cui mi ha lasciata andare è perché le ho detto che sarei stata con te.»

Bran avrebbe dovuto sentirsi a disagio perché era responsabile della sua salvezza. Forse lo sarebbe stato con altre. Ma non con Ireland. Voleva proteggerla, essere l'uomo da cui lei andava per chiedere aiuto. Aprì la portiera del passeggero dell'aiuto per farla salire e mise la borsa sul sedile posteriore prima di mettersi alla guida.

Ireland lo osservò mentre si metteva la cintura di sicurezza. «Mi vergogno tanto per tutto ciò che è successo stasera.»

Bran si voltò verso di lei. «Ciò che è successo non è stata colpa tua. James era uno stronzo prima che intervenissi tu. È un bullo.»

«Io sembro attrarre i bulli.»

Bran la tirò vicina e la tenne stretta, baciandole la fronte. «Non sei tu. Alcuni uomini sono semplicemente dei coglioni. Ma voglio che tu stia al sicuro.» Bran ebbe questa paura improvvisa che le succedesse qualcosa. Non riusciva a sopportare il pensiero che qualcuno facesse del male a Ireland. «Accetteresti di prendere lezioni di autodifesa?»

Ireland gli toccò la mano vicino a un graffio nuovo, rosso vivo. «In modo da poter lottare come te?»

Pensare a ciò che sarebbe potuto accadere a Ireland se lui non fosse arrivato lì in tempo lo innervosì. «Andiamocene da qui.»

* * *

Ireland tremava mentre Bran percorreva il lungo viale verso casa sua, con l'ultima adrenalina che le scorreva ancora in corpo.

La guardò, con una smorfia sul viso. Le prese la mano e la strinse e, in qualche modo, quel contatto la calmò. Fino a qualche settimana prima non avrebbe potuto immaginare il senso di pace che le dava. Era come se non l'avesse assolutamente conosciuto. Come se Bran avesse cercato di nascondere il vero se stesso.

Una piccola parte di lei temeva che il vecchio Bran sarebbe tornato e che le ultime settimane fossero state solo un sogno.

Si fermarono davanti a casa e Bran prese la sua borsa dal sedile posteriore. L'accompagnò alla porta ed entrarono insieme. Bran accese le luci.

Per qualche motivo, Ireland non aveva notato quanto fosse spoglia la casa quando l'aveva vista la prima volta. Probabilmente perché la loro missione era stata di trovare dei preservativi. E poi erano stati troppo occupati a usarli. Si sentì arrossire.

Bran si grattò il lato della testa. «Non è granché, vero?»

«No, è carina. Le pareti e il pavimento sembrano nuovi di zecca.

«Perché è così. Ma non ho mai trovato il tempo per arredarla.»

«Il letto è bello» disse Ireland sorridendo.

«Questioni di priorità» rispose Bran con un sorrisino sghembo.

Ireland gli mise le braccia intorno alla vita. «Le tue priorità sono perfette.»

Bran la tirò davanti a sé, in modo che le loro cosce e le pance fossero premute insieme. «Vero.» Le sorrise in modo lascivo e Ireland rise.

Si era sentita da schifo appena arrivati e adesso stava ridendo. Bran, in fondo, era un gran cucciolone. Ed era felice di esser quella che vedeva quel lato di lui. Era dolce e amorevole e Ireland non sapeva come mai fosse stata così fortunata da averlo nella sua vita.

Bran si guardò attorno. «Seriamente, però. È ora di arredare questo posto. Non potremmo nemmeno guardare un film se volessimo.»

Ireland guardò la vecchia poltrona reclinabile di fronte a un'enorme TV, le uniche due cose nel soggiorno. «Un divano ci starebbe bene. Ma è proprio guardare la TV quello che vuoi fare adesso?»

Bran le passò le mani lungo le braccia. «Farò qualunque cosa tu voglia.»

«Dopo l'esaltazione per aver sistemato il software e poi l'abbattimento a causa di James, vorrei accettare la tua offerta di tenermi abbracciata.»

«Fatto.»

Salirono al secondo piano che doveva esser anch'esso nuovo perché le finiture del bagno scintillavano e le pareti e il pavimento della camera sembravano nuove. Non c'erano tende o altri mobili oltre il letto di Bran, che conosceva già.

Bran afferrò i vestiti che c'erano ai piedi del letto e li gettò alla rinfusa nella cabina armadio, poi appoggiò la borsa di Ireland vicino al letto. «Prendo qualcosa da bere. Hai fame?»

Ireland aveva comprato del cibo ore prima e non lo aveva mai mangiato. Aveva lo stomaco contratto. Non le andava un pasto completo, ma doveva mangiare qualcosa. «Forse uno snack.»

Ireland si cambiò, mettendosi degli shorts e una maglietta mentre Bran scendeva al pianterreno. Era seduta sul letto e ripensava alla serata quando lui tornò.

Doveva avere un'espressione acida sul volto perché Bran disse: «Come ti senti?».

«Sconvolta.»

Bran si avvicinò con un vassoio di cracker e formaggio. «È comprensibile.» Scosse la testa. «Avrei dovuto accompagnarti alla tua auto. Non rifarò un'altra volta quell'errore.»

Ireland gli prese la mano. «Non puoi proteggermi tutto il tempo. E, fino a poco tempo fa, non mi avresti protetta affatto.»

«Certo che l'avrei fatto.»

«All'inizio, non ti piacevo nemmeno.»

Bran sorrise mestamente. «Abbiamo già discusso di quanto mi piacessi. Era quello il problema.»

Ireland sbuffò. «Beh, stavi facendo veramente un buon lavoro nel nascondere i tuoi sentimenti.»

«Ti dimostrerò quanto mi piaci e ti desideri, ma non stanotte. Hai bisogno di riposare.»

«Okay, capo» rispose Ireland. E rovinò tutto con uno sbadiglio perché, maledizione, aveva ragione lui.

Finirono il vassoio di cracker e formaggio e poi Ireland cominciò a lasciarsi lentamente andare sul letto, semiaddormentata. Le sembrava che il suo corpo fosse appesantito da sacchetti di sabbia e faticava a tenere gli occhi aperti.

Bran l'abbracciò, la tirò vicina, aumentando la sua sonnolenza. Il petto di Bran era caldo e comodo e odorava di Bran e detersivo per il bucato. Non sarebbe riuscita a muoversi nemmeno se l'avesse voluto.

Una cosa era certa: a parte i membri della sua famiglia, Ireland non aveva mai avuto nessun uomo che la difendesse come aveva fatto Bran quella sera. Non sapeva come sarebbero andate le cose, ma era l'unica persona che l'aveva sostenuta e la faceva sentire al sicuro. E per lei era importantissimo.

Capitolo Ventitré

Bran si svegliò di colpo. Sbatté gli occhi parecchie volte, accorgendosi della sua posizione a letto, abbracciato a Ireland. Si rese anche conto del profondo senso di rilassamento e pace che provava. Era la notte di sonno migliore che avesse avuto da secoli. Voleva svegliarsi ogni giorno con Ireland tra le braccia

Bran prese in considerazione di restare dov'era, poi ricordò che era un giorno feriale e che nessuno dei due poteva permettersi il lusso di restare a letto. Bran non prendeva quasi mai giorni di vacanza. Ora che ci pensava, era l'unico tra i fratelli che non lo faceva... Doveva fare dei cambiamenti. Come avrebbe fatto a passare del tempo con la sua donna, se lavorava sempre?

Rotolò con riluttanza dalla sua parte del letto e guardò indietro; non poté farne a meno. Ireland era sdraiata di fianco, con le mani infilate sotto la testa. Un ginocchio era un po' più piegato dell'altro, in modo seducente, e gli shorts coprivano a malapena la curva del suo sedere sexy.

E adesso anche altre parti di lui si erano svegliate.

Avrebbe voluto rotolare verso di lei e tirarla vicina,

passare le mani su quelle gambe lisce e le altre curve, afferrarle i capelli... Meglio non pensarci. Ciò che un momento prima si stava svegliando adesso era completamente all'erta, pronto per il sesso mattutino.

Bran si alzò e stiracchiò la schiena, con le braccia sopra la sua testa. Non voleva assolutamente svegliare Ireland dopo la serata che aveva avuto. Poteva controllare i propri impulsi. Lo faceva da anni. Inoltre, aveva intenzione di sedurla più tardi, una volta che fosse completamente riposata.

Andò nella cabina armadio e prese un paio di jeans e una polo del Club Tahoe. Mentre andava a fare la doccia, però, si fermò ai piedi del letto. La coperta era scivolata via da Ireland in qualche momento nella notte.

Prese la coperta calda e la coprì. Meglio così. Per quanto amasse le sue curve, non voleva che prendesse freddo, ora che non c'era più lui a tenerla calda... E questo lo riportò a pensare a *come* avrebbe potuto tenerla calda.

Maledizione. Bran si precipitò nella doccia.

Quando fu pulito e si fu raffreddato, si assicurò che Ireland stesse ancora dormendo, poi scese le scale.

Aveva informato i suoi fratelli dell'incidente al club la sera prima, quando Ireland si era addormentata. Avevano tutti dimostrato il giusto disgusto, ma nessuno era stato più furioso di Levi. Era stato pronto ad aumentare la sicurezza e, pensando a ciò che sarebbe potuto succedere, Bran era d'accordo. Avevano deciso di aggiungere un altro addetto per monitorare il parcheggio. Ovviamente, l'intera conversazione aveva richiesto circa un'ora, con tutti i messaggi urlati e i tentativi di riuscire a inserire una parola tra i messaggi dei suoi fratelli. I messaggi di gruppo con i suoi fratelli erano sempre una gioia.

Bran mandò un messaggio a Adam per fargli sapere che

Ireland avrebbe potuto far tardi al lavoro e poi accese la caffettiera. Ubriaco o stanco morto, Bran non dimenticava mai di riempire la caffettiera la sera prima. Appena possibile ne avrebbe comprata una versione di lusso per sostituire quella che aveva comprato prima di cominciare a lavorare al Club Tahoe e guadagnare di più. Una versione con un timer, che preparasse una tazza perfetta. Ripensandoci, non aveva un divano. Forse la caffettiera multitasking poteva aspettare fino a quando avesse spuntato il divano dalla lista delle cose da comprare per arredare la casa.

Prese le uova e gli altri ingredienti dal frigorifero e tagliò le verdure per preparare un'omelette. Nonostante la professione che si era scelto, non era un cuoco, ma poteva almeno preparare le uova.

Bran coprì l'omelette una volta pronta e mise a tostare il pane, mettendo le tazze sull'isola della cucina insieme alle posate. Si guardò attorno con una smorfia. Ora che ci faceva caso, casa sua era maledettamente deprimente. Aveva bisogno di un tavolo da pranzo e delle sedie e di circa un milione di altre cose. Perché finora non gli era mai importato?

Perché non c'era mai stato nessuno da impressionare. La sua casa era un posto dove dormire e fare la doccia. Mangiava lì solo raramente, anche se teneva in frigo e in dispensa le cose essenziali.

La casa che aveva comprato da Wes era stata poco più di un monolocale con un portico, su un ampio lotto di terreno. Wes l'aveva comprata per restaurarla ma non era mai arrivato a farlo. Quando aveva avuto bisogno di qualcosa di più grande (stava per avere un bambino con Kaylee) era mancato il tempo e quindi aveva comprato una casa già adatta e Bran aveva comprato il cottage del fratello.

Con l'aiuto di un amico di famiglia, proprietario della

Sallee Construction, Bran aveva trasformato il monolocale in una casa con due camere e aveva aggiunto un secondo bagno. La casa era pulita, aveva un bel tetto sopra la testa, ma manca di ogni comfort.

Ireland scese le scale, con i lunghi capelli bagnati e indosso degli abiti che doveva aver messo in borsa la sera prima. Sbadigliò arrivando in fondo e sorrise timidamente. «Ieri sera sono praticamente crollata.»

«Vero.»

«Mi dispiace.»

«Non è il caso. Avevi bisogno di dormire, anche se non posso dire di non aver preso in considerazione di svegliarti questa mattina.»

Ireland sorrise e guardò oltre la spalla di Bran. «Invece mi hai preparato la colazione.»

«Delusa?»

Ireland fece un sorrisino sghembo. «Una mattina mi piacerebbe avere un *Bran Special*, sesso seguito dalla colazione.»

Bran attraversò la stanza, l'abbracciò e le mani finirono sul sedere. «Non tentarmi. Faccio un mucchio di cose inaspettate quando si tratta di te... Sarebbe facile aggiungere alla lista arrivare tardi al lavoro.» Le baciò il collo e poi la bocca scese più in basso. «Infrango regole che mi sono auto-imposto, compro mobili e di colpo considero il sesso sulla scrivania un'attività perfettamente accettabile.»

«Hai intenzione di comprare mobili nuovi?»

«E voglio fare sesso sulla scrivania. Non avevi sentito?»

Ireland allungò la mano e gli strinse il sedere. Forte. «Sei stato tu a smettere, non io. Sai che ci sto.»

«Ireland.»

Lei gli baciò il mento. «Sì?»

«Dobbiamo andare al lavoro.»

«E?»

«E adesso sto pensando di buttarti sulla poltrona reclinabile e spassarmela con te.»

Ireland arricciò il naso. «Non mi sembra... affidabile. E se si rovesciasse?»

«Giusto. Vieni a far spese con me più tardi? Devo correggere immediatamente la situazione mobili, in modo che non ci siano più preoccupazioni del genere che scoraggino il nostro tempo insieme. Come te la cavi come decoratrice d'interni?»

* * *

Bran lasciò presto il lavoro e passò a prendere Ireland prima di andare in un negozio di mobili locale. Aveva portato la cena dal ristorante italiano al Club Tahoe e mangiarono a un tavolo da picnic su un rilievo erboso dall'altra parte della strada che dava sul lago. Non avrebbe potuto scegliere un posto più pittoresco. Con il sole basso all'orizzonte, l'acqua che sciabordava vicino, l'ambientazione era perfetta. «Il lavoro è andato bene oggi?» le chiese.

Ireland finì di masticare la forchettata di spaghetti alla bolognese e si pulì l'angolo della bocca. «Benissimo, in effetti. Ho parlato al mio capo del programma che ho scritto per il Club Tahoe e vuole che crei qualcosa di simile per uno dei loro alberghi con casinò più grandi a Las Vegas.»

Lei sorrise felice e il pane all'aglio nello stomaco di Bran divenne di piombo.

Masticò lentamente, riflettendo su che cosa dire. Ireland era felice e lui era felice per lei, ma si sentiva anche avido. L'ultima cosa che voleva era perdere Ireland subito dopo averla trovata. «Quindi lavorerai in un altro albergo? E in un'altra parte dello stato?»

Lei scosse immediatamente la testa e si portò la mano alla bocca quando le cadde una briciola di pane dalle labbra. Labbra perfette, labbra che voleva baciare. «No. Niente del genere. Il mio capo mi pagherà come se fossi un fornitore per questo lavoro. Dovrò fare un paio di viaggi di lavoro, ma Tahoe è casa mia adesso.»

La pressione nel petto di Bran si allentò. Ed era un'esperienza nuova. Non gli era mai importato tanto fino a quel momento.

«Significa anche che ripagherò i prestiti studenteschi molto prima del previsto.» Scosse la testa, con un sorriso timido sul volto. «Va tutto così bene che ho paura di parlarne, per scaramanzia. Non sono mai stata così contenta della mia carriera e...»

«E?»

Ireland gli prese la mano. «E mi piaci un po'.»

«Un po'?» Bran fece una smorfia, fingendosi offeso.

«Un po', sei piuttosto sexy. E dolce.»

«Ferma... Nessuna mi ha mai definito dolce.»

«Non ti conoscevano, giusto?» Ireland si chinò in avanti e lo baciò sulle labbra, un tocco gentile. Gli mandò una fiamma nel petto.

Bran scivolò sulla panca fino a quando Ireland fu premuta contro il suo fianco. «Per favore, non dire che sono dolce di fronte alla mia famiglia. I miei fratelli mi tormenterebbero in eterno.» La baciò, dimostrandole quanto poteva essere *non* dolce.

Con il volto arrossato e l'espressione un po' stordita, Ireland disse: «Il tuo segreto è al sicuro con me. Inoltre, penso che tu mostri il tuo lato dolce solo a me e mi piace. Mi fa sentire speciale».

Bran le scostò una ciocca di capelli dagli splendidi occhi verdi. «Tu sei speciale.»

Bran era felice, per la prima volta... non riusciva a ricordare da quanto.

Perfino il suo lavoro stava andando bene, ora che Ireland gli aveva salvato le chiappe. Era il primo giorno in cui tutto stava funzionando bene da quando aveva preso la direzione dei ristoranti del Club Tahoe. Dopo un anno in cui aveva lavorato quattordici ore al giorno, finalmente aveva in mano la situazione. E ora aveva una donna nella sua vita che non voleva assolutamente perdere.

Finirono di mangiare ed entrarono nel negozio di mobili prima che chiudesse.

Bran aveva parlato con Ireland di quello che avrebbe dovuto comprare. Erano entrambi d'accordo che un divano era la primissima cosa, seguito da un tavolo, le sedie e una cassettiera per la sua camera.

Bran sarebbe stato contento di prendere il primo divano adatto alla sua statura, ma Ireland lo trascinò in giro per tutto il negozio, e ascoltarono il commesso che magnificava le virtù di ciascuno. Se i cuscini fossero di piuma, se contenesse delle molle... Alla fine, annuì e lasciò che fosse la reazione di Ireland a dirgli che cosa scegliere.

«La qualità migliore costa di più, ma durerà anche più a lungo» disse Ireland quando il commesso diede loro un momento per decidere. «C'è qualcosa che rientra nel tuo budget?»

Se solo Ireland avesse saputo. Bran non guardava il suo fondo fiduciario da anni ma l'ultima volta in cui l'aveva fatto c'erano abbastanza soldi da mantenere una famiglia di quattro persone per una vita, e in modo stravagante. «Niente budget. Trovane solo uno che ti piace.»

«Vuoi che scelga io?» Sembrava sorpresa.

Non sapeva come funzionava? A Bran non importava quale divano comprasse, purché lei si sentisse a suo agio in casa sua. Così sarebbe andata lì più spesso. E sarebbe rimasta per la notte. E avrebbe guardato dei film con lui. E avrebbe abbellito la casa con la sua presenza.

Si limitò a fare spallucce. «Mi fido del tuo giudizio. Ma scegline uno adatto alla mia statura. Non c'è niente di peggio di un uomo alto su un divano troppo piccolo.»

Ireland ridacchiò e lui le mise una mano intorno alla vita. Bran detestava fare shopping ma così non era male. Ireland aveva un buon profumo e stava affascinando il commesso, che aveva già offerto uno sconto del quindici percento su qualunque divano avessero comprato.

Ireland ne scelse uno di morbida pelle marrone che non sembrava fredda al tatto.

Bran si sedette e decise che la misura era giusta. Non sprofondava troppo né gli sembrava di essere seduto sulla pietra.

Fece un cenno a Ireland e lei si sedette accanto a lui. Bran le mise un braccio intorno alle spalle, per vedere come andava. «Questo va bene» disse, ma stava mentalmente calcolando se avrebbero potuto fare comodamente sesso sul nuovo divano. Sì. E adesso stava pensando a tutte le posizioni in cui potevano provarlo. «Venduto» disse prima che qualcosa al di sotto della vita decidesse di farsi vivo.

Ireland scelse un tavolo da pranzo e delle sedie imbottite più una cassettiera e due comodini in uno stile che definì "senza tempo ma con un fascino rustico", qualunque cosa volesse dire. I mobili erano di legno. Erano belli. Ed era tutto ciò che Bran aveva bisogno di sapere prima di porgere la sua carta di credito.

Il commesso addebitò l'acquisto, promettendo di far consegnare il divano entro pochi giorni. Il resto dei mobili sarebbe stato consegnato appena fosse arrivato dal magazzino centrale, cosa che avrebbe richiesto dalle due alle quattro settimane.

Era un po' una delusione dover aspettare tanto tempo dopo aver finalmente deciso di ammobiliare la casa. Ma Ireland disse che potevano scegliere le lampade e altri accessori che avrebbero reso la casa più accogliente e Bran aggiunse mentalmente una nuova caffettiera. Cosa che lo rallegrò immensamente.

Avrebbe scelto una macchina per il caffè al top della gamma, tarata per l'altitudine a cui si trovavano, con tutti gli accessori. Avrebbe fatto delle ricerche, ma non quella sera. Quella sera aveva dei programmi con Ireland e l'unico mobile che possedeva.

Andarono verso il pickup e Bran la guardò.

Ireland sbatté le palpebre. «A che cosa stai pensando?»

Bran le aprì la portiera. «A te, e al mio letto.»

Lei sorrise e Bran fece il giro del veicolo e salì a sua volta.

«Che intendi per me e il tuo letto?» chiese Ireland con falsa ritrosia.

«Stavo pensando com'è stato bello svegliarmi con te questa mattina.»

«È tutto?»

«E a quanto mi piacerà svegliarmi con te nuda dopo aver adorato il tuo corpo un po' di volte stanotte.»

«Un po' di volte!»

«Ho parecchia resistenza. Sorpresa?»

«No.» Ireland scosse la testa. «Devo continuamente ricordare che il Bran che presenti al mondo non è quello reale.»

Bran si chinò e le prese il mento tra il pollice e l'indice, baciando le sue labbra morbide. «Solo tu vedi il vero me.» Inarcò un sopracciglio. «E parlando di vedere tutto di noi stessi, che ne dici di tornare a casa mia e metterci nudi dopo il duro lavoro dello shopping?»

«Ma abbiamo fatto shopping per ore e adesso ho di nuovo fame. Fermiamoci a prendere un dessert.»

«Ti darò io il dessert» disse Bran e si chinò per rubarle un altro bacio.

«Non quel dessert. Non sto scherzando.» Ireland si premette la mano sullo stomaco. «Non ho mangiato molto a cena e ho bisogno di carburante per quello che hai in mente. Mi vuoi al meglio, no?»

Accidenti, aveva ragione.

Bran calcolò quanto ci sarebbe voluto per fermarsi. Era un bel dilemma. Soddisfarla con i dolci o facendo l'amore, dolcemente o anche no. «Non serve che ci fermiamo in negozio. Ho le uova in frigorifero.»

Ireland gli diede uno schiaffo sul braccio. «Bran Cade, le uova non sono un dessert!»

Bran sapeva quando era sconfitto. Guidò fino al supermercato e gettò nel carrello ogni tipo di dessert dolce e cremoso, facendo fretta a Ireland quando lei si soffermava in qualche posto.

Prese il pacchetto di biscotti che lei aveva in mano e lo gettò sul carrello.

«Oh, mio Dio, sei ridicolo. Abbiamo appena fatto sesso... *Oh*.»

«Esattamente.»

«Ma hai fatto senza molto più a lungo di così.»

Bran sbuffò. «Anni, se chiedi ai miei fratelli. Non è quello il punto.»

«E qual è il punto?»

Bran allungò la mano e le afferrò il sedere. «La mia donna è *sexy*.»

Ireland sorrise e poi il sorriso svanì dal suo volto.

«Che cosa ho detto?» Bran scaricò il carrello sul nastro trasportatore. «È stato perché ho detto che sei la mia donna? Posso anche non chiamarti così, se non ti senti a tuo agio.»

«Mi è piaciuto che mi abbia definito la tua donna. Fin troppo. Sto aspettando che succeda qualcosa di brutto. Le cose sono troppo perfette.»

Erano di fronte al cassiere adesso e Bran aspettò finché uscirono, con i sacchetti in mano, prima di rispondere. «Non succederà niente di brutto. Finora non ti conoscevo e adesso le cose sono perfette perché ti ho trovato.»

«Saresti stato pronto se mi avessi conosciuto anni fa?»

Ireland meritava una risposa sincera. «Mi piacerebbe pensare di sì. Sei sempre tu. È più della tua bellezza. È la tua intelligenza, il tuo senso dell'umorismo, i tuoi occhiali...» disse sorridendo.

Ireland scosse la testa. «L'unico uomo a cui piacciono i miei occhiali.»

«Ne dubito. Probabilmente c'è un sito porno dedicato alle ragazze sexy con gli occhiali. È un feticcio.»

Ireland lo guardò diffidente. «Il tuo feticcio?»

Bran gettò le compere nell'auto. «Non ho mai avuto un feticcio finché non sei entrata nella mia vita. Adesso ho un feticcio: Ireland.»

Il sorriso che gli rivolse fu così brillante che il suo cuore perse un battito.

«Mi sarei innamorato di te in qualunque momento ci fossimo incontrati» disse Bran.

Avevano appena cominciato a uscire ufficialmente insieme. Non voleva spaventarla. Ma era quello il punto... Non aveva mai avuto una ragazza fissa. Aveva preferito incontri casuali. Fino a Ireland.

Lei era diversa. Intelligenza, umorismo e irriverenza erano solo alcune delle qualità che ammirava in lei. Aveva un profumo incredibile e la sua pelle era la più morbida che avesse mai toccato. E gli piaceva il modo in cui si adattava a lui, accoccolata contro il suo corpo. In un certo senso era tutto ciò di cui aveva bisogno e tutto ciò che non aveva saputo di volere.

E adesso che era sua, non l'avrebbe lasciata andare.

Capitolo Ventiquattro

«Che cosa farai?» Ireland era al telefono con il fratello maggiore, Gabe.

«Porterò il mio ragazzo al matrimonio di Cali» disse Ireland. «Beh, una volta che glielo avrò chiesto. Perché?»

«Chi diavolo è questo tizio?»

«Sei un tale somaro, Gabe. Sono una donna adulta. Non puoi semplicemente essere felice per me?»

«Quando l'avrò conosciuto e avrò capito quali sono le sue intenzioni.»

«Giusto, perché siamo nel 1800. Sei ridicolo.» Ireland guardò dall'altra parte del soggiorno di Jaeg e alzò gli occhi al cielo quando Cali inarcò le sopracciglia. «Hai sentito quello che ti ho detto prima di concentrarti sulla mia situazione sentimentale? Cali ha anticipato la data delle nozze. Riuscirai a venire o no?»

«Così, all'ultimo momento, potrei aver già degli impegni.»

Ireland si strinse la radice del naso. «È il motivo della telefonata, perché ho bisogno che controlli la tua agenda.

Che cosa diavolo ti è preso oggi? Sei più scontroso del solito.»

Gabe brontolò: «Jennifer sta cercando di incastrarmi. Vuole che ci fidanziamo».

«Gabe, stai con quella donna da tre anni e avrai trent'anni tra poco. Non vuoi stare con lei?»

«Con lei, sì. Sposato... Non ne sono sicuro. E decisamente non mi piacciono le pressioni che sta facendo.»

Cali le fece segno di tagliar corto.

«Guarda, devo andare» disse Ireland. «Avendo anticipato la data delle nozze, Cali ha bisogno del mio aiuto. Fammi solo sapere se riesci a venire. Jake non può perché è all'estero ma ci sarà Lucas. Quindi, se non ti farai vedere, deluderai i tuoi fratelli e Cali. Ma non ti sto facendo pressione.»

«E adesso, chi è la stronza?»

«Vieni per il matrimonio di Cali e cerca di decidere che cosa vuoi con Jennifer. Se non vedi un futuro con lei, lasciala andare. Le ovaie di una donna durano solo fino a un certo punto.»

«Non cominciare anche tu.»

«Sei un medico; sai come funzionano queste cose.»

«Esattamente, e non ho bisogno che me lo ripetiate tutti i giorni.»

«Se Jennifer ti sa facendo pressioni vuol dire che è veramente frustrata. Non posso dire di biasimarla.»

«Che cos'è successo alla lealtà verso i familiari?»

«Io sono leale. Solo non riesco a capire perché tutto questo melodramma se la ami.»

Gabe restò in silenzio. «Di' a Cali che ci sarò.»

«Con Jennifer?»

«Non lo so.»

«Okay, beh, in bocca al lupo. Fammi sapere se ti serve qualche altro mio favoloso consiglio.»

«Ne farò a meno» rispose Gabe, irritato.

Ireland rise e chiuse la chiamata. «Verrà» disse a Cali.

«Bene» rispose Cali. «Ora vieni qua e aiutami con gli inviti. Abbiamo ancora oltre cento indirizzi da scrivere.»

Ireland si spostò dal divano al tavolo dove c'era Cali. «Perché non li hai fatti stampare?»

«Perché Pinterest dice che scriverli a mano è il modo più tradizionale.»

«Beh, se lo dice Pinterest...»

Cali aggrottò la fronte. «Non rompere. Sono già stressata.»

«Mi dispiace, i miei fratelli mi innervosiscono. Sono qui per aiutarti. Che cosa posso fare?»

Cali le porse la prima busta dalla pila e prese un foglio di carta. «Comincia con questi indirizzi, per favore.» Cali la guardò quando Ireland si sedette al tavolo e prese una penna. «Allora, porterai Bran come tuo accompagnatore?»

«Stavi origliando?»

«Assolutamente...»

«Abbiamo una... relazione. Lui mi definisce la sua donna.» Il pensiero che Bran fosse il suo uomo le faceva sentire le farfalle nello stomaco.

Cali appoggiò la penna. «Tu come lo chiami?»

«Il mio uomo?»

«Sei sicura di quello che provi per lui? Perché mi sembri esitante.»

Ireland smise di scrivere e guardò sua cugina. «Bran è meraviglioso. Mi piace che mi dica che sono la sua donna e sono orgogliosa di portarlo come accompagnatore. Solo...»

«Cosa?»

«Mi preoccupo, perché non ha mai avuto una ragazza fissa prima d'ora.»

«Non aveva trovato la donna giusta. È fedele?»

«Sì.»

«Ed è gentile, pensa a te e fa programmi per stare insieme? Ti fa sentire speciale?»

«Sì a tutte le domande e anche di più. È meraviglioso. Non conoscevo questo lato di lui e adesso mi sto innamorando in fretta.»

Il sorriso di Cali divenne enorme. «Ce l'ho ancora.»

«Di che cosa stai parlando?»

«L'avevo predetto. Ti ho spinto verso Bran e voi due vi siete innamorati.»

Erano innamorati?

«Aspetta un momento» disse Ireland. «Tu mi hai spinto in direzione di *Hunt*, non di Bran.»

«Davvero?»

Ireland scosse la testa. «Non potevi assolutamente sapere che sarei finita con Bran. Eri malata e doveva essere Hunt a pilotare la barca quel giorno.»

Cali si alzò e tese una mano, ammirando la manicure. «Come ho detto, l'avevo previsto. Forse non l'avevo programmato alla perfezione, ma sapevo che gli piacevi.»

Cali e le sue manie... «Basta parlare di me e Bran» disse Ireland. «Abbiamo un matrimonio da organizzare. Che cosa ci resta da fare? Non riesco a credere che abbia fissato il matrimonio tra due settimane. La gente avrà abbastanza tempo per organizzare il viaggio?»

«Ho mandato un'e-mail a tutti indicando la data e avvisandoli che l'invito formale sarebbe arrivato presto.» Cali smise di scrivere e alzò gli occhi. «Non potevo aspettare ancora. L'indecisione mi stava facendo impazzire.»

«Lo so, ero presente» disse Ireland ridendo. Cali le

diede un'occhiataccia. «Seriamente, però, penso che sia stata la mossa giusta, tenere la cerimonia a casa dei genitori di Jaeg. Da quanto mi hai detto, è un'ambientazione idilliaca.»

Cali sospirò. «Sì. E i Lang hanno assunto una wedding planner per aiutarmi con l'assegnazione dei posti, il cibo e praticamente tutto ciò di cui avrò bisogno. Dovrei incontrarla domani. Adesso devo solo trovare l'abito da sposa.»

«Dovrebbe essere divertente.»

«Vuoi venire? Potesti provare l'abito da damigella d'onore.»

Ireland spalancò gli occhi. «Sono la tua damigella d'onore?»

Cali sorrise. «Accetti? Anche Gen è una damigella.»

Ireland si alzò e abbracciò sua cugina, che era ancora seduta. «Mi piacerebbe. Sei la sorella che non ho mai avuto e, gente, se ne ho bisogno con tutti i miei fratelli tra i piedi. Se non fosse per te, li avrei uccisi tanto tempo fa.»

«Sono contenta di averti tenuto fuori di prigione. Ma non so perché litighiate. Io adoro i tuoi fratelli.»

«Perché non hai mai dovuto vivere con loro.»

«Vero. Che ne dici di andare a fare shopping tra un paio di giorni? Gen prenderà una giornata libera dal lavoro e dall'università per venire con me. Te l'ho detto che adesso sta lavorando al suo post-dottorato?»

«No, ma è favoloso. Buon per lei. E sì, mi assicurerò di essere disponibile. Mi prenderò una giornata libera se necessario.»

«Eccellente!» Cali guardò le buste ancora intonse sul tavolo. «Andiamo a prendere i gioghi. Qui ci vorrà ancora un bel po'. Dobbiamo sostenerci.»

«Se beviamo, gli indirizzi cominceranno a essere storti. Non posso prometterti di avere la mano ferma con un accesso diretto al vino.»

«Pinterest dice che devono essere scritti a mano, non che devono essere perfetti. E ho bisogno di un bicchiere dopo i duecento indirizzi che ho scritto.» Cali fletté le dita. «Credo mi stia venendo la sindrome del tunnel carpale.»

«Oddio, quanta gente avete invitato?»

«Trecento. Ma, come hai detto, è una cosa dell'ultimo minuto e non tutti riusciranno a venire.»

«Spero che i genitori di Jaeg siano pronti per la folla.»

«Stai scherzando? Ho dovuto insistere per scendere sotto i quattrocento ospiti. Volevano invitare l'intero contingente austriaco. Ci siamo accordati su zie, zii e primi cugini.»

Cali si alzò e andò a frugare in un cassetto della cucina. Prese il suo porta-bicchieri ingemmato e ne passò uno azzurro vivo a Ireland. I porta-bicchieri erano un accessorio obbligatorio nella cucina di Cali.

Aprì una bottiglia di vino rosso e riempì due bicchieri. «Che si cominci a scrivere e bere!»

Oh gente.

Capitolo Venticinque

«Indovina che cos'è arrivato?» disse Bran al telefono mentre andava verso il parcheggio. Superò il pro-shop e alzò la testa salutando Wes in piedi sulla porta con Harlow in braccio. Deviò per avvicinarsi e piantò un bacio sulla guancia grassoccia di Harlow, poi continuò a camminare.

«Ehi!» urlò Wes. «Dov'è l'incendio?»

Bran alzò una mano senza voltarsi. Non aveva tempo di parlare con suo fratello, anche se avrebbe voluto passare un po' di tempo con Harlow. Si sarebbe rifatto con una visita a sua nipote più tardi. In quel momento, aveva cose importanti da fare con la sua donna.

«Quali mobili?» chiese Ireland, in tono quasi distratto. Poteva sentire in sottofondo le sue dita che volavano sulla tastiera.

Ireland aveva lavorato fino a tardi le ultime sere mentre lei e il suo capo organizzavano il progetto per Las Vegas. Stava anche aiutando Cali per il matrimonio che si stava avvicinando molto in fretta. Quindi, fondamentalmente, Bran riusciva a vederla solo a letto. Non si lamentava, ma gli piaceva anche passare del tempo di qualità con la sua donna fuori dalla stanza da letto. Anche se, in quel momento, tutto ciò cui poteva pensare era fare l'amore con lei, quindi auguri.

«Il tavolo e le sedie» le disse. «Sai che cosa significa?»

«Che finalmente potremo mangiare seduti a tavola?»

Bran ridacchiò. «Hai così poca immaginazione? Sto andando a casa. Raggiungimi lì e di mostrerò che cosa ho in mente.»

Il rumore della tastiera in sottofondo si interruppe di colpo. «Avevo intenzione di finire alcune cose...»

«Sembri indecisa. Ho preso da mangiare al Prime e dirò solo: tortini al cioccolato fuso.»

«Accidenti a te.» Ireland emise un lungo sospiro. «Quanti tortini?»

«Uno per ciascuno. E panna montata, quella vera.»

«Sarò lì tra un quarto d'ora.»

«Tutto quello a cui servo è il dessert? Che ne dici della mia bella faccia e la mia indole incantevole? Non vuoi passare un po' di tempo con il tuo uomo?»

Ireland abbassò la voce: «Ho passato tutte le notti a casa tua questa settimana, e non è perché dormo meglio». Bran sentì il sorriso nella sua voce. «La tua bella faccia e la indole incantevole sono troppo potenti.»

«Ti stai lamentando?»

«No. Ma uno di questi giorni dormiremo per 14 ore filate. E intendo dire dormire, non fare le altre cose che stiamo facendo a letto.»

«È un concetto interessante. Lo prenderò in considerazione. Hai portato una borsa per la notte in ufficio?»

Lei esitò. «Forse.»

Bran lo considerò un sì. «Mi piace una donna preparata. Ci vediamo tra poco.»

* * *

Ireland bussò alla porta di Bran. Aveva le spalle rigide dopo essere rimasta seduta tutto il giorno alla scrivania.

Bran aprì la porta e la salutò con un sorriso, aveva ancora i capelli bagnati sulle punte dopo la recente doccia. Il profumo di uomo pulito e di sapone la investì a ondate. Bran indossava una t-shirt aderente e jeans che scendevano bassi sui fianchi ed era a piedi nudi.

E cominciarono a volare le farfalle. Già, niente sonno quella notte. Non importava. Quell'uomo era irresistibile e voleva leccarlo.

Il sorriso di Bran si fece più ampio e le fece l'occhiolino.

Okay, lei era così stanca che lo stava adocchiando in modo non così discreto.

«Lascia che la prenda io» disse Bran prendendole la borsa.

Ireland entrò in casa, che sembrava meno vuota una settimana dopo l'altra, con l'aggiunta di un divano, del tavolo e delle sedie di cui Bran le aveva parlato al telefono. La zona pranzo era sulla sinistra del soggiorno, con una finestra che dava sulla foresta e il cortile. Dove avevano fatto sesso bollente.

Sentì la faccia che si arrossava, accidenti ai suoi lineamenti da rossa. La tradivano tutte le volte. Bran aveva apparecchiato sul tavolo nuovo. «I mobili sembrano belli, ma il cibo... Ho dimenticato di mangiare a pranzo e il cibo ha un odore che promette meraviglie.»

Bran appoggiò la borsa di Ireland ai piedi della scala e si avvicinò da dietro, spingendole di lato i capelli e baciandole la nuca.

Ireland rabbrividì a quel tocco. «Non cominciare» disse. «Sono seria. Sto per svenire dalla fame.»

«Non è accettabile.» Le indicò di sedersi a tavola. «È tutto pronto per te.»

Perché stava pensando che stesse parlando di più del cibo? Perché era uno sporcaccione, ecco perché, e i suoi occhi scintillavano di malizia. Cosa che non la disturbava affatto.

Bran entrò in cucina. «Che cosa ti porto da bere?»

«Vodka» disse Ireland.

Bran alzò un sopracciglio. «Giornata pesante?»

Ireland prese un coltello e una forchetta, poi si fermò. Avrebbe voluto afferrare con le mani l'enorme bistecca che c'era sul tavolo e ficcarsela in bocca, ma le buone maniere...

«Comincia pure» disse Bran. «Arrivo tra un minuto.»

«Non ne hai idea» disse Ireland, rispondendo alla sua domanda iniziale e tagliando un boccone della carne succulenta. «Uno dei motivi per cui non ho mangiato è perché ho passato un'altra pausa pranzo cercando abiti da damigella con Cali e Gen. Si potrebbe pensare che Cali sia ossessionata per il suo abito da sposa, invece no, deve impazzire per gli abiti delle damigelle. «Prugna o azzurro argento? Lungo o corto?»

«Che colore ha scelto alla fine?» Bran le mise davanti un bicchiere di vodka.

«Abito lungo, asimmetrico, con il collo a V, color cappuccino rosato.» Ireland si mise in bocca un boccone di bistecca e chiuse gli occhi estasiata. Nella stanza cadde il silenzio e lei sbatté gli occhi.

Bran le stava fissando la bocca. «Innanzitutto, quando mugoli in quel modo con gli occhi chiusi, mi dai delle idee e hai detto che prima volevi mangiare. Secondo, non ho assolutamente idea di che cosa hai descritto. State progettando una casa o scegliendo un vestito?»

«Scegliendo un vestito. E non preoccuparti. Non c'è

bisogno che sappia che cosa significa. Purché mi dica che mi sta benissimo quando sarà il momento. Sarai tu il mio accompagnatore al matrimonio di Cali, vero?»

Bran si sedette accanto a lei, con una bottiglia di Blue Moon in mano. Si chinò e le baciò le labbra. «Mi piacerebbe essere il tuo accompagnatore.»

Ireland deglutì il cibo e sorrise. Era la ragazza più fortunata del pianeta. Occupata o no, che dormisse o meno, andava tutto bene perché era più felice di quanto lo fosse stata in vita sua.

Bran cominciò a mangiare il cibo che aveva nel piatto e chiacchierarono delle loro giornate. Ireland pensò che ciò che c'era tra di loro era qualcosa di vero. Aveva avuto delle relazioni, ma con Bran erano una coppia. Lui la sosteneva e lei sosteneva lui. E poi, quando i loro corpi si univano... Fuochi d'artificio.

Ireland si schiarì la voce. Aveva appena finito il tortino al cioccolato fuso e si sentiva calda e soddisfatta, cosa che la portò a pensare ad altre cose... «Allora» disse, passando le dita sul tavolo nuovo. «Ti piace il tavolo?»

Lo sguardo di Bran seguì le dita mentre beveva un sorso di birra, dopo aver finito il proprio cibo di gran lunga prima di lei, nonostante avesse cominciato dopo a mangiare. «Hai fatto un bel lavoro scegliendolo.»

Ireland appoggiò la testa sulla mano. «Ho solo aiutato.»

Bran tamburellò le dita sul tavolo, con lo sguardo fisso sulla bocca di Ireland. «L'aspetto non è il fattore determinante di un mobile di qualità.»

«No?»

«Forse dovremmo sottoporlo a una prova da stress. Sai, per verificarne la resistenza nel tempo.»

Ireland appoggiò il dito sul labbro inferiore, come se

stesse prendendo in considerazione il suggerimento. «Non vorremmo certo avere dei mobili fragili.»

Bran risucchiò il fiato e si alzò di colpo. Cominciò a spostare le cose dal tavolo all'isola della cucina. Prima che Ireland potesse aiutarlo, aveva sparecchiato e stava gettando i tovaglioli sul pavimento.

Poi andò da lei. «Ora, dove eravamo rimasti?» disse e la prese tra le braccia. «Ah, già, collaudare i nuovi mobili.»

Bran le mise le mani dietro le gambe, la sollevò e la depose gentilmente sul tavolo. «Finora va tutto bene.» Premette le mani sul tavolo di lato ai suoi fianchi, come se stesse controllandone la resistenza.

Ireland disse ridendo: «È nuovo di zecca, e se lo rompessimo?».

Bran la guardò tutto serio. «Non posso avere un tavolo fragilino. Rovinerebbe il mio alone di virilità.»

Ireland si piegò in avanti e cominciò a ridere, ma anche Bran stava sorridendo... mentre le toglieva la camicetta un bottone per volta.

«Non hai le tende. Chiunque potrebbe guardar dentro.»

«Chi?» mormorò Bran sopra la curva del suo seno, in mostra ora che le aveva slacciato a metà la camicetta. «Lì fuori non c'è niente, tranne alberi e orsi.»

«Orsi?»

«Mmm mmm» rispose Bran, slacciando il resto della camicetta e togliendogliela. Curvò le mani sopra i suoi seni.

Ireland si chinò all'indietro e Bran si mise tra le sue gambe, premendo contro il suo corpo. «Quindi gli orsi ci stavano guardando mentre facevamo sesso sul pianale del tuo pickup?» disse Ireland, con la voce che divenne uno squittio quando Bran chiuse la bocca su un capezzolo attraverso il reggiseno.

«Probabilmente stavano facendo il tifo per noi»

mormorò contro la pelle delicata, facendo esplodere piccole scintille tra le sue gambe.

Impaziente, volendo togliere la barriera dei vestiti, Ireland cercò di slacciare il reggiseno, ma Bran arrivò per primo, riuscendoci con una mano sola.

«Come fai a conoscere questi trucchi? Non sei un donnaiolo.»

«No, sono uno che ama le donne.» Avvolse le mani intorno ai seni nudi e li leccò e adorò con la bocca.

Ireland smise di resistere e si sdraiò completamente sul tavolo. Sentì il rumore della cerniera dei pantaloni neri che si apriva e Bran che li abbassava lungo le gambe, insieme alle mutandine.

Bran le fece scivolare il sedere fino al bordo del tavolo e poi le spinse in alto le ginocchia.

Ireland guardò in basso e vide l'immagine più sexy di sempre. La testa di Bran tra le sue gambe, lui si leccava le labbra fissando la sua parte più intima. E poi ci fu la sua bocca e lei cominciò a contorcersi.

«Un'altra cosa... in cui in teoria... tu non dovresti essere così bravo» disse Ireland tra un respiro ansimante e l'altro.

Bran baciò la piega tra la sua gamba e il centro del suo essere. «Potrei andare avanti tutto il giorno.»

Ireland rovesciò gli occhi. «Fai pure.»

Ma non gli ci volle tutto il giorno, perché un minuto dopo, la sua lingua e le sue dita magiche le avevano fatto raggiungere l'acme e stava gemendo il suo orgasmo.

Ireland tornò lentamente sulla terra dopo l'orgasmo esplosivo e gli rivolse un sorriso pigro. Poi aggrottò la fronte. «Perché sei ancora vestito?»

«Perché eri troppo occupata a goderti le mie attenzioni per curartene.»

«Vero, e ti ringrazio. Ma adesso ti voglio nudo.»

«Ogni tuo desiderio è un ordine.» Afferrò la t-shirt per il collo e la tirò sopra la testa, lasciandola cadere sul pavimento e dando a Ireland una vista spettacolosa delle sue spalle ampie e muscolose, dei pettorali tonici e degli addominali definiti.

Lo voleva dentro di sé, subito possibilmente.

Bran slacciò il bottone dei jeans e li fece scivolare lungo le gambe, senza smettere di guardarla. Niente mutande.

Ireland sentì la bocca secca. «Niente intimo?»

«Ti crea qualche problema?»

Lei scosse la testa. «Per niente.» Era lungo e duro e pronto per lei. «Mi stai uccidendo con il tuo spogliarello lento.» Fece per sedersi, immaginando la bocca su di lui, quando Bran le premette una mano sulla pancia, tenendola dov'era.

La baciò e si posizionò alla sua entrata. L'altra mano passò dalla pancia alla schiena e la tirò in avanti, obbligando i seni a sollevarsi. E poi la penetrò, succhiandole il collo.

Il tavolo tremò, il suo corpo tremò e stava arrivando un altro orgasmo. «Si romperà?» sussurrò Ireland.

«Non mi interessa.» Bran si spostò appena, arcuandole la schiena e lei cominciò a sciogliersi.

Il suo corpo pulsò e Bran accelerò, continuando a spingere. Ireland stava cadendo, gridando, liquefacendosi intorno a lui.

Un attimo dopo, Bran le morse leggermente la spalla, grugnendo il proprio orgasmo.

E fu in quel momento che Ireland se ne rese conto, nonostante la nebbia di un orgasmo di proporzioni epiche: non avevano usato un preservativo.

E lei non prendeva anticoncezionali.

Merda.

Capitolo Ventisei

Bran non si era mai sentito meglio in vita sua. Era ancora dentro Ireland, con il corpo che vibrava di piacere residuo. E, ehi, il tavolo non era crollato. Era un bonus.

«Non l'abbiamo rotto» disse con la voce sonnacchiosa. Ireland era sdraiata sulla schiena e Bran era sopra di lei. Il suo magnifico seno era il migliore dei cuscini.

«Sembra... robusto.»

Bran alzò la testa. «Ti sto schiacciando?»

«No, mi piace sentirti sopra di me. E dentro di me.»

«Mmm. Potremmo andare di sopra, spostarci in un posto più confortevole.»

«Bran, aspetta. È quello il problema.»

«C'è un problema?» Le controllò il corpo, chiedendosi se non le avesse fatto male.

«Il fatto è che... eravamo un po' troppo comodi. Non hai usato il preservativo.»

La testa di Bran si svuotò. No, realmente no. Era più come se stesse viaggiando a migliaia di chilometri all'ora e diventasse sfocata mentre ritornava sui suoi passi. Aveva fatto una doccia, aveva evitato di mettersi i boxer per avere un accesso più immediato e aveva preso dei preservativi dal bagno. Li aveva messi sul letto, con l'intenzione di infilarsene uno in tasca più tardi. Ma non l'aveva mai fatto. I preservativi erano ancora sul suo letto.

Era stato talmente contento di vedere Ireland che era sceso di corsa dalle scale quando l'aveva sentita bussare e aveva completamente dimenticato i preservativi. Era stato così ansioso di averla, sul tavolo, sul suo letto che aveva perso la testa e non aveva usato niente.

Bran si staccò da Ireland e afferrò i jeans, tirandoli su come se coprirsi potesse cancellare l'errore. «*Cazzo.*»

Ireland si sedette e si coprì il seno, con il resto nudo. «L'ho dimenticato anch'io.»

Come aveva fatto a dimenticarsene? Non se ne dimenticava mai...

«Bran... È okay.»

Bran si voltò a guardarla. «No, non è okay.» Il suo tono era duro ma le parole erano uscite prima che potesse fermarle.

Ireland trasalì e scivolò giù dal tavolo, cercando i vestiti. «Dovrei andare.»

«No.» Bran si passò le mani nei capelli. «Mi dispiace. Solo... non faccio mai questo errore.»

Lei alzò gli occhi. «Una volta l'hai fatto.» Sul volto di Bran passò un'espressione addolorata. «Mi dispiace. È stato crudele.»

«Ma vero.»

Ireland si rimise i vestiti. «Non siamo bambini. Andrà tutto bene. È successo una sola volta. Non è garantito che...»

Gravidanza... un bambino?

Bran annuì rigido, ma non si sentiva rassicurato.

Com'era possibile che tutto fosse andato così storto? La

serata era passata dal sentimento di vicinanza più potente che avesse mai provato con una donna a tutto che andava a rotoli in un batter di ciglia.

«Me ne vado» disse Ireland che sembrava persa.

Bran si avvicinò e l'abbracciò. «Mi dispiace. Ero furioso con me stesso, non con te. Hai ragione. Andrà tutto bene.» Ma le parole sembravano vuote perfino alle sue stesse orecchie.

«Dovremmo dormire ciascuno nel suo letto stanotte. E dormire veramente. Siamo entrambi esausti e probabilmente ha contribuito stasera.»

Bran distolse gli occhi. La voleva nel suo letto. Voleva tenerla abbracciata. Ma voleva anche avere il tempo di venire a capo di un errore che non faceva da 10 anni e che era stato sicuro di non ripetere mai. «Hai ragione. Ti ho tenuta alzata fin troppo tardi questa settimana.»

Ireland annuì, ma non prima che Bran intravedesse un'espressione delusa sul suo volto.

Aveva fatto casino. Di nuovo. «Ireland...»

Lei prese la borsa che era rimasta accanto alle scale e alzò gli occhi.

«Vuoi che ti accompagni a casa?»

Sul volto di Ireland apparve un sorriso forzato, non c'era luce nei suoi begli occhi verdi. Scosse la testa. «Ho la mia auto.»

Bran guardò il soffitto, voleva dire qualcosa, qualunque cosa, mentre lei andava alla porta. «Starai bene?»

Lei si fermò, con le dita sulla maniglia. «Starò bene.»

Ma Bran non le credette. Li aveva messi in una situazione in cui dovevano prendere in considerazione che cosa fare nel caso di una gravidanza non programmata. Aveva deluso se stesso. Aveva deluso lei. E non sapeva se sarebbe riuscito a perdonarsi.

Capitolo Ventisette

Dormire? Perché aveva pensato che avrebbe dormito meglio senza Ireland?

Bran si era girato e rigirato nel letto per tutta la notte, rivivendo il piacere sconvolgente che aveva sperimentato con Ireland, ora distorto dal senso di colpa.

Succedeva. La gente si lasciava prendere dal momento e ignorava o dimenticava di usare una protezione. Ma non Bran. Non dopo aver imparato la lezione quando era alle superiori e aveva quasi rovinato la vita a una ragazza. Dio solo sapeva che effetti duraturi avesse avuto su di lei la sua noncuranza. E l'aveva fatto di nuovo. Solo, questa volta con una donna di cui si stava innamorando.

Ireland era diventata una luce nella sua vita. Quella donna bella, divertente, sexy gli era caduta in grembo... E lui aveva messo entrambi in una posizione compromettente.

Bran entrò al Prime continuando a rimuginare su come aveva potuto commettere un errore così stupido, quando la responsabile del turno di giorno gli si parò di colpo davanti.

«Ehi, Jacky» disse Bran. «Va tutto bene?»

Jacky lo guardava nervoso, torcendosi le mani. «Non proprio.»

Eccellente. «Posso fare qualcosa?»

«È il sistema di ordinazioni. Stiamo avendo nuovamente dei problemi, solo che questa volta sono peggiorati.»

Bran aggrottò la fronte. «Andava tutto bene, non abbiamo avuto problemi da quando è stato rifatto.»

«Non lo capisco nemmeno io, ma c'è qualcosa che non va. Abbiamo avuto duecento ordini sbagliati questa mattina e la parte finanziaria è un disastro.»

«*Duecento?*» disse. «Com'è possibile? Sono appena le dieci.»

Jacky scosse la testa. «Non lo so, ma stiamo ricevendo telefonate infuriate da tutta la mattina. Ordini sbagliati. Problemi di sovrafatturazione.»

Bran digrignò i denti. «Spegnetelo.»

«L'ho fatto un'ora fa, ma gli ordini...»

«Sistemateli» disse. «Restituite i soldi. Chiama i responsabili fuori servizio e fai in modo che ti aiutino a sistemare questo casino.»

Jacky annuì, ma la tensione era evidente sul suo viso.

Bran stiracchiò il collo, facendo schioccare i tendini. «Quante sono le perdite?»

«Circa diecimila, più il costo del cibo e la spesa del servizio di consegne, più il mancato utile.»

Quindi, praticamente tutto l'incasso della mattinata di tutti e quattro i ristoranti.

In passato avevano ricevuto ordini da portar via e da consegnare in mattinata, ma non duecento. «Chiamerò la società del software. Scoprirò che cosa sta succedendo.» Anche se proprio non sapeva come avrebbe fatto la Tech Banquet e sistemare la faccenda. Era il lavoro di Ireland.

Ireland. *Cazzo.* Non l'aveva chiamata dopo che se n'era

andata la sera prima. E adesso doveva spegnere un maledetto incendio al club. Un incendio di cui poteva essere lei la responsabile.

Non aveva nessuna intenzione di chiamare Ireland per parlargliene. I rapporti tra di loro erano già difficili dopo il modo in cui si era comportato la sera prima. Avrebbe cercato di sistemare le cose da solo.

La Tech Banquet reagì immediatamente alla chiamata di Bran, inviando un nuovo programmatore. Avevano licenziato James quando Bran aveva descritto il suo comportamento e il coinvolgimento della polizia. Non era una sorpresa. Ma in qualche modo, i problemi che avevano quella mattina sembravano stranamente familiari.

Com'era possibile che il programma avesse gli stessi problemi di prima che Ireland lo riscrivesse? Non c'era nessun collegamento diretto con la Tech Banquet. Il programma girava sui server del Club Tahoe. Niente aveva senso.

Il nuovo programmatore passò la giornata a guardare gli ordini sbagliati e il programma scritto da Ireland. «Arrivano chiamate da tutto il Lago Tahoe, perfino dalla riva nord» disse il tizio. «Normalmente ricevete ordini da così lontano?»

«No, solitamente no. È possibile che ce ne sia qualcuno, ogni tanto, ma di solito durante le ore dei pasti.»

Il tecnico si strofinò la guancia. «È strano.»

«Che c'è di strano?» Eccetto tutto riguardo quella giornata, pensò Bran.

«Oltre agli ordini che arrivano dai soliti posti, ci sono diversi numeri di telefono in elenco, ma con indirizzi diversi. E le fatture non sono perfettamente coerenti. Gli addebiti sono lievemente maggiori rispetto alla fattura.»

«Quindi stiamo rimborsando più del costo?»

«Beh, sì, ma non molto, un dollaro o poco più al massimo.»

Bran fece un respiro profondo. «Proprio come la volta scorsa.» Perché cazzo aveva comprato quel fottuto sistema? «Può sistemarlo?»

«Sì, ma non immediatamente. Ci vorranno una settimana o due.»

«E la Tech Banquet coprirà le spese?»

Il tizio si agitò un momento, proprio come aveva fatto Jacky. «In effetti no, il mio capo ha detto che avete assunto un consulente che ha riscritto il programma. Dovremo addebitarvi le mie ore.»

«È stata la Tech Banquet ad assumerla come consulente» disse Bran. Ma l'aveva raccomandata lui... e l'aveva pagata lui. *Porca miseria.*

Il programmatore alzò le mani. «Io sono solo il messaggero.»

Bran si precipitò fuori dal ristorante e andò nel lounge, dove quella sera si incontravano i suoi fratelli. Era ora di affrontare la cosa. I suoi fratelli non sarebbero stati contenti. Ma nessuno era più incazzato di Bran.

* * *

«Ancora?» disse Levi.

Bran tracannò la birra, tirando giù ancora un po' la visiera del berretto. Preferiva restare in incognito quando era fuori con i suoi fratelli, nel resort c'erano troppe groupie curiose riguardo ai ricchi fratelli che avevano ereditato quel posto. In quei giorni Hunt era l'unico che ne approfittava e Bran non voleva averci niente a che fare. Ultimamente, aveva dimenticato di portare il berretto, non doveva preoccuparsi delle groupie con Ireland nella sua vita. Ma quella sera aveva bisogno di essere coperto, mentalmente e fisicamente.

Il peso degli sguardi dei suoi fratelli quasi lo distrusse.

«Maledizione, Bran, siamo appena riusciti a riportare in attivo il club e adesso questa storia...» Era Wes. L'anno prima aveva salvato loro il culo con il torneo di golf. Wes era ottimista, pensava che avrebbero chiesto ancora di ospitarne uno. Solo non quell'anno.

Wes si rivolse a Levi ed Emily: «Quant'è brutta la situazione?».

«Non è terribile dal punto di vista finanziario,» rispose Levi, «ma potrebbe danneggiare la nostra reputazione di eccellenza.»

«È un intoppo, ma ce la caveremo» disse Emily. «Abbiamo dei nuovi programmi che hanno entusiasmato i nostri clienti. Grazie al Club dei Bambini, saremo al completo le nostre due prossime estati.»

«Ma i nostri nuovi clienti sono infuriati perché i loro ordini sono incasinati» borbottò Levi.

Avevano preso insieme la decisione di investire nei ristoranti e Bran non avrebbe permesso al fratello maggiore di dare tutta la colpa a lui. «La maggior parte degli ordini erano da consegnare. Non dovrebbe interessare i nostri clienti interni.»

Adam si rimboccò le maniche dopo aver messo la giacca sullo schienale della sedia. «È una consolazione.»

«Giusto» disse Bran. «Comportati pure come se ti importasse. Peggio appare il Club Tahoe meglio è per il Blue Casinò.»

«Ehi, somaro» disse Adam. «Possiedo anch'io una parte del Club Tahoe. Ho tutte le ragioni di volere che faccia utili.»

Hunt alzò una mano. «Tutti quanti, datevi una calmata.

Bran, hai fatto un casino, ma lo sistemeremo. Lo facciamo sempre.»

«E questo che cosa vorrebbe dire? Non sono io il casinista in questa famiglia.»

Hunt si chinò in avanti, con un'espressione dura. «Ho forse detto che lo sei? So che pensate tutti che sia io la mina vagante, ma nessuno di voi è un angelo.»

Nessuno reagì al commento di Hunt. Probabilmente perché aveva ragione.

Hunt era il fratello che si ficcava più spesso nei guai. Ma era anche il fratello che aveva avuto l'idea del programma per i bambini, che in quel momento stava salvando loro il culo e stava portando nuovi clienti. Quindi sì, erano stati duri con lui. E purtroppo, quando non stava lavorando, Hunt aveva ricominciato con i suoi giochetti con le donne. Era un bersaglio facile.

«Scusami» disse Bran. «Sono furioso con me stesso, non con te. Mi sono preso delle libertà, ultimamente, e la cosa mi si è ritorta contro.»

«Libertà?» Emily guardò Levi, che scosse la testa, confuso.

«Nella mia vita personale» disse Bran. «Non ho fatto del club una priorità.»

«Bran,» disse Wes, «non lo fa nessuno di noi. Puoi avere una vita privata. In effetti...» Si guardò intorno, guardando i fratelli negli occhi. «Siamo tutti lieti che tu ne abbia finalmente una. Ireland è una ragazza super.»

«Ireland? La programmatrice?» disse Emily guardando Levi. «Perché non mi tieni al corrente di questa roba?»

«Non lo sapevo.» Levi guardò male gli altri. «Smettetela di mettermi nei guai.»

«Non è colpa nostra se non presti attenzione alla vita amorosa di Bran» disse Wes.

Adam sorseggiò il suo Martini. «Li ha messi insieme Hayden. Mia moglie sa quello che fa.»

Hayden poteva anche aver aiutato, lasciando del tempo libero a Ireland per fare da consulente a Club Tahoe, ma era stata la crociera che aveva dato origine a tutto. Il lavoro da consulente aveva solo acceso il fuoco.

Era servito solo quello, la vicinanza. Una volta vicina, Bran non era riuscito a lasciarla andare. Ma adesso aveva incasinato tutto.

«Sì, beh, adesso devo dirle che il suo programma ci è appena costato diecimila dollari e la reputazione del resort.»

«Stai puntando a dormire nella cuccia del cane? Altrimenti ti suggerisco una tattica diversa.»

Bran lo guardò storto. «Che alternativa ho? È quello oppure dovremo pagare la Tech Banquet chissà quanto per riscrivere nuovamente il programma.»

«Ireland è intelligente» disse Adam. «Non so che cosa stia succedendo con il software, ma lo sistemerà. Al Blue sta facendo faville. I miei capi baciano la terra su cui cammina.»

Bran tirò giù la visiera del berretto. Non sapeva che cosa pensare. Tutto ciò che sapeva era che Ireland aveva riscritto il programma e adesso il Club Tahoe era messo peggio di prima.

Capitolo Ventotto

I fratelli di Bran uscirono dal lounge un'ora dopo ma lui rimase. Doveva chiamare Ireland. Aveva rimandato per tutta la giornata. Prima perché c'era una crisi da risolvere, poi perché non voleva parlare con lei dei problemi del software. Aveva fatto un casino la sera prima. E adesso doveva dirle che il programma che aveva scritto era un disastro? Nessun uomo sano di mente avrebbe voluto trovarsi in quella situazione e Bran era una persona pratica.

«Ehi» disse quando Ireland rispose.

«Salve.» Sembrava depressa. Ciò che aveva da dire non l'avrebbe resa più felice.

«La tua giornata è andata bene?»

«Benissimo, e la tua?»

Perfetto, la loro relazione si era ridotta a scambiarsi convenevoli nel giro di ventiquattro ore. «Non è stata tra le migliori.»

«Già, ero piuttosto sconvolta dopo la sera scorsa.»

Bran si schiarì la voce. «Anch'io, ma... Non è l'unico motivo per cui ho avuto una pessima giornata. Purtroppo il programma che hai scritto ha cominciato a funzionare male questa mattina. L'abbiamo spento e ho chiamato la società. Ci vorranno settimane per ricostruirlo.»

«Aspetta, cosa?»

«Il programma ha indirizzato male duecento ordini questa mattina.»

«Non è possibile» disse Ireland.

«Non so che cosa dirti. È successo.»

«Vengo lì.»

Bran si raddrizzò sulla sedia. «Non c'è bisogno che venga. C'è un programmatore della Tech Banquet che ci sta lavorando.»

«Mi stai licenziando?»

«No, ovviamente no. Ma ti ho assunto tramite la Tech Banquet e loro hanno mandato qualcun altro.»

«Perché non mi hai chiamata per prima? Ho scritto io il programma.»

Forse perché si sentiva un grosso codardo?

«È una stronzata» disse Ireland. «E lo è stata anche ieri sera. Ma non posso preoccuparmene in questo momento.»

Normalmente, la rabbia di Ireland eccitava Bran. Ma in quel momento, sentì solo una stretta al petto. Non gli piaceva turbarla.

«Fammi un favore» disse. «Fai in modo che qualcuno mi faccia entrare perché possa vedere che cosa sta succedendo. Sarò lì tra venti minuti.»

«Farò di meglio. Ti farò entrare io stesso.»

Ireland sospirò. «Bene, ma questo non riguarda noi due e ciò che è successo ieri sera. Riguarda solo il programma.»

«D'accordo.» Anche se era più del solo programma. Riguardava anche altro, ma non aveva intenzione di scoperchiare quel nido di vespe.

* * *

Come aveva osato non chiamarla quando le cose erano andate male quella mattina? E dopo la sua reazione men che stellare all'incidente della sera prima. Ireland aveva voglia di strozzare Bran.

Tanto valeva che l'avesse incolpata di non avergli ricordato di mettere il preservativo la sera prima. Anche una donna poteva farsi prendere dal momento! Era quella sua maledetta bocca. Quello che le aveva fatto con la lingua l'aveva immersa in una nebbia orgasmica. Come faceva una donna a funzionare in quelle condizioni?

Avevano fatto un errore. Succedeva. Ma erano adulti, accidenti. Bran era così concentrato sul suo passato che non riusciva a vedere oltre quello per sostenerla e non pensare solo a se stesso. E adesso l'aveva bypassata su un programma che aveva scritto lei.

Il suo codice era impeccabile. L'aveva controllato e ricontrollato prima di attivare il software. Non voleva dire che lei non potesse commettere errori. Ma scavalcarla in quel modo e chiamare la Tech Banquet senza nemmeno consultarla? Non aveva proprio nessuna fiducia in lei?

Era tardi, quasi le dieci di sera, ma il Club Tahoe e tutti i casinò a South Lake Tahoe non dormivano. C'era gente nella hall mentre Ireland andava alla parte che dava sul lago del resort, dove c'erano il Prime e i negozi ora chiusi. Tirò la porta del Prime, ma era chiusa a chiave.

Bran alzò gli occhi da un tavolo vicino, con il laptop aperto. Si alzò e andò ad aprire la porta per lei. «Grazie per essere venuta.»

Ireland sentì il cuore in gola al solo vederlo. Una parte di lei avrebbe voluto abbracciarlo e l'altra dargli uno spintone. Indicò il computer. «Ti dispiace se uso il tuo laptop? Immagino che sia collegato al server.»

Bran le studiò il viso, come se cercasse di leggere che cosa le passava per la testa. *In bocca al lupo*, pensò Ireland.

«Certo» disse dopo un momento e si fece da parte.

Ireland si sedette al tavolo e si mise le cuffie. Doveva concentrarsi per capire qual era il problema. Non poteva farlo mentre Bran era lì che la fissava. Quindi mise della musica tentando di escludere lui e il tumulto di emozioni che le provocava.

Lo sentì quando lui andò sul retro del ristorante. Alzò gli occhi e lo vide entrare nel suo ufficio e le caddero le spalle, con gli occhi che bruciavano per le lacrime. Maledizione.

Gli aveva detto che non voleva parlare della sera prima. Che era lì solo per lavorare sul software. Ma, in fondo in fondo, avrebbe voluto che l'abbracciasse. Che le dicesse che sarebbe andato tutto bene. Più o meno ciò che non aveva fatto la sera prima o quello stesso giorno. Al telefono, era sembrato più preoccupato per i problemi di software che per la loro relazione.

Non di nuovo. Anche lei era importante e non avrebbe accettato una stronzata simile da un altro uomo.

Aveva pensato che Bran fosse diverso, ma in quel momento lui era proprio come ogni altro uomo con cui fosse uscita: egocentrico. Aveva pensato solo a se stesso la sera prima. E poi l'aveva chiamata per controllare, ma era ovviamente distratto e più preoccupato per i ristoranti.

Se era quello che voleva, bene. Lei avrebbe sistemato il maledetto programma e avrebbe voltato pagina. Doveva farlo.

Ireland strinse forte gli occhi per respingere le fastidiose lacrime che cercavano di scendere e aprì il codice. Si accorse immediatamente delle righe che sembravano diverse da ciò che aveva scritto lei. Cercò il backup che aveva salvato, per sicurezza e non riuscì a trovarlo. Non era dove l'aveva messo e quando cercò nel servizio cloud che usava il Club Tahoe, non era nemmeno lì.

Meno male che l'aveva salvato anche su un altro servizio cloud, con un altissimo livello di sicurezza.

Ireland aprì il backup alternativo e lo confrontò con il programma attuale. Ovviamente i due non erano uguali. Qualcuno aveva scambiato il programma che aveva scritto lei.

E i motivi perché qualcuno facesse una cosa simile si stavano accumulando. E nessuno di loro era positivo.

Ireland si alzò e andò nell'ufficio di Bran. La porta era aperta e lui era semisdraiato sulla sedia, con gli occhi chiusi. La definizione della sua mandibola attirò la sua attenzione alle sue labbra morbide. Il suo stupido cuore saltò un battito.

Perché quell'accidente di cuore non poteva essere furbo, per una volta?

Quando era successo qualcosa di importante, Bran non l'aveva messa al primo posto, due volte. Come se non fosse bastata la sera prima. Avrebbe dovuto essere il suo uomo. Invece l'aveva esclusa. Ireland non voleva quel tipo di relazione con nessuno, specialmente non con Bran, l'uomo con il quale avrebbe voluto condividere tutto.

Lui doveva aver sentito la sua presenza perché aprì gli occhi e la guardò.

«Qualcuno ha accesso al programma? Al vero e proprio codice?»

Lui scosse lentamente la testa, come riflettendo. «No, solo tu e il nuovo impiegato che ha mandato la Tech Banquet.»

Ireland aveva la prova di cui aveva bisogno per dimostrare che il codice originale era stato modificato. Ma adesso doveva capire il perché. Si voltò e tornò al computer.

«Aspetta» disse Bran e si alzò. «Che cosa sta succedendo?»

Lei continuò a camminare. «Qualcuno ha scambiato il programma con uno diverso.»

«Chi farebbe una cosa simile?»

Ireland si fermò e si voltò di scatto. «Pensi che ci abbia avuto a che fare io?» Okay, reazione eccessiva. Era stanca e triste e confusa come tutti gli altri riguardo a ciò che stava succedendo.

L'espressione di Bran era sinceramente sbalordita. «No. Assolutamente no.»

Ireland si sedette e aprì una videata sul laptop. «Allora lasciami fare il mio lavoro per cercare di capire chi l'ha fatto.»

«Ireland.»

Ireland distolse lo sguardo dallo schermo e guardò il volto che amava anche quando non voleva. Era troppo doloroso guardare un uomo in cui credeva ma che non credeva in lei. «Sì?»

«Grazie.» Era sincero ma tutto ciò che riusciva a pensare Ireland era quanto aveva perso quel giorno.

Capitolo Ventinove

Ireland cercò sul server l'impronta digitale di chi poteva aver scambiato i programmi. Ma chiunque fosse stato aveva coperto bene le sue tracce. Non trovò niente. Eccetto il legame con il colpevole più ovvio.

Il codice era stato modificato a partire dal programma originale che aveva scritto lei, per far viaggiare il denaro per tutta l'Europa, proprio come il programma originale che aveva progettato James. Ireland era sicura che se avesse controllato la contabilità, avrebbe trovato che avevano sottratto dei fondi.

Era passata l'una del mattino e Ireland era esausta. Andò nell'ufficio di Bran e lo trovò addormentato alla sua scrivania. Gli toccò la spalla e lo scosse leggermente, per poi abbassare in fretta la mano.

Bran si strofinò la faccia. «Va tutto bene?»

«Dipende. Il tuo sistema è stato hackerato e hanno pasticciato con il programma che avevo scritto. Alcune sezioni sono state riscritte.»

«Perfetto.» Scosse la testa. «Però possiamo sostituirlo con quello che hai scritto tu e tornare online, giusto?»

«Potreste farlo, ma correreste il rischio che venga hackerato un'altra volta. Qualcuno può accedere al vostro server e sembra che lo stia usando per sottrarre dei soldi.»

Bran lasciò ricadere la testa all'indietro. «È ciò che ha detto anche l'altro tizio.»

«Penso sia stato James.»

«Scusa?»

«Qualcuno con la password è entrato da remoto riscrivendo sezioni del programma e ha cambiato il sistema delle carte di credito. È un lavoro approssimativo e penso sia quello che ha originato il malfunzionamento.»

«Avrei dovuto cambiare le password quando abbiamo licenziato James. È stato un errore stupido.» Strinse gli occhi. «Con l'ultimo programma c'erano discrepanze contabili. Pensi che fosse voluto?»

Adesso le stava chiedendo che cosa ne pensava? Dopo non essersi fidato di lei abbastanza da chiamarla subito?

Ireland fece spallucce. «James è un bastardo arrogante a cui non piaceva che qualcuno toccasse il suo programma, e poi l'hai fatto licenziare. Ci sono parecchi motivi per cui vorrebbe rubare al club.»

«Giusto.»

«Ma per rispondere alla tua domanda, sì, dopo aver visto lo schema di piccole somme "accidentalmente" prelevate in più, penso che ci possa essere un'attività criminale in atto. Dovrò guardarci più da vicino. Ciò che ho scoperto stasera spiega *chi* potrebbe averlo fatto, con il flusso di denaro che rispecchia il vecchio programma di James. Non spiega lo schema insolito di centinaia di ordini online. Dovrò controllare.»

«Non stasera» disse Bran. «Non riesco a credere di averti tenuto qui fino a così tardi.»

A Ireland faceva male la testa e il sedere era diventato

insensibile ore prima. Era stata così decisa a risolvere il problema del software che non aveva fatto attenzione all'ora. «Tornerò domani.»

Bran si alzò e le si avvicinò. «Ireland, non sei obbligata a farlo.»

Ireland fece un passo indietro. «Sì, invece. Non hai creduto in me. Ed eccomi qui, a dar prova di me stessa a un uomo di cui mi fidavo. Che pensavo fosse il mio uomo.»

«Credevo in te, solo...»

«Solo cosa?»

Bran si strofinò gli occhi. «La verità?»

«La preferirei.»

«Dopo ieri sera, sapevo che eri sconvolta. Ho anche pensato che avessi accidentalmente causato il problema, dato che avevi scritto tu il programma.» Si strinse la radice del naso. «Io... Non posso deludere i miei fratelli. Ho bisogno che i ristoranti aiutino il club, non che lo facciano fallire.»

Ireland si tirò la borsa sulla spalla. «Quindi hai pensato che avessi causato io il problema e mi hai sostituito.»

Bran si ficcò una mano in tasca. «Sai che non sono bravo in queste cose.»

«La tecnologia o le relazioni?»

«Entrambe le cose, e a questo punto dovrebbe essere ovvio» disse. «Non so che cosa stessi pensando quando ti ho chiesto di essere la mia ragazza fissa. Non sono un compagno responsabile.»

Ireland si sentì stringere la gola e per un momento non riuscì a parlare. «Non l'hai mai chiesto.»

«Scusa?»

«Non mi hai mai chiesto di essere la tua ragazza, o la tua donna. Hai semplicemente dichiarato che lo ero.»

«Esattamente. Non ho preso in considerazione che cosa volessi tu.»

Ireland sbuffò. «Volevo essere la tua ragazza. Non avevi bisogno di chiederlo, perché i nostri sentimenti reciproci non avevano bisogno di parole.»

Bran la guardò, poi scosse la testa. «Mi piaci, Ireland. Abbastanza da sapere che non posso darti ciò che meriti.»

Ireland ingoiò il groppo che aveva in gola. «Sono lieta che l'abbia capito tu per me. Il mio cervello è così piccolo che avrei potuto non rendermene mai conto da sola a meno che non me lo dicessi tu.» Si precipitò fuori dal suo ufficio e attraversò il ristorante, diretta all'uscita.

«Non è ciò che intendevo» le disse Bran da dietro. «La tua intelligenza è una delle cose che preferisco in te.»

Ireland si fermò alla porta, mordendosi il labbro per evitare che le lacrime le scendessero sulle guance. «Sarò qui domani per finire di guardare gli ordini.»

Bran non disse un'altra parola.

E Ireland uscì.

Wes entrò nel Prime con Harlow in braccio. «Come hai fatto a rimettere online il sistema così in fretta?» chiese a Bran che era seduto al bar e guardava gli orari dei dipendenti.

«Ireland. Ieri sera ha capito che cos'era successo, poi è venuta questa mattina e ha aggiornato il nostro sistema di protezione. Eravamo stati hackerati.»

Wes premette la testa di Harlow contro il proprio petto e le coprì l'altro orecchio con la mano. «Che cazzo? Dobbiamo assumere un esperto di sicurezza informatica o roba simile?»

«Non secondo Ireland. Ha installato un sistema di protezione di livello così elevato che ho passato ore questa mattina a imparare come usarlo e a mandare a memoria password complicatissime.»

«La tua ragazza è utile da avere in giro.»

«Non è la mia ragazza» disse Bran, con la gola secca.

Wes alzò gli occhi, sorpreso e nello stesso momento Harlow gli afferrò il naso, facendo sentire meglio Bran. Non era solo il suo che l'attirava.

Wes staccò gentilmente le piccole dita più forti di una pinza. «Da quando? Non dirmi che l'hai lasciata andare. Era quella giusta.»

«Merita qualcuno che la sostenga sempre, che possa prendersene cura, tutto il pacchetto.»

Wes coprì nuovamente l'orecchio di Harlow. «Sono le stronzate che dici a te stesso? Forza, Bran, che cosa sta succedendo? Se non mi sbaglio, e mi sbaglio raramente, sei innamorato di lei.»

Bran strinse i pugni. «Sei venuto per qualche motivo, oltre a discutere della mia vita amorosa?»

Wes gli passò Harlow. «Il fatto che tu ammetta di avere una vita amorosa è già un progresso. Tieni Harlow per un momento. Devo pisciare.»

Bran tempestò di baci la guancia morbida di Harlow. Mentre Wes era lì a fissarlo.

«Piantala» disse Bran. «Ho bisogno di un po' di tempo con Harlow dopo la settimana che ho avuto.»

«Non rovinare così in fretta le cose con Ireland» disse Wes. «Magari un giorno ne vorrai uno» aggiunse guardando Harlow.

«Un bambino?»

«Sì, un bambino, idiota. E fidati, lo vorrai con una donna

che ami. Ireland è l'unica donna di cui ti ho visto innamorato. Non incasinare tutto.»

Bran si affrettò a coprire le orecchie di Harlow. «Attento a come parli.» Andò verso il bar per mostrare sua nipote al personale. E per allontanarsi da Wes e dalla sua fottuta psicoanalisi.

«Ehi» disse Wes, arretrando lentamente verso il bagno. «La rivoglio quando torno,» disse indicando Harlow, «non puoi monopolizzarla.»

Bran lo ignorò e procedette a mostrare Harlow, vantandosene, a tutti quelli che lavoravano al Prime. La conoscevano tutti, ma a tutti piaceva passare del tempo con lei.

Wes era un padre molto presente. E la cosa inorgogliva Bran, visto che non avevano mai avuto un vero esempio da seguire. Anche quando il loro padre c'era, non era mai mentalmente presente. Ma Wes era un buon padre e mostrava a Bran e ai suoi fratelli come fare. Non significava però che Bran credesse che nel suo destino ci fossero dei figli, nonostante quello che aveva detto Wes.

E poi ricordò Ireland e la protezione che avevano dimenticato.

Ireland aveva ragione. Le probabilità di metterla incinta dopo aver saltato la protezione una sola volta erano poche, anche se non inesistenti. Comunque doveva parlare con lei. Aveva pasticciato le cose la sera prima, ma doveva fare di meglio. Lei lo meritava.

Bran strinse più forte Harlow. Sarebbe stato il padre migliore possibile, se fosse stato necessario. Ma non voleva un figlio non programmato. Voleva essere in grado di dare tutto a suo figlio e a sua moglie.

Qualche minuto dopo, Bran intravvide Wes che parlava con il responsabile, che era un suo buon amico, e si voltò nella direzione opposta prima che Wes potesse portargli via Harlow.

E si trovò di fronte la ragazza cui aveva rovinato la vita.

La donna... adesso era una donna. Era accanto a un uomo e teneva per mano un bambino, di forse quattro anni.

«Bran.» Delaney si rivolse all'uomo accanto a lei. «Kevin, questo è Bran. Siamo andati alle superiori insieme. È bello rivederti» disse a Bran con un sorriso.

Bran passò Harlow sull'altro braccio e strinse la mano di Kevin. «È un piacere conoscerti.» Guardò Delaney, studiandone il viso, incredulo. Non sembrava per niente triste o ferita. Sembrava felice. «Come stai?»

«Veramente bene» rispose Delaney e prese in braccio il bambino. «Questo è mio figlio, Miles.» Miles appoggiò la testa sulla spalla della madre. «Miles, puoi dire ciao a Bran?»

Il bambino borbottò qualcosa che assomigliava a un "ciao" e Bran presentò Miles a Harlow.

«È tua?» gli chiese Delaney.

Bran guardò Harlow, rendendosi conto di come doveva sembrare. «Mia nipote. La figlia di Wes.»

Delaney gli chiese come stesse Wes e l'uomo in questione si avvicinò e gli rubò Harlow, accidenti a lui.

«Quindi è qui che hai portato Harlow» disse Wes dopo essersi presentato a Kevin e aver salutato Delaney, che gli sembrava di riconoscere dai tempi di scuola.

Wes sapeva che Bran aveva messo incinta una ragazza alle superiori, ma Bran non gli aveva mai detto chi era.

«Sarà meglio che vada» disse Wes. «Kaylee ci aspetta al pro-shop per portare questa bimba alla lezione di Musica & Me.» Fece saltellare sua figlia tra le braccia e Harlow squittì. «È stato un piacere rivederti, Delaney. Kevin.» Wes strinse la mano a Kevin e poi lui e Harlow se ne andarono.

Bran si guardò attorno. «State aspettando un tavolo?»

Delaney annuì. «È il mio compleanno e volevamo andare in un posto speciale.»

La gente del posto spesso andava nei ristoranti del Club Tahoe per le occasioni speciali. Era bello sapere che l'intoppo successo quella settimana non aveva completamente rovinato la loro reputazione.

Bran fece un cenno a un cameriere che si avvicinò.

«Mettili a uno dei tavoli riservati» disse Bran sottovoce al cameriere che scortò Delaney e la sua famiglia.

Bran cercò di lavorare ancora un po', ma non riusciva a distogliere la mente da Delaney. Non l'aveva più vista dopo le superiori. Aveva pensato che avesse lasciato la città, e forse era così. Imbattersi in lei quel giorno era come chiudere un cerchio, ma peggio. Era stato un adolescente quando aveva messo incinta Delaney. Dieci anni dopo, non era sicuro di non aver causato un'altra gravidanza non programmata.

Aveva delle regole. Regole che gli assicuravano di non rifare quell'errore. E le aveva ignorate per stare con Ireland. Perché era innamorato di lei.

Cazzo.

Mentre uscivano, Delaney fece un cenno a suo marito e a suo figlio di proseguire e restò indietro.

«Grazie per il pranzo. Sei stato molto generoso.»

Bran aveva pagato per il loro pranzo, perché era il minimo che potesse fare. «Buon compleanno. Mi sono sempre chiesto come stavi.»

Delaney allungò la mano e gli strinse il braccio. «Veramente bene. Tu come stai?»

Era una domanda semplice con una risposta semplice. Ma, per qualche motivo, le parole non volevano arrivare. «Volevo solo dirti che mi dispiace. Per il dolore che ti ho provocato quando eravamo alle superiori. Non sono sicuro di avertelo mai detto.»

Sul volto di Delaney apparve un sorriso triste. «L'hai fatto. Molte volte. Ero dispiaciuta anch'io. Ma la vita è stata buona con me. Ho avuto una seconda chance e spero l'abbia avuta anche tu.»

Bran era andato fuori di testa quella sera. Non aveva sostenuto Ireland, proprio come era andato nel panico e non aveva sostenuto Delaney una vita prima.

Le sorrise per nascondere i propri pensieri. «Va tutto bene. È stato bello rivederti.»

Delaney esitò un istante, come percependo i suoi pensieri. «Abbi cura di te, Bran» disse infine con un sorriso triste e raggiunse la sua famiglia.

Delaney aveva voltato pagina. Doveva farlo anche Bran. Con Ireland, aveva istintivamente deciso una volta smesso di cercare di lottare contro l'attrazione che provava per lei. E poi si era tirato indietro appena le cose erano andate storte.

Doveva convincere Ireland che l'avrebbe sostenuta qualunque cosa succedesse. E che l'amava.

Capitolo Trenta

I reland era seduta all'isola della cucina e lavorava al computer mentre Cali e Jaeg portavano fuori scatole di roba da portare a casa dei genitori di Jaeg per il matrimonio che avrebbe avuto luogo quel fine settimana. Avevano fatto una prova della cerimonia ed era tutto pronto.

In qualche modo, il matrimonio era sembrato arrivare all'improvviso per tutti loro. Cali aveva anticipato la data ma Ireland sospettava che le sembrasse travolgente a causa di Bran e del prezzo emotivo che aveva pagato quella settimana. Non aveva solo perso un compagno, aveva perso un amico. Bran si era insinuato nella sua vita ed era diventato la persona cui voleva raccontare della giornata, con cui voleva condividere le notti e quel bisogno non era passato. Ora c'era una voragine nello spazio in cui avrebbe dovuto trovarsi il suo cuore.

Qualunque cosa stessero costruendo lei e Bran si era frantumato la sera in cui avevano fatto sesso senza protezione. E sembrava un motivo relativamente debole perché una coppia si dividesse. Ma per Bran aveva toccato un nervo. Aveva costruito la sua vita intorno alla promessa di non rifare mai più un errore simile e poi era successo. Con lei. Quindi lei adesso faceva parte del suo peggiore incubo.

Per Ireland, Bran aveva messo il sigillo sulla loro rottura trattandola come ogni altro uomo con cui aveva lavorato: aveva dubitato di lei professionalmente quando il software aveva funzionato male, presumendo che lei avesse fatto qualcosa di sbagliato. Aveva perfino detto che doveva mettere il resort e i suoi fratelli al primo posto.

Capiva la dedizione verso la propria famiglia, ma e lei? Che posto aveva nella sua lista di priorità?

Anche se si fosse scusato, Ireland si era ripromessa di non stare mai più con un uomo che la trattava come qualcosa di secondario. Che non la rispettava. Bran era sembrato incarnare ogni sogno romantico avesse mai avuto. Ma, alla fine, era come gli altri uomini con cui era uscita.

Ed era stato lui a porre fine alla relazione. Quindi non poteva nemmeno essere lei a decidere.

Una lacrima le rotolò sulla guancia, fermandosi sul bordo degli occhiali.

Si asciugò la faccia e fece un respiro profondo. Sarebbe sopravvissuta. Era solo amore, il migliore, per un momento. Aveva intravisto un bel futuro e adesso si chiedeva se non si fosse inventata tutto.

La porta d'ingresso si aprì cigolando. «Salve!»

Ireland si voltò lentamente sullo sgabello dando un'occhiataccia al fratello maggiore. «Avresti dovuto essere qui ore fa.»

Gabe si tolse la borsa dalla spalla mettendola sul pavimento. «Ehi, ce l'ho fatta. Dov'è il tuo affetto? Hai idea di come sia stato difficile prendere del tempo libero?»

«Domani è il fine settimana. Ti sei preso solo un giorno.»

«Esattamente.»

Ireland si strofinò le tempie. I suoi fratelli la facevano impazzire e non era certa di riuscire a sopportarlo quel giorno.

Gabe la guardò attentamente. «Che cos'hai che non va? Sembra che stia per vomitare.»

Ireland lo fulminò con lo sguardo. «Grazie.»

Gabe salutò Jaeg che era entrato quando aveva sentito aprirsi la porta, portandogli una birra.

«Visto?» disse Gabe, dando un'occhiata a Ireland. «È così che si saluta una persona. Grazie, amico.»

Gabe abbracciò Cali che era entrata con un'altra scatola di accessori per il matrimonio. «Che cosa posso fare per aiutarvi? Sembra che voi due stiate per traslocare.»

«Quasi» disse Jaeg. «Stiamo preparando tutto per il matrimonio. Che ne diresti di fare una corsa a casa dei miei genitori? Cali avrebbe bisogno di fare una pausa.»

«Okay» rispose Gabe e sollevò la scatola che gli aveva indicato Jaeg, non prima di andare da Ireland e darle un bacio sulla fronte.

E, okay, suo fratello non era così male. Le voleva bene; solo a volte poteva esser egocentrico e irritante. Ma probabilmente era una cosa normale perché anche gli altri suoi fratelli erano esattamente così.

Gli uomini cominciarono a portare le scatole al pick-up di Jaeg e Cali si lasciò cadere sul divano. «Non riesco più nemmeno a pensare. Ho il cervello in pappa. So che mi sto dimenticando qualcosa.»

Ireland si alzò e andò in cucina dove prese due porta-bicchieri e una bottiglia di vino bianco dal frigorifero. Versò due bicchieri, tornò al divano e ne porse uno a Cali, insieme al suo amato porta-bicchieri luccicante. Cali se lo mise intorno al collo e inserì il suo bicchiere.

Bevve un sorso. «Così va meglio. Tuo fratello ha ragione, sai. Non sembri a posto oggi.»

«Bran e io ci siamo lasciati.»

Cali si chinò in avanti, quasi rovesciando il vino. «*Cosa? Quando?*»

Ireland si sedette accanto a lei e si appoggiò allo schienale. Fissò il soffitto. «Immagino che, ufficialmente, sia successo ieri, ma le cose erano andate a rotoli il giorno prima.»

«Che cos'è successo?»

«È una lunga storia. Diciamo solo che per me è sempre la stessa cosa con gli uomini.»

Cali sbatté le palpebre. «Ma Bran era diverso. Sembrava perfetto per te.»

Ireland strofinò il bordo del bicchiere. «È una brava persona. Ha solo un sacco di stress nella sua vita.»

Cali non sembrava convinta. «Come tutti. Ma tu l'hai aiutato quando ne ha avuto bisogno al Club Tahoe. E sei meravigliosa in tutti i sensi, quindi non capisco.»

Ireland fece una smorfia. «Il club non conta. Mi ha pagato per l'aiuto.» Fissò il suo bicchiere di vino. «A sua difesa, devo dire che ci siamo spaventati un po'. Forse Bran pensa che sia incinta.»

«Che cavolo? *È così?*»

«Sono irregolare, quindi stamattina sono andata dal medico. Abbiamo contato all'indietro fino al mio ultimo ciclo e ho anche fatto un test di gravidanza. Il medico dice che non c'è la minima possibilità che sia incinta.»

Cali si rilassò e poi strinse gli occhi. «Non mi sembri sollevata.»

«Più che altro sono arrabbiata. Abbiamo avuto una discussione riguardo a una potenziale gravidanza ed è il motivo per cui abbiamo rotto. Non sono nemmeno sicura come siamo finiti a non vederci più, solo che Bran deve concentrarsi sui suoi fratelli e il club.» Ireland si premette le dita sugli occhi.

«Oh, Ireland.» Cali le accarezzò la spalla e si avvicinò. «Gli hai detto che non sei incinta?»

Ireland scosse la testa.

«Deve saperlo» disse Cali.

Ireland sospirò. «Hai ragione.»

«Non c'è un momento migliore di adesso. Dov'è il tuo telefono?»

Ireland si alzò e andò all'isola. Prese il telefono e tornò sul divano per scrivere un messaggio prima di perdere il coraggio.

Cali si chinò sulla spalla di Ireland e lesse. «"Sembra che sia stato James a inserire gli ordini extra l'altro giorno". Quali ordini?» le chiese Cali.

«Il programmatore originale del nuovo software per i ristoranti del Club Tahoe era un sociopatico. Stava cercando di rovinare Bran. Adesso è stata coinvolta la polizia e tra me che l'ho denunciato per avermi aggredito nel parcheggio e i soldi che stava sottraendo al Club Tahoe, hanno parecchie prove contro di lui. Hanno assunto un esperto indipendente per controllare i programmi che James aveva scritto per la Tech Banquet negli ultimi anni. A quando pare, il tizio inseriva istruzioni per sottrare un mucchio di soldi da parecchie società. Il Club Tahoe è semplicemente stato il primo a coglierlo sul fatto.»

«Grazie a te» disse Cali.

Ireland fece spallucce. «James non era granché come programmatore. Prima o poi lo avrebbero beccato.»

«Okay, allora Bran ha parecchie cose in ballo. Quei fratelli Cade hanno il loro da fare con quel resort, ma non giustifica il fatto che Bran non ti apprezzi.»

Cali si chinò e lesse il messaggio che Ireland stava scrivendo. «"Il medico dice che non sono incinta."» Cali scosse la testa. «Non credi che sarebbe stato meglio dirglielo al telefono?»

Ireland appoggiò la testa contro il cuscino del divano. «Ci siamo lasciati. Tutto ciò che ha bisogno di sapere è che non diventerà padre.» La voce di Ireland si ruppe sull'ultima parola e sul viso scese un fiume di lacrime.

Cali l'abbracciò stretta, con i bicchieri di vino che tintinnavano toccandosi. «Mi dispiace tanto.»

«Anche a me.»

«Volevi avere un bambino?»

«Cosa?» Ireland si asciugò la faccia. «No. Ma volevo il sostegno di Bran. Volevo che pensasse a me e non a se stesso.»

«Ed è ciò che meriti. Non accontentarti di meno.»

«Sì» disse Ireland. «Voglio ciò che avete tu e Jaeg. Mi dispiace di averti immalinconito nel tuo giorno speciale.»

«Il mio giorno speciale sarà domani, quindi non preoccuparti di rovinare la festa. In questo momento voglio che tu stia bene.»

Ireland sorrise. «Passerà. Se c'è qualcosa che ho capito venendo al Lago Tahoe e ricominciando da capo è che non rinuncerò facilmente al mio lieto fine.»

Cali alzò il bicchiere. «Al lieto fine.»

Capitolo Trentuno

Cali si guardò nello specchio a figura intera; indossava il vestito più favoloso che Ireland avesse mai visto. Era un lungo abito diritto a canottiera con le perline in vita, perfettamente adatto alla figura minuta di Cali. «Sto per vomitare.»

Ireland afferrò il bouquet. «Non vomiterai. Stai per sposare il tuo uomo.»

Cali si voltò a guardarla. «Davvero, potrei svenire.»

«So di che cosa hai bisogno.» Ireland si guardò attorno, cercando nella stanza.

«Un secchio dove vomitare?»

«Un bicchierino di tequila.»

«Sei impazzita? Quella mi farebbe vomitare per davvero.»

Ireland storse la bocca. «Hai ragione, non la tequila. Il dopo sbronza sarebbe orribile. Ma qualcos'altro.» Puntò il dito verso Cali. «Non andare da nessuna parte, torno subito.»

«Aspetta. Non lasciarmi.» Cali si teneva stretta a Gen,

che con il suo familiare stoicismo, stava guardando Cali dare di matto.

«La terrò ferma io, se necessario» disse Gen. «Assicurati di prendere qualcosa di forte.»

«Assicurati di prenderne abbastanza per tutte noi» aggiunse Kerstin, la sorella di Jaeg.

«Ci penso io!» Ireland corse fuori dalla porta della suite nuziale, meglio conosciuta come la camera da letto dei genitori di Jaeg e Kerstin.

Ispezionò il corridoio della grande casa a tre piani e vide Gabe che stava flirtando con una bella bionda. «Gabe» disse sottovoce.

Lui la guardò, disse qualcosa alla donna poi si avvicinò a Ireland come se stesse facendo una passeggiata domenicale.

«Hai bisogno di qualcosa, cara sorella?»

«Perché stai flirtando con un'altra donna? E Jennifer?»

Gabe distolse gli occhi. «Ci siamo lasciati.»

«Davvero?»

«Era ora» disse Gabe, ma sembrava furioso.

Ireland scosse la testa. Non poteva occuparsi di quella faccenda e della crisi di nervi di Cali contemporaneamente. «Okay, bene, Cali ha urgente bisogno di bere qualcosa di forte. Puoi far preparare al barista un vassoio di shot di brandy alla menta?»

Gabe fece una smorfia. «Perché la menta?»

«In modo che il suo alito non sappia di brandy quando saluterà gli ospiti.»

«Hai visto la fila al bar? Nessuno sarà in grado di dire che ha bevuto. Sono già tutti mezzi sbronzi.»

Ireland incrociò le braccia sul petto. «Che cosa suggerisci?»

«Non preoccuparti.» Le diede un irritante pacca sulla testa. «Mi occuperò io di tutto. Tu cerca di calmare Cali.»

«Aspetta» gli disse mentre si voltava per andarsene. «Come se la sta cavando Jaeg?»

«Fresco come una rosa» rispose Gabe.

«Davvero?»

Gabe ridacchiò. «No, sta facendo degli affondi per mantenere basso il livello d'ansia mentre Adam si preoccupa che possa far saltare una cucitura.»

Poteva succedere, pensò Ireland. Chi sapeva che i matrimoni fossero così stressanti?

Parecchi minuti dopo, bussarono alla porta della suite nuziale. Ireland corse ad aprire.

«Sono arrivati i tuoi shot.» Gabe cercò di sbirciare nella stanza.

Ireland afferrò il vassoio e lo spinse via. «Non si guarda la sposa prima della cerimonia.»

Gabe sbuffò. «Quello riguarda lo sposo. I cugini non contano.» Sembrava star adocchiando la sorella di Jaeg, proprio il suo tipo e in pericolo ora che Gabe era single.

Ireland fissò il vassoio con i bicchierini. «Che cosa sono?»

«*Lemon drops*. Vanno giù lisci. Non darne troppi a Cali però.»

«Grazie» disse Ireland, bloccandogli ancora la vista e chiudendogli la porta in faccia.

Ireland distribuì i bicchierini e alzò il proprio. «A una bella giornata.»

«Brindo alla mia miglior amica che ha trovato il suo compagno» disse Gen.

«A mia figlia e a Jaeg» disse Maddie, la madre di Cali. Si era infilata nella stanza quando Gen le aveva inviato un SOS perché le aiutasse a calmare i nervi di Cali.

«A mio fratello per aver trovato la donna perfetta per lui» disse Kerstin.

«A non svenire» disse Cali e poi svuotò il bicchierino. Fece una smorfia e poi sorrise. «Meglio che me ne diate un altro.»

* * *

Ireland aveva limitato il consumo di alcol di Cali a due bicchierini, che avevano funzionato perfettamente. I nervi di Cali si erano acquietati e le era tornato un po' di colore in viso. Sorrideva felice mentre andavano nel cortile posteriore dei genitori di Jaeg dove avrebbe avuto luogo la cerimonia.

E fu in quel momento che Ireland intravvide Bran.

Era seduto con tre dei suoi aitanti fratelli e le loro compagne vicino alla parte anteriore del corridoio nuziale dal lato dello sposo. Il matrimonio richiedeva abiti formali e poté solo intravvedere i suoi capelli biondo scuro e notare che le sue spalle ampie riempivano perfettamente lo smoking, ma le bastò. L'avrebbe riconosciuto dovunque.

Benvenuti, nervi. Meno male che anche Ireland aveva bevuto due *lemon drops*.

Lei, Gen e Kerstin risalirono lentamente la corsia fino ad arrivare al pastore in fondo. Sul grande prato della casa di famiglia che dava sul lago c'erano centinaia di sedie bianche.

Bouquet di fiori viola decoravano le sedie alla fine di ogni fila e c'era un arco di fiori viola dove Cali e Jaeg avrebbero recitato i loro voti. Il cielo era azzurro e l'aria odorava di pini e rose. In breve, il panorama e l'ambientazione erano fantastici.

La decisione di Cali di tenere la cerimonia in casa dei genitori di Jaeg era stata giusta. La casa era enorme e i giardini erano spettacolosi, abbastanza grandi che avevano potuto installare un'enorme tenda per gli oltre duecento ospiti che erano riusciti ad arrivare.

Ireland passò accanto alla loro fila e Bran alzò gli occhi, cogliendo immediatamente il suo sguardo. Lei scosse la testa e si appiccicò sul viso un sorriso forzato.

Era il matrimonio di Cali, lei e Bran non c'entravano.

Kerstin, Gen e Ireland presero posto alla sinistra del pastore mentre Jaeg, Adam, Lewis (il ragazzo di Gen) e il fratello di Cali, Tyler, erano sulla destra.

Jaeg guardò attraverso il prato, sembrava ansioso di vedere la sua sposa. Ireland notò il momento in cui la vide perché sul suo volto apparve un enorme sorriso.

Gli ospiti si voltarono a guardare mentre Cali camminava lungo la corsia al braccio di sua madre che aveva i capelli quasi dello stesso tono di rosso di Ireland. Il padre di Cali, lo zio paterno di Ireland, non aveva i capelli rossi, ma era un tratto di famiglia, come poteva testimoniare Ireland. Con delle teste rosse da entrambe le parti, Cali e Tyler non avevano avuto scampo, eppure, in qualche modo, avevano entrambi una versione di rosso meno vistosa di quella di Ireland. Il padre di Cali non faceva parte delle loro vite e il fatto che Maddie stesse accompagnando la figlia all'altare era un modo di onorare la sua dedizione nei confronti della figlia.

Ireland diede un'occhiata a Bran che, invece di guardare la sposa, stava fissando lei e non sembrava contento.

Dopo il messaggio che gli aveva mandato Ireland la sera prima, Bran le aveva risposto dicendo che le voleva parlare. Ma Ireland era troppo scossa emotivamente e voleva restare a dare il suo sostegno a Cali la sera prima delle sue nozze. Non gli aveva risposto, pensando che gli avrebbe parlato in qualche momento dopo la cerimonia.

Gabe aveva portato fuori Jaeg, a bere e fare altre cose da

uomini. I ragazzi erano rimasti fuori tutta la notte mentre Ireland e Cali avevano passato la serata sorseggiando vino e guardando film degli anni Ottanta con Gen e qualcuna delle amiche di Cali. Ma Ireland aveva pensato a Bran.

Non sapeva perché lui volesse parlarle o che cos'altro ci fosse da dire. Avevano rotto e non c'era un bambino in arrivo. Finito.

Ireland deglutì il groppo che aveva in fondo alla gola e sorrise nascondendo il suo dolore mentre Jaeg pronunciava i suoi voti.

«Prometto di amare il nostro cane Buddy come se fosse un bambino umano, anche se spero di avere anche uno di quelli un giorno.» Gli ospiti ridacchiarono. «E prometto di amarti, proteggerti e prendermi cura di te ogni giorno della mia vita.»

Maledette lacrime arrivarono agli occhi di Ireland. Le parole di Jaeg erano così dolci e sincere. Lui *vedeva* Cali e amava lei e tutte le sue idiosincrasie. Era ciò che voleva Ireland.

«Prometto di curarti quando avrai uno di quei raffreddori da uomo» disse Cali durante i suoi voti e gli ospiti risero più forte. «E sostenerti in tutte le tue attività creative.»

Cali finì di pronunciare i suoi voti e il pastore aggiunse qualche altra parola e poi Jaeg baciò la sposa.

Cali e Jaeg era sposati. *Sposati.*

Cali era la prima dei cugini di Ireland a fare il grande passo, ma era la sua preferita. E Ireland non poteva essere più felice per la cugina, dolce e aspirante cupido.

L'intero corteo nuziale sorrise mentre Cali e Jaeg percorrevano la corsia con gli ospiti che li festeggiavano. Passarono mezz'ora a fare le fotografie che non avevano potuto fare prima della cerimonia, poi tutti si diressero alla tenda per il ricevimento.

«Ireland.»

Ireland irrigidì le spalle, il cuore le mancò un battito. Avrebbe riconosciuto ovunque la voce di Bran. E sentì i brividi percorrerle la schiena. Del tipo che riducevano le ossa in gelatina. Avrebbe sempre avuto quell'effetto su di lei?

Si voltò. «Salve. Mi dispiace di non averti risposto ieri. Ero presa ad aiutare Cali.»

Aiutarla a bere vino e guardare film, pensò Ireland. A dire la verità, era un lavoro importante, perché Ireland sarebbe rimasta in qualunque caso con sua cugina la sera prima delle nozze.

Bran ficcò la mano nella tasca dei pantaloni dello smoking. «Volevo parlarti di ciò che è successo.»

«Non sono incinta, quindi non c'è niente di cui preoccuparsi» disse Ireland sottovoce, cercando di sorridere, ma la voce uscì tremante.

«Non di quello, beh, sì, anche di quello, ma volevo parlare della sera in cui ci siamo dimenticati della protezione. Ho pensato solo a me, invece riguardava noi. Avrei dovuto esserti vicino.»

Su quel punto Ireland non aveva intenzione di discutere. «Sì, è vero, ma hai chiarito che le tue priorità erano altre.»

«È un'altra cosa. È stata una manovra da coglione, e sono tornato alle vecchie abitudini quando le cose sono diventate difficili. Voglio sostenere la mia famiglia, ma non a spese tue. *Mai.*» Si passò una mano sul volto. «Ti ho considerata mia da quando ci siamo baciati. Non sono bravo nelle relazioni. Ho fatto un casino e ti ho ferito, ma farò qualunque cosa sia necessaria per farmi perdonare.»

Ireland stava sorridendo a Gen che passava di lì, ma quando sentì le parole di Bran si voltò di colpo. «Cosa?»

Bran le afferrò la mano, intrecciando le dita. «Non so che cosa stessi pensando quando ho buttato via ciò che avevamo.»

«Ma... E se tornassi a essere un idiota e cambiassi idea un'altra volta?»

«Non ho dubbi che ogni tanto sarò un idiota, ma ti prometto che non cambierò idea. Spero che la prossima volta in cui sarò un somaro me lo farai sapere, prendendomi a botte, figurativamente, con le tue parole.»

«È la mia specialità.»

Bran si mise a ridere. «Come se non lo sapessi. Allora, che ne dici? Mi darai un'altra possibilità?»

Ireland si fissò le mani. «Non pensavo avremmo parlato di questo. Pensavo che volessi dirmi che sei contento che non sia incinta.»

«È così.»

«Scusa?»

«Sono contento che tu non sia incinta perché quando decideremo di avere figli non voglio che sia a causa di un incidente. Voglio che tu sappia quanto desidero avere dei figli con te e quanto mi darò da fare per essere il miglior padre al mondo.»

Porca paletta. «Vuoi dei figli?»

«Con te?» disse. «Sì, specialmente se avremo una piccola sputafuoco, cervellona e con i capelli rossi.»

Ireland deglutì. Stava veramente succedendo?

Tutto ciò che Bran aveva detto era esattamente ciò che avrebbe voluto sentire da lui. Eppure aveva distrutto le sue speranze per loro solo qualche giorno prima. «Mi hai ferito e adesso non so se posso fidarmi di te.»

Capitolo Trentadue

Ireland tornò a capotavola con il resto del corteo nuziale, ma ogni pochi minuti lanciava un'occhiata a Bran, trovandolo che la stava guardando. Quando si erano separati, il suo atteggiamento le aveva detto che non era contento di come avevano lasciato le cose, ma non le stava facendo pressioni.

In effetti, proprio in quel momento stava parlando con la donna accanto a lui, che sorrideva e gli toccava il braccio.

Ireland avrebbe voluto prenderla a pugni. Ma non aveva bisogno di diventare una cavernicola perché Bran non dimostrava alcun segno di interesse. Non c'erano le occhiate bollenti che mandava a Ireland dall'altra parte della stanza. Era cortese con la compagna di tavolo e Ireland non poteva biasimarlo. Era una persona educata.

È una brava persona. E la rivoleva. Aveva riconosciuto i propri errori e voleva tentare di nuovo.

Ma sarebbe stato accanto a lei qualunque cosa succedesse? Era stata bruciata molte volte, nella sua vita professionale e personale. Non avrebbe potuto sopportare che Bran le si rivoltasse contro ancora una volta.

Ireland ballò con i componenti del corteo nuziale e chiacchierò con i parenti di entrambi i lati della famiglia. Hunt era sulla pista da ballo e piombava su ogni bella donna su cui poteva mettere le mani, inclusa Kerstin. Cosa che faceva infuriare e digrignare i denti a Gabe.

Interessante.

Gabe non era mai stato geloso di una donna, nemmeno della sua ex, Jennifer. E, da quanto ne sapeva Ireland, non era stato presentato a Kerstin fino al matrimonio.

Forse l'arrogante fratello di Ireland aveva finalmente trovato qualcuno che non poteva avere?

Ireland attraversò la sala per andare al tavolo dello champagne riflettendo sulla vita amorosa di suo fratello e sentì menzionare il proprio nome.

«Ireland è un'ottima impiegata, ma il disastro del software al Club Tahoe ha raffreddato l'interesse del nostro Amministratore riguardo alla progettazione di un sistema simile per il complesso di Las Vegas» disse Adam a Levi. «L'hanno definitivamente sospeso.»

Ireland restò di sasso. Non aveva sentito niente dal suo datore di lavoro. Ma il programma che aveva progettato per Club Tahoe *aveva avuto* dei problemi, anche se non era colpa sua. Solo il pensiero che il lavoro fatto al Club Tahoe avesse danneggiato l'ottima reputazione che si era costruita al Lago Tahoe le fece rivoltare lo stomaco.

«Che succede?» Bran si staccò da una conversazione che stava avendo a poca distanza e si avvicinò ad Adam e Levi, che le davano le spalle. Sembrava che non si fossero accorti che lei era lì, e, a quanto pareva, nemmeno Bran.

Adam fece spallucce e raddrizzò la manica del suo smoking. «Ireland è una brava ragazza, ma la società non vuole rischiare usando lei adesso. Assumeranno qualcuno di cui si possano fidare.»

«Possono fidarsi di *lei*» disse Bran. «Ireland è una programmatrice brillante e il Blue è fortunato ad averla. In effetti, se non l'apprezzano, l'assumerà il Club Tahoe.»

Ireland restò a bocca aperta e fissò Bran che alzò gli occhi in quel momento e finalmente la vide.

Bran sbatté le palpebre e distolse lo sguardo. Si passò una mano nei capelli e si precipitò ad andarsene.

Ireland l'osservò mentre si allontanava a grandi passi attraverso la sala.

L'aveva difesa.

E non era obbligato. Non sapeva che lei stesse ascoltando.

Ireland si era sentiva un po' in colpa per come erano andate le cose con James. La Tech Banquet aveva assunto un coglione, ma la sua presenza l'aveva fatto infuriare ancora di più. Attraversò la stanza ma non trovò Bran. Voleva... Non sapeva che cosa volesse. Ma lui l'aveva difesa e voleva dire qualcosa. Bran non sapeva se lei gli avrebbe dato una seconda chance. *Lei* non lo sapeva. Eppure l'aveva difesa davanti alla sua famiglia, proprio i fratelli che venivano al primo posto, come le aveva detto qualche giorno prima.

E se Bran voleva veramente metterla al primo posto... Beh, quello cambiava tutto.

Ireland controllò se Cali avesse bisogno di qualcosa, poi se la filò dal padiglione dove c'era il ricevimento, diretta alla casa. Aveva bisogno di spazio. Di schiarirsi la testa. I Lang avevano installato delle eleganti toilette temporanee accanto alla gigantesca tenda, ma un *Port a Potty*, per bello che fosse, non le avrebbe dato lo spazio di cui aveva bisogno.

Appoggiò le mani sul ripiano e si fissò allo specchio. «Porca paletta.» Qualche uomo l'aveva mai difesa come aveva fatto Bran quella sera? O nel modo in cui l'aveva difesa con James quando l'aveva aggredita nel parcheggio?

Bran l'aveva sostenuta più di quanto lei avesse riconosciuto, nutrendola, amandola, dicendo che era sua. Sì, aveva fatto un gran casino, ma Ireland aveva immediatamente pensato al peggio appena Bran aveva mentalmente fatto un passo indietro. Quando aveva una spada di Damocle che pendeva sulla sua carriera e quella dei suoi fratelli.

Meritava una seconda chance. *Loro due* meritavano una seconda chance.

Ireland sentì il calore invadere il petto per la prima volta da quell'orribile sera a casa di Bran. Tremava di eccitazione e trepidazione perché, nonostante tutto, l'amore era un salto nel buio. Ma se Bran voleva tentare, allora ne valeva la pena.

La porta si aprì e poi si richiuse in fretta. Ma non prima che Bran si infilasse dentro la stanza da bagno.

Ireland si voltò, con il cuore che batteva come un tamburo. «Che-che cosa ci fai qui?»

«Sono venuto a cercarti.» Allungò il collo, la tensione evidente sul volto. «Mi dispiace per quello che è succeduto là fuori. Non volevo metterti in imbarazzo, ma Adam si sbagliava di grosso. Non aveva sentito tutti i particolari dell'indagine della polizia su James e non sono riuscito a restare zitto mentre diceva stronzate. Sei una dipendente incredibile e più intelligente di noi cinque messi insieme.»

Ireland gli fissò la mandibola forte, al livello dei suoi occhi e poi li alzò sui suoi sinceri occhi azzurri. «Tu mi hai messo al primo posto.»

«Sarai sempre al primo posto per me.»

Ireland tremava per l'emozione. Afferrò i risvolti della giacca di Bran e lo tirò vicino, baciandolo prima che lui potesse aggiungere un'altra parola.

Bran ci mise un millisecondo per reagire e poi l'abbracciò e ricambiò il bacio.

Staccò la bocca, fermandosi appena sopra quella di Ireland. «E questo per che cos'era? Non che mi lamenti.»

«Il bacio era nell'aria.»

«Usi le mie parole contro di me, adesso?»

Bran le aveva spiegato il bacio sulla barca, molte settimane prima, dicendole che era nell'aria. «Erano parole giuste» gli disse.

Bran abbassò la bocca sopra quella di Ireland e fece scivolare lentamente una mano sul suo sedere, strizzandole il fondoschiena sopra l'abito setoso e asimmetrico che Cali aveva scelto per le damigelle. «Ti ho già detto come sei bella con questo vestito?»

Ireland sorrise. «Ti piace? La mia descrizione adesso ha più senso?»

«No. Ma non importa che cosa indossi. Sei bella con qualunque cosa, anche se ti preferisco nuda.»

«Eri serio prima? Sul fatto di riprovare?»

Bran si tirò leggermente indietro e la guardò negli occhi. «Sono stato un idiota. Non volermene. Ti amo, Ireland e voglio che funzioni.»

Il suo sorriso si fece più ampio. L'amore era un azzardo, ma non c'era nessuno con cui avrebbe voluto essere spericolata più del suo uomo non-così-tanto-monaco, che faceva del suo meglio per prendersi cura delle persone cui voleva bene. Alla fine, il cuore di Bran era al posto giusto, ed era ciò che contava. «Anch'io voglio riprovare.»

Bran chiuse gli occhi e espirò rumorosamente. «Grazie a Dio.» La baciò e Ireland gli mise le braccia sulle spalle poi fece scivolare le mani dietro il collo forte dove la pelle era morbida e si aggrappò ai capelli morbidi. «Ho un'idea.»

«Mmm» rispose Bran e continuò a baciarla sulla bocca, mordicchiando qua e là e accarezzandole il sedere.

Ireland pensò che l'unica sillaba che aveva pronunciato significasse: «Che cos'hai in mente?».

«Sai che ci hanno sempre interrotti nei bagni e negli uffici?» gli chiese.

Le mani di Bran restarono immobili sul suo sedere.

«Che ne pensi di battezzare una di quelle piccole stanze che ci piacciono tanto?»

Bran tese indietro la mano, alla cieca, chiuse a chiave la porta e la sollevò sul ripiano del bagno. Le passò le mani sulle gambe e sotto il vestito. «Ecco perché ti amo. Le tue idee brillanti.»

Ireland tirò la giacca del suo smoking e gliel'abbassò sulle braccia. Poi cominciò a lavorare sulla camicia.

«Non hai bisogno di togliere tutto per darci da fare.»

«Ho bisogno di vedere il corpo sexy del mio uomo.»

Bran le rivolse un sorriso sghembo e l'aiutò a togliergli la camicia, appendendola alla maniglia della porta. «Ammira pure tutto ciò che vuoi, ma il tuo vestito deve sparire.»

E fu così che restarono nudi nel bagno del secondo piano.

Bran le baciò il seno e passò le dita sulle gambe. «Sei già bagnata.»

Era un ragazzaccio. «Sì, tanto» gli rispose.

Bran ringhiò e le aprì le gambe. Poi allungò la mano verso i pantaloni del suo smoking e prese un preservativo. Pochi secondo dopo, la punta della sua erezione la penetrò.

«Ti amo» gli sussurrò Ireland.

Bran le baciò la guancia, le palpebre e poi la bocca, proprio mentre spingeva fino in fondo. «Non più di quanto ti ami io. Mi dispiace di averti ferito.»

Ireland tirò indietro la testa, sentendolo in profondità dentro di sé. «Ti perdono. Ora torniamo alle cose serie.»

Bran le avvolse le braccia intorno, sostenendo il suo peso e angolandola proprio nella posizione giusta.

A quanto pareva, il sesso sul ripiano del bagno doveva toccare una qualche zona erogena interna perché prima ancora di rendersene conto, stava respirando affannosamente e aggrappandosi a lui, sull'orlo dell'orgasmo.

Bran la inclinò ancora un po' all'indietro, continuando a sostenerla con le braccia muscolose e le leccò il capezzolo, più volte. E poi succhiò.

E quello bastò. L'orgasmo colpì Ireland con la forza di un treno. Il corpo si irrigidì e la mente andrò a vagare da qualche parte nelle nuvole.

Sentì Bran che tremava con il suo orgasmo qualche momento dopo mentre lei scendeva lentamente dalle nuvole.

Ireland gli baciò la testa mentre Bran aveva la faccia piantata sul suo seno dopo essere crollato sopra di lei nel suo torpore post-orgasmico. «È stato bello.»

«Mmm.»

Altri monosillabi. Gli avrebbe dato il tempo di recuperare.

Rimasero aggrappati l'uno all'altra finché Ireland temette che il suo sedere avrebbe mantenuto per sempre l'impronta del bordo del ripiano.

Si vestirono e Bran le stava adocchiando il sedere.

«Non ricominciare.»

«Che c'è? Mi sei mancata, puoi biasimarmi?»

Ireland si infilò le scarpe e poi ricadde tra le braccia di Bran, al suo posto. «No. Perché non riesco nemmeno io a smettere di pensare a te.»

Tornarono al ricevimento, senza che nessuno capisse

che cos'era successo e ballarono tutta la notte con gli amici e la famiglia.

Bran teneva Ireland per mano e sorrideva ogni volta che i loro occhi si incontravano, con quel delizioso segreto tra di loro.

«Bene» disse Adam, avvicinandosi da un lato mentre Hayden andava a chiacchierare con qualcun altro.

«Che cosa vuol dire, bene?» disse Bran.

«Il mio piano ha funzionato. Tu e Ireland siete tornati insieme.»

Bran lasciò cadere la mano di Ireland e le mise il braccio intorno alle spalle. «Di che cosa stai parlando?»

Adam scosse la testa. «C'era di mezzo la testardaggine dei Cade. Ho lasciato cadere quella frase sul fatto che l'Amministratore del Blue avesse estromesso Ireland dal progetto.»

Ireland sbatté gli occhi. «L'Amministratore non ci ha ripensato? Non mi ha escluso dal progetto per il complesso di Las Vegas?»

Adam prese un dolcetto dal vassoio di un cameriere che sta passando. «Diavolo, no. Quell'uomo ti adora. Non ha idea di ciò che è successo al Club Tahoe, non che fosse colpa tua.»

«Mi hai imbrogliato» dice Bran.

Adam continuò a masticare il suo dessert. «E ha funzionato.»

Bran lo guardò irritato. «Mi hai aiutato, ma stavo già cercando di riconquistarla.»

Adam fece spallucce. «Non serve ringraziarmi, ma non dimenticare di dare il mio nome al tuo primo figlio.»

«E se fosse una bambina?» si inserì Ireland, che di colpo trovava divertente la sceneggiata di Adam, ora che sapeva che la sua reputazione al Blue era intatta.

Adam alzò gli occhi al cielo, come se stesse riflettendo. «Adamina suona bene.»

Hayden si avvicinò e mise un braccio intorno alla vita di Adam. «Che cosa stai combinando?»

Adam la baciò sulle labbra. «Solo un piccolo scontro tra i Cade. Sai come siamo.»

«Vuoi dire cocciuti e arroganti?» Hayden si rivolse a Bran e Ireland. «Spero che non stia causando problemi.»

Ireland guardò Bran e arrossì quando il pensiero le andò alla stanza da bagno. Si schiarì la voce. «Proprio nessun problema.» Guardò Adam. «Dato che so che non lo farà Bran, lo dirò io: grazie.»

«Piacere mio. Non dimenticare» disse Adam mentre si voltava per andare via con Hayden. «Adamina. Diventerà di moda tra i nomi per le bambine.»

Bran scosse la testa. «Somaro.»

«Ma aveva ragione» disse Ireland quando Adam e Hayden si furono allontanati. «Avevo bisogno di sapere che mi avresti sostenuto. Avevo bisogno di quella piccola spinta.»

Bran l'abbracciò, tenendola stretta davanti a tutti. «Ci sarò sempre per te.»

Capitolo Trentatré

Ireland entrò al Prime e cercò il suo uomo nel ristorante affollato. Trovò Bran che sorrideva mentre versava lo champagne a un gruppo di clienti.

Ireland non era mai stata così felice in vita sua, professionalmente e personalmente, dal matrimonio di Jaeg e Cali, quattro settimane prima. Nelle ultime settimane aveva aiutato Bran ad arredare la sua casa e avevano passato praticamente tutto il loro tempo libero insieme, specialmente durante la luna di miele di due settimane di Jaeg e Cali.

E adesso si presentava un nuovo problema: Ireland doveva trovare un altro posto dove vivere. Non poteva restare un'ospite e interferire con la nuova vita di sposini di Cali e Jaeg. Un'altra cosa da aggiungere alla sua lista delle cose da fare mentre si destreggiava tra il lavoro e passare del tempo di qualità insieme al suo uomo.

Bran si avvicinò. «Ehi, bellissima, pronta a farti una sudata?»

Ireland indossava indumenti da ginnastica in Lycra. Nessuno poteva star bene con quelli addosso, ma Bran era entusiasta di allenarsi insieme e che Ireland diventasse più forte nel caso avesse mai dovuto proteggersi da tipi viscidi come James. «Pronta, si fa per dire. Anche se non posso prometterti di essere atletica.»

Bran le afferrò la mano. «Ti farò lavorare così duramente che mi implorerai di smettere.»

«Uhm, sembra una cosa sconcia» rispose Ireland chinandosi verso di lui.

«Non posso fare a meno di pensare ad altre cose quando ti vedo con qualcosa di aderente addosso.» Abbassò lo sguardo, ammirandola. «Okay, finiamo in fretta con la palestra, poi potremo tornare a casa mia per un altro *allenamento*.»

«Sei un ragazzaccio.»

«Sì, è vero. Adesso dammi cinque minuti per dare istruzioni al responsabile e tornerò subito.»

Ireland aspettò all'esterno, andando verso la spiaggia per ammirare il lago mentre aspettava Bran. Hunt era ancora al lavoro al Club dei Bambini. Pensò che dovesse essere ancora abbastanza presto perché la maggior parte dei genitori non era ancora venuta a riprendere i loro figli dal campo diurno.

Prima che se ne accorgesse, Bran arrivò accanto a lei. «Ehi, non ti ho visto arrivare.» Ireland smise di sorridere. «Va tutto bene?»

Bran aveva il volto arrossato e stava fissando il lago. «Ho appena ricevuto una lettera.»

Lei guardò indietro verso il ristorante. «Qui?»

Bran annuì. «È venuta la vecchia segretaria di mio padre e me l'ha lasciata. Era di mio padre.»

Ireland non sapeva molto del padre di Bran, tranne che aveva costruito il Club Tahoe e non aveva passato molto tempo con Bran e i suoi fratelli.

«Non capisco. Perché la segretaria di tuo padre ti ha lasciato la sua lettera adesso e non subito dopo la sua morte?»

Bran le prese la mano e sospirò. «Esther ha lavorato per mio padre per decenni. Era più di una segretaria; per noi è stata come una seconda madre. E quanto al perché, leggi la lettera.» Le porse un foglio di carta con le grinze dove era stata piegata. La data risaliva a quasi due anni prima.

Caro Bran,

Ero preoccupato per te, figliolo. Non sei più stato lo stesso dopo ciò che era successo quando eri alle superiori. Oh, pensavi che non sapessi della ragazza che hai messo incinta? Ero spesso lontano da casa ma questo non significa che non tenessi d'occhio voi ragazzi.

Cinque. Ce n'erano cinque di voi. Non era facile. Ed è il motivo per cui vi tenevo d'occhio anche quando non potevo essere presente. Dovevo assicurarmi che voi ragazzi restaste in vita, altrimenti vostra madre mi avrebbe ucciso nell'aldilà.

In breve, spero che questa lettera ti trovi bene. Spero che non ti stia più autoflagellando per il passato. E spero che la donna di cui ti sei innamorato capisca che uomo amorevole e gentile sei sotto quella dura scorza esteriore.

Se ti chiedi come mai stai ricevendo ora questa lettera, beh, è semplice. Ho dato precise istruzioni a Esther. Tutti voi ragazzi dovevate ricevere una lettera il giorno in cui vi sareste innamorati, giorno più giorno meno. Quindi non parlarne con il prossimo della fila. Immagino che Hunt sia l'ultimo, ma ho già sbagliato altre volte.

Con amore,
Papà.

Bran aveva gli occhi pieni di lacrime e sbatté le palpebre. «La frattura tra noi e nostro padre era grave, ma non ho mai saputo che ci stesse tenendo d'occhio a modo suo. Credevamo tutti che non gli importasse.»

Ireland lo abbracciò.

«Ripensandoci, non posso biasimare lui per tutto» disse Bran. «Hai visto come siamo io e i miei fratelli. Siamo cocciuti e durante l'adolescenza pensavamo più di tutto a ribellarci, non mi meraviglia che il vecchio ci facesse spiare. L'unico che è andato a lavorare con lui è stato Adam, il leccaculo. Io ho lavorato come barista in un ristorante locale, frequentando il college statale. Ho preso il diploma biennale e sono andato a gestire un ristorante. Ho lavorato lì per tre anni, pensando che fosse il massimo che volevo dalla vita. E poi papà è morto e all'improvviso i miei fratelli e io ci siamo trovati a dover gestire il Club Tahoe. Io mi sono fatto avanti per gestire i ristoranti ma non ho mai pensato che mi sarebbe piaciuto. Pensavo che fosse un'altra punizione per i miei peccati.» Si voltò e la guardò. «Lavorare al Club Tahoe era esattamente ciò di cui avevo bisogno per uscire dal mio guscio. E ha portato te nella mia vita. Se non avessi lavorato qui e non avessi sostituito Hunt per quella crociera, tu non mi avresti abbordato su quella barca.»

«Abbordato?»

Bran sorrise e la baciò. «Mio padre mi ha fatto il regalo più grande. Mi ha dato te. Per così dire.»

Ireland lo tenne stretto. «Allora sono grata a tuo padre perché tu sei l'uomo migliore che abbia mai conosciuto. Sarò sempre grata perché ho la fortuna di vedere il vero te stesso. L'uomo che nascondi sotto la cocciutaggine e l'orgoglio dei Cade.»

Bran fece una smorfia. «La fai sembrare una cosa brutta.»

«Che cosa posso dire? Mi piace farmi del male. Non hai parlato di qualche tipo di punizione in palestra?»

«Già, vero?» I suoi occhi scintillavano.

Epilogo

Ireland si rannicchiò contro Bran sul loro divano. «Hai un gusto eccellente per i mobili.»

Bran ridacchiò. «Hai scelto tu i mobili.»

«Davvero? Pensavo mi avessi aiutato.»

«Ti rendi conto, vero, che ti portavo con me in modo che ti piacesse quello che compravo, per attirarti nella mia tana?»

«Non riesco a credere che faresti una cosa simile» disse Ireland, ma stava sorridendo.

Bran si chinò e la sollevò in modo che fosse sdraiata sulla schiena. Si abbassò sopra di lei. «Guarda adesso dove siamo arrivati. Vivi con me e stiamo per fare sesso da divano sui miei mobili nuovi.»

«I nostri mobili. E abbiamo già inaugurato questo mobile in particolare, esattamente come tutti gli altri *nostri* mobili.»

«Non abbiamo fatto sesso sulla cassettiera della stanza da letto. Hai ragione, sono i nostri mobili. Non c'è niente nella mia vita da cui vorrei escluderti.»

Ireland sorrise perché Bran l'aveva reso evidente in tutte le piccole cose che faceva ogni giorno per renderla felice. «Il motivo per cui non abbiamo ancora fatto sesso sulla cassettiera è perché è fisicamente impossibile.»

Bran torse la bocca, come se stesse riflettendo. «E contro la cassettiera? Io potrei stare sulle mani e...»

Ireland gli infilò le dita nel fianco. Bran si dimenò e le afferrò le mani inchiodandogliele sopra la sua testa. «Smettila!» disse Ireland.

Bran la baciò. «Di' che proverai, altrimenti ti farò il solletico mentre sei mia prigioniera.»

Ireland rise ma si liberò perché Bran non la stava tenendo stretta. Si protesse i punti dove soffriva il solletico. «E se volessi essere io a stare sulle mani?»

Bran spalancò gli occhi e si alzò di colpo, tirandola in piedi. «Facciamolo.»

Ireland ridacchiò mentre salivano e andavano nella stanza che divideva con Bran.

Il sesso sulla cassettiera era un no deciso. Bran si mise sulle mani, *aveva insistito*, ma appena lei gli toccò l'erezione, crollò quasi come un albero.

La prese in braccio e la portò a letto dove fecero l'amore. Più e più volte.

Insieme per sempre.

* * *

Caro lettore,

Spero che ti sia piaciuta la storia di Bran e Ireland nel volume *La seduzione di Bran*.

Hunt Cade incontra una degna avversaria quando conosce Abby, una madre single il cui figlio passa il tempo al

Club dei Bambini. E sapete che cosa dicono dei donnaioli? Che peggiori sono, più forte cadono... Leggete la storia di Hunt in ***La riforma di Hunt***.

xoxo

Jules

La riforma di Hunt

Il donnaiolo ha trovato una degna avversaria.

A Hunt Cade piacciono le donne. *Tutte le donne.*

La vita è bella purché abbia la sua barca, un flusso costante di belle donne che arrivano al resort Club Tahoe e birra fredda nelle serate tra fratelli.

Finché nel programma dei bambini al Club Tahoe non arriva un nuovo piccolo ospite che ricorda a Hunt com'era crescere senza un padre. Per non parlare dell'effetto che ha su di lui la madre del bambino, Abby.

La storia che Hunt Cade aveva avuto con una donna che non avrebbe dovuto nemmeno guardare aveva quasi rovinato i rapporti con i suoi fratelli, l'unica famiglia che gli è rimasta.

Hunt dovrebbe stare alla larga da Abby... *ma non è mai stato capace di rifiutarsi niente.*

Leggete ***La riforma di Hunt***

Libri di Jules Barnard

I fratelli Cade

La tentazione di Levi

La sfida di Wes

La seduzione di Bran

La riforma di Hunt

Serie: Never Date

Mai con un amico di tuo fratello

Mai con un donnaiolo

Mai con la tua ex

Mai con il tuo miglior amico

Mai con il tuo nemico

Potete trovare la bibliografia completa di Jules Barnard sul sito:

julesbarnard.com/i-libri-di-jules

L'autrice

Jules Barnard è un'autrice bestseller di USA Today di romance contemporanei e fantasy romantico. Le sue serie contemporanee includono Mai frequentare e I fratelli Cade. Scrive Fantasy romantico sotto lo stesso pseudonimo con la serie Halven Rising che il Library Journal definisce "... un'eccitante nuova avventura fantasy. Che stia scrivendo di uomini sexy intorno al Lago Tahoe o di un mondo di fate inserito nel campus di un college, Jules racconta storie coinvolgenti, piene di cuore e umorismo.

Quando non è in tuta da ginnastica a scrivere, premiandosi con il cioccolato, passa il tempo con suo marito e i due figli in una cittadina sulla costa nordoccidentale del Pacifico. Dice di avere la capacità di leggere mentre corre sul tapis roulant o brucia la cena.

Per conoscerla meglio visitate il suo sito web:
julesbarnard.com/i-libri-di-jules